国际安徒生奖
·提名者丛书·
Hans Christian Andersen Award

1990 年·
1992 年·
2002 年·
2004 年·
2006 年·
2010 年·

U0095612

别了，远方的小屯

BIE LE, YUANFANG DE XIAO TUN

秦文君·著

接力出版社
Publishing House

深受千万小读者喜爱的儿童文学作家，现为中国作家协会全国委员会委员，上海市作家协会副主席，上海中日儿童文学美术交流协会会长，上海少儿读物促进会理事长。1982 年发表处女作，著有长篇小说《男生贾里全传》、《女生贾梅全传》、《一个女孩的心灵史》、《天棠街 3 号》、《宝贝当家》、《调皮的日子》、《逃逃》、《小丫林晓梅》、《小香咕新传》、《会跳舞的向日葵》、《亲爱的书女》、《16 岁少女》等五百余万字。1996 年获意大利蒙德罗国际文学奖特别奖，2002 年获国际青少年读物联盟（IBBY）的"国际安徒生奖提名奖"。《宝贝当家》、《男生贾里全传》先后获中宣部第六届、第七届精神文明"五个一工程"奖，《男生贾里全传》获"共和国五十年优秀长篇小说"称号，《秦文君文集》、《天棠街 3 号》等获全国优秀少儿读物一等奖，《少女罗薇》、《男生贾里》、《小鬼鲁智胜》获第二届、第三届、第四届中国作协全国儿童文学奖。其他作品分别获宋庆龄儿童文学优秀小说奖、冰心儿童图书奖、

ds)

od Haugen(Norway)

na Hamilton(USA)

o Mado(Japan)

rlev(Israel)

Maria Machado(Brazil)

(Switerzland)

1956Eleanor Farjeon(UK)

1958Astrid Lindgren(Sweden)

1960 Erich Kästner (Germany)

1962Meindert Dejong(USA)

1964Rene Guillot(France)

1966Tove Jansson(Finland)

1978Paula Fox(USA)

1980Bohumil

Riha(Czechoslovakia)

1982Lygia Bojunga

Nunes(Brazil)

1984 Christine Nö

(Austria)

1994Michio Mado(Japan)

1996Uri Orlev(Israel)

1998Katherine Paterson(USA

2000Ana Maria Machado(Br

2002 er Chambers(UK)

Waddell(Ireland)

et Mahy(New

作者介绍

中国图书奖、国家图书奖提名
奖、中华儿童文学奖、儿童文
学园丁奖、上海文学艺术优秀
成果奖、上海青年文学奖、"巨
人"中长篇儿童文学奖、台湾
杨唤儿童文学奖、台湾九歌文
学奖等近 50 种奖项。作品 10
余次被改为电视电影播映，并
获得飞天奖和华表奖。不少作
品被译为英文版、日文版、德
文版、荷兰文版、韩文版等。

　　2011 年 3 月在上海创办了
"小香咕阅读之家"。

目录

(ermany) | 1982Lygia Bojunga | 2000Ana Maria Machado(Brazil) | 1966Tove Jansson(Finland) | (Au
USA) | Nunes(Brazil) | 2002Aidan Chambers(UK) | 1968James Krüss(Germany) | 198
ce) | 1984 Christine Nöstlinger | 2004Martin Waddell(Ireland) | José María Sánchez-Silva (Spain) | Wris
and) | (Austria) | 2006Margaret Mahy(New | 1970Gianni Rodari(Italy) | 198
rmany) | 1986Patricia | Zealand) | 1972Scott O'Dell(USA) | (Net
va (Spain) | Wrightson(Australia) | 2010 David Almond (UK) | 1974Maria Gripe(Sweden) | 199
) | 1988 Annie M. G. Schmidt | 2008 Jürg Schubiger | 1976 Cecil Bødker (Denmark) | 1992
(Net | (Switerzland) | 1978Paula Fox(USA) | 1994
en) | 199 | Farieon(UK) | 1980Bohumil | 1996
enmark) | 1992Virginia Hamilton(USA) | Lindgren(Sweden) | Riha(Czechoslovakia) | 1998
1994 ado(Japan) | 1960 Erich Kästner (Germany) | 1982Lygia Bojunga | 200

回望 中的幸福
(自序)

　　对于我来说，选择儿童文学创作就是选择了幸福和热爱，因为没有比它更使我心心念念的事情了，数十年如一日地爱着它，而且今后也一定是无法割舍的，它仿佛已经融为我心灵的一部分，成为精神世界中最灿烂的亮光和花朵。

　　我很幸运，出生在上海一个民主气氛浓郁的家庭，父母给予孩子最多的是至爱和充分的宽容，以及自由想象的空间，我的双亲对孩子从没有苛刻的要求，也没有产生过令孩子窘迫的高高的期望值，我还有两个弟弟，因为有了他们，我很早就能体察男孩的心。

　　和大多数的女孩不同。我这半辈子还从来没有刻意地去崇拜异性，天性里总有一种兴致勃勃的东西，总是因为自己是一个女性而欢喜着和自豪着，也许是因为我在童年时就曾得到过男孩们比较一致的佩服，也许是我的家庭是男孩多女孩少，女孩在那里备受悉心的关爱。总之，和双亲和兄弟在一起度过的童年生活是无比完满的，如今仍是这样，有他们在的日子，永远是温馨和松弛愉快的，仿佛沐浴在阳光里。

　　常常很感恩，如若没有童年的阳光，我所有的生活、我的感情、我的写作热情立刻就暗淡了许多，察看童年对于一个人的影响，可以发现，它重要得恍如能察觉这个人心灵的颜色。

　　我为少年儿童写作开始于1982 年，从一开始起就怀有一种强烈的追寻童年的情结：从热爱自己的童年直至珍惜他人的童年，关注人类所有人的童年，我相信这是一个有趣的开端，足可以引出任何涵盖大意义的命题，我隐约感觉到，如果通过儿童文学的写作体现人类自省的能力，某种预见性，当然还有更多的童年秘密和童年趣味，那将是多么幸运。

我写了23年，仿佛是不停地写，顺着自己的心路和理想在写，在安静的年代是这么写着，停不下来，在喧闹的时代也是这么写。有时感觉不可理喻，仿佛置身在一个舞台上，所有的布景换了又换，但是主角还是以原有的姿态坚持初衷。

我关注我的新作里是不是飘着理想的香味。

面对儿童文学创作中呈现的越来越多的消遣性、实用性、标准化、模式化的倾向，人们视线里的艺术标杆也许会有片刻的模糊，但很快就会清楚这是需要有所抗拒的，儿童文学应该更多地提供思想资源，对于生活的真相它必须要有所揭示。因为它是文学，它要以单纯有趣的文学形式回答人究竟是怎样的，回答世界是怎样的，要传递民族精神，并表达全人类的道义和人们内心最真诚的呼唤，以及生活的真相。

世界的变化令我越写越清楚地意识到，作品不能"实用主义"，太"现实"的时候会缺乏完美和前瞻，独创性开始消失，有时很聪明很取巧是值得警惕的，写好东西往往要有些"死心眼"，憋着气儿，不紧紧地跟着人走，往往倒会成气候，憋出自己独有的底蕴来，从这个意义上说，真正能够写出好作品的应该是理想主义者。

我很想做可大可小的人，从大的方面看，儿童文学作品必须提供强烈的情感资源，给孩子以心灵抚慰和情感关照，这也是衡量作家有没有才华和能量的试金石。儿童文学作品能够揭示生活的规律，尤其需要触及人类内心的强烈向往和情感张力，触及童年生活的根底，爱和感情，一旦作为展示人性的情感在作品中丰满了，自然了，独具魅力了，这作品才算是成熟的，才能深入人心。

好的儿童文学作品还应该是大人和小孩能共读的，小孩读了有小孩的想法，大人读了有大人的感悟。孩子们对一个作品感兴趣的时候，首先是认为它有趣。但是小孩也有人类最早的脑筋和心思，甚至复杂。只是那是一种"微妙的复杂"，儿童文学作家的本事是能把这些羽化成妙趣。仅仅给了孩子有趣是不够的，因为支撑一个作品能够长久，能够感动人，能够给人以一种真正启发的，还是那些有趣背后的东西。就是说按照孩子的天性，让孩子快乐应该是很容易的，因为孩子天生是有一种乐观的东西的。如果说孩子的快乐，他们的笑声对于我们来说是一种奖赏，我承认这是最高兴的事。但是，如果仅仅有笑声的话，笑声背后就是遗忘，因为他的笑声过后，必须留下东西才有意义，这个支撑就是人类的情感资源、思想资源、美感，这能唤起人们内心深处的很多触动，这才是我们追求的文学理想。

作家心灵的力量，永远是文学最美丽的甘露，我期盼读者能从我的书里找到从心灵里流淌出来的文字、趣味和情感以及种种灿烂。

三·足鼎立

　　我的好友鲁智胜迷上了赠送名人名言，到处乱送，有点无孔不入。上周我作文得了优，正得意呢，不料他立马奉送我一句"谦虚使人进步，骄傲使人落后"，就像存心浇我一桶凉水。前天，他还向班里的女生王小明和张飞飞各送一句古代名言："知人知面不知心。"谁知那两个丫头正闹别扭，两个人不约而同地去责怪鲁智胜有挑拨离间嫌疑。

　　最近，鲁智胜至少已向十五个同学赠送过一句当代校园名言，叫做"初二是一条分界线"。我问他这句名言的出典，不料他说版权所有者姓鲁名智胜，又说，既然此人早晚会成为世界名人的，提前把他的著名言论传出去又何妨。

　　这句话，后来果然在班里传得沸沸扬扬，看来，鲁智胜并非等闲之辈。

——摘自贾里日记

秦文君

以前在贾里他们（1）班，贾里、陈应达、鲁智胜属于男生中的领衔人物，他们三个之间来往颇多，人称"三剑客"。可一踩进初二，陈应达就嚷着说太忙，难以尽职，急着卸去班长职务。陈应达是个分秒必争的人，他的作息表据说是参照马克思的作息表制定的。最近他又去本区的夜大学学电脑自动化，本校有三位老师也在那个班进修，所以陈应达荣升为老师的同窗。

上周五，班委会为此开了会，决定以本人报名、全班投票的方式选出新班长。

鲁智胜头一个旋风般地报名，说这叫"电脑时代的速度"，其实他不爱电脑只爱游戏。紧接着，新转学来的张潇洒也报了名，据说此人每天看七份报纸，他套用报上看来的话说"形势逼人又喜人"。

周一早上，贾里走进教室就瞥见课桌上有封信，粉红色的信封，笔迹细细软软如同蜘蛛丝，落款还写着"内详"二字，看上去很像是女孩写的"那种"信。

"贾里的信！"鲁智胜夺过信翻来覆去看，"看，背面还写着'请勿外传'，废话，情书怎么能外传？除非是马克思写给燕妮的。王小明真奇怪，还要叮嘱贾里……"

贾里敲了鲁智胜一个栗子，对这种好事之徒岂能姑息！

鲁智胜哇哇叫，说贾里心狠手毒，十足的盖世太保。

信的确是女生王小明写的。王小明原是（2）班的人马，在整个年级中享有一定的知名度：她写作文篇篇都是超短的，数十个字，简洁程度类似于打电报，每次大考也如此，分数扣得惨不忍睹。因为查老师教作文有一手，学校破例让她转来（1）班。近来，查老师让王小明试着用笔谈代替口头交谈，说是写作就是用笔交谈。所以王小明动不动就与别人用笔交谈，成了写信大王。

平心而论，王小明的信即使向十亿大众公开也无妨，绝无半点早恋嫌疑。她先用二十个字通报鲁智胜和张潇洒已报名参加竞选班长，再用两句话和一个惊叹号鼓励贾里参加竞选，在结尾处，她写证词似的写道：据我们女生观察，你很优秀。

这封平淡无奇的信就因为那个"闪光的尾巴"让贾里好不欢喜，不由得得意忘形，笑出声来。可惜，王小明写了"请勿外传"，假如她写的是另四个字："欢迎传阅"，那贾里非让它传得家喻户晓不可。

张潇洒走过来与鲁智胜聊天。张潇洒高个子，坐最后一排，经常以本班巨头的口吻与人说话。

"贾里，有什么花边新闻？"张潇洒说，"可否说出来让我们也乐一乐？"

贾里很铁腕地说："无可奉告。"

鲁智胜用眼角余光扫扫贾里，说："王小明到底在信里说了什么？"

贾里说："她说，严防小人探听。"

张潇洒说："卖什么关子！"有些不满意，拂袖走人了。

贾里把信收进书包，取出文具，满心激动地想着是否写一篇《和王小明同学》之类的文章，忽见张潇洒晃晃荡荡地走过来。他居高临下地瞧着贾里，说："喂，王小明写信让你参加竞选对不对？"

"你怎么知道的？"贾里吓了一跳。

鲁智胜盯住张潇洒看，突然，他叫道："张潇洒长胡子了。"

张潇洒说："贾里，以后有什么事你就别瞒我，我会神机妙算。"他一边说，一边用手捻着唇上那些软软的胡须，动作真有舞台上诸葛亮的那种派头。

"能教我一些吗？"鲁智胜问张潇洒。

张潇洒说："OK，我免费教，谁让我们是小学老同学。"

张潇洒确实和鲁智胜一块儿上的小学，后来他随母亲转学到外区，这一学期又转回来，打游击战似的。他的名字很好笑，别人再潇洒，不过体现在举止、行为上，他倒好，写进名字中，仿佛抢在

秦文君

手中，先造成既成事实。

他来了不久，似乎处处都潇洒：天文地理他都能聊，连股票他都能分出"绩优股"、"垃圾股"，而且，他外表也酷，肩宽鼻高，眼睛绝不斗鸡，头发留中分，梳得服服帖帖，穿的T恤是鳄鱼牌，自行车是阿米尼。前几天他还骑来他爸的猛男型助动车，戴顶头盔，为此女生堆里都轰动了，仿佛看到了奥特曼出现在校园。

"贾里好正宗，"张潇洒评头论足，"气质很像孔繁森。"

鲁智胜说："说正经的，贾里，王小明挺识人的，哈，你这个优秀男同学，应该参加竞选。"

张潇洒淡淡地笑笑，说："贾里，欢迎竞争。不过，你的头颅造型太像中国猿人。"

"那好，"贾里说，"能沾上老祖宗的光。"

第三节上体育课，陈应达邀请贾里玩足球。

陈应达是那种体育一塌糊涂的男生，可他也爱亲临球场潇洒走一回。他到了球场重地，一贯是脸色严峻，像是来复仇解气的，往往见球就踢，进不进他无所谓。所以他从不自称踢足球而谓之玩足球。

"贾里，你该参加竞选。"陈应达说得理直气壮，使劲踹了一脚球，"我愿助你一臂之力。"

"不当班长也能为班级效劳。"贾里把球接过来，"向你学习。"

"且慢！"陈应达脸色都变了，"千万别误解在下的良苦用心。"

贾里带着球走了两步，一个大脚，射门，可惜这球踢得很臭，从球门上侧蹿将出去。贾里去追球，就听陈应达一语双关地说："贾里，机不可失。"

那球逃命似的滚到单杠那儿，贾里奔过去，正好撞见王小明伸长胳膊吊在单杠上，膝盖弯着，整个像在做跳伞求生的动作。

"请问贾里同学，"王小明叫道，"竞选班长是可怕的事吗？"

贾里让她问得晕头转向，说："你在出脑筋急转弯的题吗？"

　　周一早上，贾里走进教室就瞥见课桌上有封信，粉红色的信封，笔迹细细软软如同蜘蛛丝，落款还写着"内详"二字，看上去很像是女孩写的"那种"信。

王小明跳下来，安全着陆，说："听张潇洒说，你收到我的信后就坐立不安。"

贾里顿了顿，恍然大悟，问："于是，你就告诉他信里的内容了？"

"是啊，你都晓得了？"王小明说，"他答应要开导你的。"

贾里一个大脚把球踢回球场。头一扭，看见张潇洒双手正比画着对鲁智胜说着什么。贾里径直朝那儿走去。

张潇洒说："知道心灵感应吗？比如一只死虫子，你不能把它想成虫子。"

鲁智胜说："总不能把它想成一个美女吧？"

"你可以先把它理解为一具昆虫的尸体，然后……"张潇洒看见怒气冲冲的贾里，说，"贾里，你现在像一门小钢炮。哎，有话好好说。"

贾里说："你竟到女生那儿招摇撞骗！"

"是啊，是啊。"张潇洒说，"确有此事。不过，当时你为了王小明的信是有点不对头，痴笑，眼神呆滞，就跟那个范进中举差不多……"

张潇洒竟然没一点歉意，大说王小明是贾里的"同桌的你"。鲁智胜夹在中间，想笑，又怕笑声太发自内心会招贾里恼恨，结果笑得尴尬极了，皮笑肉不笑。

末了，张潇洒还无限洒脱地伸出手，说："贾里，握手言和吧。"

贾里没动，鲁智胜殷勤地把贾里的手和张潇洒的手拉在一起："握紧些，友谊深。"

"遵命！"贾里说着猛地攥紧张潇洒的手，他学过书法，又练过一年握石球，不敢说已将双手练成一双夺命魔爪，号称"小老虎钳"还是可以的。张潇洒被钳得双目圆瞪，口大张，像一尊金刚。"小子……你！"他终于绷不住，叫出声。

贾里重返球场，走出好远，还听见张潇洒在那儿破口大骂。贾里扭头示意要鲁智胜跟他走，可这胖子不知怎的竟让张潇洒揪住不

秦文君

放。这下好了，不明真相的旁观者一定以为张潇洒在痛斥鲁智胜。

周三做完课间操，贾里在楼道里碰上王小明。

"喂，王小明同学，"贾里假惺惺地问，"现在报名竞选的话还来得及吗？"

"截止期是今天中午，好险啊，现在是末班车了！"王小明发了许多惊喜的感慨。其实，贾里怎么可能不记着截止期呢，明知故问罢了。

"那好，"他顺水推舟地说，"请在候选人名单上添上一个名字。"

王小明负责这次的竞选活动，她简直太忠于职守了，昨天一天就给贾里发了三封信，一封信说克服报名前的懦弱关键是自信，另一封信才三个字——三个"快"字。第三封信最好玩，专门询问前两封信是否收到。

"快速准备演讲。"王小明说，"每个候选人要在投票前说一说'假如我做班长'。听陈应达说，这很重要，相当于'施政纲领'！"

"知道了。"贾里说，他看看王小明，不懂她为何只字不提那三封信的事，他只能伸出三个手指，说，"全收到了，谢谢！"然后转身就走，也不知王小明是否看懂他的手语。

吃中饭时，贾里参加竞选的消息就曝光了。陈应达特意绕过来与贾里击掌，一切尽在不言中。鲁智胜也格外兴奋，边啃鸡腿边说："天助我也。"

"此话怎讲？"贾里问。

鲁智胜说："我写了两个晚上施政纲领就是写不精彩，现在好了，你文采好，写完后让我参考一下不就行了吗？"

"你那是抄袭行为。"贾里说。

"你以为我会照抄吗？"鲁智胜振振有词，"我智商如此低下？"

鲁智胜的特点就是会磨，说好听点是"不达目的不罢休"，说难听点是"死皮赖脸"。他当晚就给贾里打热线电话，问："你的施政纲领怎么开头的？"

"是这样：班级是社会的缩影。"贾里说，"挺有气派的吧？"

"我太有同感了，贾里。"鲁智胜诱供一样问，"后一句呢？"

"我从不小看一班之长这个职务。"

"第三句是什么？"鲁智胜又问，"别太保守了，我发誓绝不照抄。"

贾里只得把讲稿念了一遍，趁这机会也算是彩排吧。

鲁智胜心满意足地挂断电话。可过了一小时，他又来电话了，问："贾里，我能把你的演讲内容告诉张潇洒吗？"

"什么意思?!"贾里火了，"想出卖朋友？"

"他发誓要超过你，"鲁智胜苦恼地说，"三番两次打听你讲什么。我不说，他就……唉，没好话给我听……我夹在你们中间难做人，上次我让你紧握他的手，你却乱握，他怀疑是我怂恿你干的呢……"

贾里放声大笑，说："原来上次你做了出气筒。好，你告诉他又能怎样？我不怕，即使他抄些过去，也比不上我，我是原创！"

周五选举开始，贾里才晓得，那个应允让他付出了什么代价。

鲁智胜先发言，这家伙身着培罗蒙西装，满脸笑容，风度马马虎虎可以，像个相声演员。他的演讲挺顺耳，嗓音洪亮，中气十足，无可挑剔。除了贾里，谁也看不出这个人是文抄公中的高手。

"我的一位朋友说，班级是社会的缩影，我绝不能小看这个职务。我十二分地同意这个提法，它道出了我的心声……"

看看，那家伙多圆滑，既套用了贾里的话，又不过头，不说谎，规规矩矩注明观点是从"一个朋友"那儿"拿来"的。或许，学校委派他去辅导王小明写作会更见成效。

紧接着，张潇洒发言。他一开口，就是诗，谱了曲没准还能唱呢。不过，贾里一听，头却涨了，晓得张潇洒选择了下三烂的办法来超过他。

秦文君

啊——班级，

它果真是社会的

一个

小小的细胞？

我，在此郑重地表明，

绝不

小看一班之长，

这个职务……

　　轮到贾里了，他一句也说不出，并非怯场，他悔不该给张潇洒提供这样的便利！现在真是有口难辩！只可惜，原著未出，已出了两个版本的赝品，他原想再把"班级是社会的缩影"念一遍，反正他是正宗的作者。可再念的话，大家一准会厌烦的。他可不愿在一片哄笑声中狼狈地念着，窘得像绕口令似的连气都不换。

　　只能另辟蹊径，可现在如何打腹稿呢？大家都看着他呢。他气呼呼地说："我想，大道理，我，我就不重复了，假如我当选，一定好好干。"

　　说完此话，他才觉得没把意思说透，倒像是他故意不作充分准备似的。可是，一语既出，又如何收得回来？王小明用失望的眼神看着贾里，更让贾里心里沉甸甸的。仿佛有点做贼心虚，他甚至不敢朝陈应达座位的方向看。

　　选举结果出来了：鲁智胜得了一大把选票，当选班长。贾里低着头，无意中听到大家众说纷纭。同学们都说鲁智胜最实在，发言认真、谦逊；张潇洒太浮夸，不怎么像做实事的人。至于贾里，大家则认为他不怎么重视班长这个职务……

　　放学了，贾里闷着头冲出校园，鲁智胜紧随其后，说了无数遍"真没想到！"

"别说了好不好！"贾里说，"给我一点安静。"

"你还要什么？"鲁智胜心情沉重地扯住贾里的书包带，"我想弥补。"

贾里悲愤交加地猛地扯一下书包带，说："我只想要一样东西——公平！"

鲁智胜松了手，突然，眼圈红了，这老兄亏他还号称要做"不会流泪的冷血动物"。

贾里扭头就跑，跑着跑着，看见街上那么平静，一切照旧，充满和平气息，鼻子一酸，泪水夺眶而出。

一周后，鲁智胜组阁班委，力邀贾里担任副班长，另外，竟把张潇洒也组了进来。

"请三思而行。"贾里再三说，可他是个副班长，一个副字就显得大不一样，可有可无似的。

鲁智胜说，刚当上班长心里慌慌的，想多团结些人。贾里不客气地说："对了，你挺崇拜你的小学同窗好友。"

"我还不知道他？我火眼金睛，他喜欢走歪路子。"鲁智胜吐露真言，"不过，何必得罪他呢！"

贾里直愣愣地看着鲁智胜。鲁智胜只能直言相告：那是他老爸免费提供的主意。

鲁智胜的老爸新近当了厂长，开口闭口都是"本厂长认为"，有点官迷心窍的样子。他很看重鲁智胜的班长头衔，据说还放了两挂鞭炮庆贺自己当上了"班长之爹"呢。

不过，出乎鲁厂长的意料，张潇洒并不领情，他的目标是做班长，据说还说过类似"既生瑜，何生亮"的绝情话。

第一次班委会因此弄得极不愉快，主要是因为张潇洒在其中乱

秦文君

搅。鲁智胜想请他担任生活委员，他却说生活委员要收点心费，如果算错钱怎么办？如果收到一张假钞谁承担损失？鲁智胜只能委曲求全请他做学习委员，可他又说学习委员太难当，谁不交作业得由学习委员记名字，天长日久，不知要得罪多少人！

"那好吧，"鲁智胜再让一步，"请你做卫生委员。"

"别做梦了，"张潇洒说，"让我负责大扫除、管包干区？这种苦差使发红包我都不会去做。"

鲁智胜忍无可忍，说："都不肯做，谁做？"

"有劳班长啰，"张潇洒朝贾里挤挤眼，带点暗示地笑笑，"鲁大班长，您是全能，就应该做公仆。"

鲁智胜怔怔的，孤立无援的样子。

"鲁智胜！"贾里揭竿而起，大声而又坚定地说，"发什么愁？担心个屁！没人做的事尽管派给我做，我会做好的。"

鲁智胜两眼发光，枯木逢春的样子。

"你以为你真是孔繁森了？"张潇洒彻底没戏了，只有嘟哝的份儿，"没劲透顶。"

不知怎么搞的，班委会内部吵架的事很快就捅了出去，大家都知道了。只是事情被七传八传传得有些走样，听上去像民间故事：都说贾里拎着张潇洒的耳朵教训了他，说了一番石破天惊的豪言壮语。

其实，过奖了，贾里绝无如此大胆，岂敢岂敢。

后来陈应达再见贾里时，改为拍他的肩了。据说，享受过这种待遇的同学绝无仅有。隔了几天，王小明也有反应，她写给贾里一封快信，是特短型的。

贾里同学：

你是班干部中最重要的人物，因为你有勇气和正气。余言后叙。

王小明

贾里将那信连读三遍，感动得不得了，只是很觉意犹未尽：为何偏要"余言后叙"呢，一下子全说出来岂不更好？他觉得她不妨放手多写些鼓励话，别像现在这么节约，缩手缩脚，把许多话都搁在"余言后叙"中。

选自《男生贾里新传》

秦文君似乎很轻松、很自觉，也很自然地出现在儿童文学领域，她毫不勉强、一无矫情做作，依自己对孩子心灵奥秘的了解，一颗浓烈又不乏幽默的爱心，所以把握占据庞大的九十年代儿童生活资料，编织着自己的小说天地。

——中国作家协会副主席　高洪波

秦文君

怎样才算是长大成人了呢？哥哥贾里说当一个人能使小孩都对他仰视，那就算长大了；而林晓梅说长大的标准是有了心事，常常为牵挂着什么事而久久无法入睡；胡彩蝶说至少要谈过一至两次朋友才算成熟了；宇宙说，什么时候说违心话后能够像他爸金融巨子那样自圆其说，那就离长大不远了。

我干吗要听他们的呢？看来，我得学学他们的窍门，另外定一条自己闭上眼睛也能做到的标准，然后宣布说做到这个，就算已长大。

——摘自贾梅日记

本周中，贾梅遭遇一桩千载难逢的好事：《学生郎》杂志寄来一纸公函，祝贺她被聘用为小记者，并且通知她本周上午前往杂志社参加小记者联谊会。

贾梅心潮起伏。在她看来，能荣膺记者这个头衔，实在是有点不敢当。记者可不是等闲之辈，是见多识广、嗅觉灵敏的大牌人物，最了不得的是笔杆子里像藏有魔法，大笔挥挥，就能使爸爸这样的读报人凑在报纸面前，如醉如痴，眼珠都快要弹出来了。连妈妈同他说话，他都心不在焉，总要等他看完，才问："你刚才说什么？"

到了周日上午，贾梅如期赴约。她踏进杂志社的大礼堂后，只见满礼堂熙熙攘攘的小记者，又听邻近的几个人议论，才知那种担忧自己枉担盛名的心情实在多余，因为那个小记者并不怎么值钱：凡是订阅《学生郎》满三年的，或是在杂志上出现过一次名字的在校学生，均可晋升为小记者，难怪，小记者在这大礼堂中满场飞，多如蝗虫！

贾梅心头涌动着淡淡的失望，不过，也夹杂几分落地有根的安然。她劝慰自己，人家"学生郎"挺宽容的，并没有像别的杂志社那样，设什么考核关卡，让大家人人自危，害怕被淘汰，而是张开双臂拥抱众人，有何不好，这叫皆大欢喜！

联谊会快开始了，台上已有人在调试话筒，练金嗓子似的拉开嗓子，"啊！啊！"地叫着。

环视左右，贾梅发现相貌堂堂者甚少。不远处有个高度近视患者，他看书时鼻尖快碰到书页了，像在嗅上面的油墨香味；另一边有个结巴，他结巴得很疯狂，说话时舌头不打弯，面红耳赤，眼睛一挤一挤，那副样子，仿佛比（1）班的刘格诗更刘格诗了，可以当他的师傅，不知他为何不怕当记者，这种口才要去做采访恐怕太难为人了。在这前后几排中，贾梅可以算是才貌双全之人了。

她把视线投得更远，想找找有无能与她匹敌的优秀分子。不料，七看八看，目光却定格在林第一和张潇洒身上，这两个人晃着肩膀从入口处大摇大摆地走进来，那个林第一新理了发，清秀的脸上带着贾梅极熟悉的神态，像是从她记忆中呼之欲出的人物，贾梅险些以为这是一个梦。显然，机敏的林第一立刻发现了贾梅的注视，否则，他的举止不会局促不安，就像在半秒钟内患上了多动症似的，一会儿撸头发，一会儿摸下巴。

猎犬般敏感的张潇洒不会落后，他无声地朝着贾梅诡秘地笑笑，拉着林第一坐到贾梅的前排。这两个家伙近来各自长高一截，恐怕是得了什么巨人症，反正，他们两个的长脖子正好挡在前面，张潇洒挺不老实的，侧转身子，嘻嘻哈哈，嘴里不停地称林第一为小阿弟，还问他有没有弟妹。

贾梅窘得不得了。这时，只见张飞飞提着胯，带点模特猫步地走进礼堂，手里还托着三罐可乐，仿佛来这儿看电影似的！

张飞飞看到贾梅，故意装做没事一样，莞尔一笑，用外交辞令说："啊，贾梅也来了？世界有时可真小啊！"

贾梅心里暗自叫苦，怎么又与张氏兄妹大会合了！自从贾梅宣布和张飞飞断交以后，张飞飞先是暴跳如雷，发誓要把贾梅的绝情写进小说里。可后来，张飞飞决定拜贾梅的爸爸为师，学习写作，所以态度大转变，经常借故与贾梅搭讪，还几次托王小明捎口信给贾梅，说彼此只是误会啦什么的。这个王小明也挺逗的，扮演的是和平信使的角色，每次都忠实无误地传达张飞飞的旨意，可过后又不忘补充一句："如果你信得过小明，就请记住，这个张飞飞有颗冷酷的心！"

张飞飞很招摇地把可乐扔给张潇洒一罐。这个张飞飞酷爱充当阔佬的角色，经常四处请客，听说她每个月都能从她妈张胜男的私房钱里讨到数百元零花钱。张胜男稍有微词，她就头痛病、心口痛一样一样发作。

"林第一！"张飞飞尖声说，"只剩一罐可乐了，给你还是给贾梅？"

"看你张飞飞的良心了！"林第一淡淡一笑。

张飞飞又问贾梅，贾梅说："我不需要！你给他好了！"

张飞飞把可乐罐扔给林第一，林第一接过去，然后回转身用它轻磕椅背，说："给你！"

贾梅摇摇头，说："不用，不必客气！"

"请你客气点，帮个忙啊！"林第一温和地说，"我任何汽水都不能碰，一喝就胀气，会从鼻孔里、耳朵里冒出气来。"

"对，他的眼睛也会打嗝呢！"张潇洒大笑道。

贾梅不由得笑出来。林第一撸撸头发，赶忙把可乐罐抛过来。张潇洒便趁机耍贫嘴，说："怎么像抛手榴弹似的！讨女生的好也要斯文些！"

"Yes！Yes！Yes！"张飞飞连声附和，笑得前仰后合。

贾梅见林第一很窘迫的样子，便不再推让，打开可乐罐喝起来。再推来推去，反而显得忸怩做作，再说，她不愿让张氏兄妹看白戏。

联谊会开场了，《学生郎》的主编大人与大家见面，他已是个中年人，两条长腿，浓眉大眼，穿西装，戴领带，头发涂过不少摩丝，豪爽之中带点威风凛凛的领导气派。说实话，那个人的外表、气质，很像鲁智胜的老爸鲁小民厂长，声音洪亮，气魄不小，但太大路货了。按贾梅的意向，主编最好是个鬼才，有一双狡黠的眼睛，一个凸出的橄榄形的智慧型头颅，一看就是智商过人，风流绝代。这样的主编，编出的杂志才漂亮，不会像现在那样，动不动就刊登些杂七杂八的询问，什么"你如何合理使用零花钱"，什么"哪一种妈妈最合你心"……

主编大声说很高兴与大家见面，说完就呱唧呱唧鼓掌。又说感谢大家对《学生郎》的支持，说完又呱唧呱唧带头鼓掌，傻是有点傻，但他说出的话很能温暖人的心。而且，他对小记者们寄予很高的期望，说现在杂志面临很多困难，要依靠大家把杂志办好，另外，送到需要《学生郎》的同龄人手中。

"呆不呆，要我们推销啊？"张潇洒说，"另请高明！"

"Yes！Yes！Yes！"张飞飞说，"我绝不会拿着杂志去叫卖的，太寒酸了。"

　　贾梅听得心烦，说："你们怎么这样的，谁说要推销？是送给需要的同龄人。"

　　"那不是同义词吗？"张潇洒哈哈大笑起来，"这种人见得多啦！送到手里？白白送吗？从来就没有救世主，懂不懂？你是真空小姐！"

　　贾梅听到左右前后一片议论声，就连边上的那位结巴也在说："这，这太，太困难了，我，我的同，同龄人，都，都，不爱看，看书，叫我，我心，心有余，而，而力不足……"

　　那个戴高度近视眼镜的男生伸着脖子，他的口才不错，说："如果我胆敢开口劝同学买《学生郎》，他们会大造反，说不定还会怀疑我拿了回扣！"

　　贾梅反倒忐忑不安起来。不知自己为何竟比别人迟钝了许多，在这种环境中，甚至有点落伍，她屏住气，试图在主编大人的话里品出几分书香和清高来，终于，她听到主编说："我们并不是要给小记者下达推销的任务，而是恳切希望你们从今起情系《学生郎》，为它贡献，出力、出点子都行，多多益善。另外，我们将每周举办《学生郎》联谊活动，从下周起，会请大家陆续上台来传授各自的经验……"

　　"看！"贾梅环视着左右说，"人家并没有提推销，出点子也行的。"

　　可她的话却没有引起热烈反响。张潇洒还讪笑一声。贾梅孤掌难鸣，特别孤独和难堪。还好，林第一转过头来对她笑笑，说："张潇洒的嘴里从来吐不出象牙的！"

　　贾梅感觉有一股暖流徐徐沁入心底，至少，这儿有个人很在意她，并在暗中悄悄地关照她。在他拂动头发时，贾梅瞥见他的手，手指修长，指甲带点粉红色。有一本书上说，长这种手指的男孩感情纤细，是贾宝玉式的，会有许多好妹妹。不过，谁知那作者的话里有没有诈！

幸好，这一切没被外人察觉，张氏兄妹正交头接耳地议论着前排就座的一个成年人，说此人就是把他们的照片登在封面上的美编，同时，他还是大牌的摄影家，张氏兄妹说到这儿很自豪的样子，好像沾了不少光彩。一会儿，只见那位美编站起来往礼堂外走去，张氏兄妹低声嘀咕了几句，然后便忙着离座。

林第一问张潇洒："喂，你们有何公干？你这浑蛋等会儿还回来吗？"

"天知道！"张飞飞说。

张氏兄妹追随那美编而去。林第一寂寞地坐着，头转来转去，一分钟内伸手撸了十来次头发。

正在此时，主编又设问题了，他让大家讨论能为《学生郎》做些什么。礼堂内稍稍冷场了几秒钟，冷不丁又热闹起来，不少健谈的小记者海阔天空，侃侃而谈，也许都已习惯有问必答。

贾梅见林第一孤雁般地伸着脖子，也许翘首以待着哥们儿张潇洒，与周围格格不入，就主动问话："喂，请问你怎么想？"

林第一立刻咧开嘴，露出浅浅的酒窝，老老实实地说："我正在想，张潇洒他们一定是去当公关先生、公关小姐了。"

贾梅笑笑，说："回答不及格。我问你怎么想主编的提问。"

"哦，他问什么好话了？我没记住。"林第一说完，又解嘲地说，"要记的东西太多了，我有时是故意忘掉一些乱糟糟的话。"贾梅被这句话吸引了，因为眼前的这位，是个平平常常，但我行我素的男生。

正在此时，主编嫌不过瘾似的，又重申了一遍他的提问。这下，林第一轻笑起来，说："原来如此！我还指望他会问出什么人生秘诀！至少问一些谈艺术的话也好。挺没劲的，不是吗？"

"那么，就请你来回答几句人生秘诀吧！"贾梅说，"就当他是问的这个。切记，不能引用名人名言！"林第一腼腆地笑笑，沉吟了一会儿，说："我的人生秘诀是，有空不如多跑步。每当我张开手臂向前急速奔跑时，总会感觉自己像鹰那样腾飞，激奋得要命，那种感觉非常非常棒！"

"回答又不及格，那只是爱好啊！"贾梅点着他说，"你爱好跑步，你得再说一段人生秘诀啊！"

"这就是人生秘诀！"林第一坚持道，"我的爱好是打电话，一生中将有许多时间守着电话机，等待别人的电话；也拨打别人的电话！信不信由你，上次我还跟你爸爸通过电话！"

"不可能！"贾梅叫起来，"你得承认你在开玩笑！"

"我敢发誓，"林第一说，"这是千真万确的！"

林第一说他几乎搜集到全年级每个男生的家庭电话，并非要给这些家伙拨电话，而是作为一种收藏。上次张飞飞将蓝水笔退还他后，他曾找出贾家的电话号码，想拨过去向她解释几句。没想到是贾家的老爸接电话，对方瓮声瓮气地"喂"了一声，他只好连忙说"对不起，打错了"，随后就把电话挂断了。

"你说跟我爸通过电话，就是指他说'喂'的那次？"贾梅急切地问。

"他还说了句'没有关系'。别笑，一点不可笑！我和他没说几个字。不过，这难道不算通过话吗？"林第一固执地说。

贾梅不再哂笑，面对执著而又诚恳的他，她显得太任性了。何况，她心里涌动着阵阵感激，现在，她敢肯定他是个善良、周到的男孩。他默默地关怀她，甚至，鼓足勇气拨来电话，只不过中间被爸爸插手，造成"联络故障"而已！

他们絮絮叨叨地谈了好久，直到张氏兄妹出现，那亲切友好的谈话才戛然而止。她注意到林第一收着肩稳坐在前排，偶尔与张潇洒轻声谈几句，举止不同于先前，充满了安详的气息。

贾梅觉得这是个奇特的上午，她立下誓言要牢记这个日子。就因为在这个上午，她初次知晓了一个男生的人生秘诀，以及他的爱好。

而且，如果愿意的话，她还可以推想出他的快乐是怎样的，忧伤又是怎样的……

当天晚上，贾梅和贾里刚开始看电视，电话铃响起来。

贾里冲锋一样跑去接电话，他是接电话的积极分子，总认为自己是重要人物，仿佛常会收到紧急的公务电话！也不想想，接电话这件事不比其他事，是谁的电话，最终还得归谁。再说，大人物怎会心急火燎地接电话呢？他们应该是稳坐钓鱼台才对！

那个贾里接过电话，就疑心病大发作，连声问："你是谁？是（2）班的吗？通报一下姓名又何妨，难道你是无名氏吗？"

这下，贾梅断定是她的电话，便跑过去夺过话筒，叫了一声："喂！"

"我想问你，愿意欣赏一下窗外的月亮吗？"对方没头没脑地问。

贾梅在心里欢呼一声：是林第一！她仰脸看窗外，果然瞥见夜空中挂着一轮洁白的大月亮，不由得激动地说："月亮，我看见了！看见了！它好完美、好帅，如明镜似的，蕴涵着无尽的诗意。"

"刚才，我对着月亮谈了自己的一个梦想。"林第一说，"现在果然实现了！"

"什么梦想？"贾梅问道，"能透露吗？"

林第一说，那个梦想就是与一个同龄人一边通电话，一边赏月。

"这有何难！"贾梅说。

林第一握着电话说了许多有关月亮的话题，说月亮就像一面镜子，所谓的月光，归根到底还是太阳的光芒。他还说从网上得知，多少年来，人类只看到月亮光亮的一面，而它的另一面藏匿在阴影之中……

好事者贾里，恨恨地朝贾梅瞪眼，很是气急败坏，那种凶巴巴的眼神，多看几眼没准儿会做噩梦的，贾梅干脆扭转身子，用脊背对着他。贾里一计不成，又生一计，将电视机的音量调到最大。害

秦文君

得贾梅不得不像老得耳朵半聋的外公那样，大声嚷嚷："喂！喂！你说什么？请再大声些！……还是听不清呀！"

林第一问她，是否还想着为《学生郎》做些什么？

"当——然！"贾梅说道，"谁说不是呢？想尽——一份力量！"

末了，她听见林第一拖着长音大声吆喝道："那好，下周——早点——去，在——礼堂——门口——碰头！"

贾梅刚把电话挂断，贾里立刻气势汹汹地追问说："喂，那个岳亮是何方人士？快快坦白！"

"月亮？月亮是何方人士？"贾梅分辩道，"你气糊涂了吗？"

"我分明听见你说：'岳亮'，我看见了，你好完美，好帅！……"贾里生气地在手心里写下"岳亮"二字，说，"他是一中的吗？说，心里没鬼何必抵赖啊！"

贾梅又好气又好笑，大笑着对窗外的月亮说："你听见了吗？贾里在赞美你！不过，他硬要给你起个别名叫岳亮。"待她止住笑，抬头看贾里一脸迷惘、瘪瘪的样子，便又伛下身子笑个够，笑得贾里心里有点七上八下，坐在那儿生闷气。

周日一大早，贾梅直奔《学生郎》杂志社。她感觉心里像藏着块蜜，轻轻一碰就会化开些甜丝丝的芳香。那个林第一只约定"早点去"，并不明说是几点几分，所以，使得贾梅早早动身，一路奔跑，只为不想做个磨磨蹭蹭的迟到者。

可是，林第一早在礼堂门口恭候了，他晃着一头柔和的头发，身着一身淡色的衣装，清淡得像个素色的影子。他迎着她无声地笑笑，然后问："怎么，你找到奔跑时像鹰那样展翅高飞的感觉了吗？"

"好像找到一点。"贾梅回想着奔跑时的情景，答道，"不太多，也不太少！"

"那就好了！"林第一说，"现在，我们开始商量如何上台去完成主编大人下达的任务吧。"

　　联谊会开场了，《学生郎》的主编大人与大家见面，他已是个中年人，两条长腿、浓眉大眼，穿西装，戴领带，头发涂过不少摩丝，豪爽之中带点威风凛凛的领导气派。

"还是由你拿出个主意！"贾梅说，"我最擅长的是把别人的三流水平的主意改成一流的、与众不同的主意。"

突然，林第一握着手指把它放在耳边，装成听电话的样子，说："可我没有三流的点子，只想得出一流的主意！喂，请问你是女生贾梅吗？我是男生林第一！"

贾梅笑笑，也把手握起来放在耳边，说："喂，我是女生贾梅，请问男生林第一，你为何要给我拨电话呢？"

"为什么不呢？"林第一仍然拿着"听筒"说，"男生从来猜不透女生们在想些什么，也吃不准她们眼里的我们是什么样子！听说有人特意去找小说来看，可小说里的女生不是真实生活里的女生，就像我们看月亮，只看见光亮的一面。所以我想，贾梅或许能帮我的忙！"

"我们也同样不了解男生。她们有时像小孩，有时又像老头。特别让人费解的是男生和女生之间很少有永恒的、牢固的友谊，这又是为什么？我们不想失去与世界上另一半人的友谊！"贾梅也在"电话"里与对方推心置腹。

突然，林第一将话锋一转，说："我们建议《学生郎》能多多讨论这一类的青春话题，以解开广大少男少女缠绕在心中的困惑……"

"你怎么了？"贾梅诧异地问，"像首长说结束语！"

林第一这才坦言，说他的主意就是请贾梅一块上台，用男女声一唱一和、打电话的形式，向《学生郎》提出这个建议。刚才这就算是排演过一遍了。贾梅听后，笑着答应了。首先,这主意真是绝妙！何况，她一直发愁无法想出个不傻帽儿的点子，现在真是上上大吉，也算为《学生郎》作了点贡献，免得一想起主编热乎乎的笑脸，就心中有愧。

他俩又彩排了几遍。贾梅说到做到，每一遍她都会冒出些许的妙点子。所以，两个人"打电话"的时间越来越长，涉及的内容也

秦文君

越来越广，几乎感觉把双方关心的话题全都挖掘出来了。

"马到成功！"他俩都高兴地表示。

可惜，轮到他们上台时，林第一刚开口说了三个字，那台上的话筒就哑了，而且怎么也拨弄不好。直到电工跑来弄了半天，话筒方才恢复正常。

贾梅松了口气，刚想拉林第一上场，重整旗鼓，却被主编拦住了，他询问了他们的发言内容后说时间不够了，必须忍痛舍弃掉他们的亮相，因为已经安排了另一个曾为《学生郎》写过三篇稿、发行了几百册的小记者来发言。

贾梅头一抬，立刻，心如钟摆似的乱撞起来：那人正是一中的王小明，那个会写诗，在自己的诗里大谈抱负，字写得潦草得连自己也辨认不出的男生王小明！

林第一脸灰灰的，嘟哝说世上有个人，就爱耍弄别人，他看谁不顺眼，就可以让人大出丑。

"你说的那个人是谁？"贾梅说，"听上去好大的法道。"

"他叫命运！"林第一埋下头，说，"没劲！"

到了中场休息，王小明走过来与贾梅说话，差不多一年不见，男生王小明身架宽大了许多，上唇都长胡子了，他仍穿着旧校服，但旧衣裳下照样有一颗真诚的心。

他递给贾梅一张报纸，贾梅展开看看，也没看出什么名堂，就又折起来。

"回去再看吧！"王小明说，"那上面登载着我的头像。对了，你，你高中打算考什么学校？"

"一中是首选！"贾梅说，"可听说那儿很难考！"

"没问题！"王小明深情地说，"我来负责给你收集本校复习资料，你很明智，有志的精英学生都瞄准着一中，但愿我们做校友……"

贾梅听着王小明热情洋溢的声音，心里想：也许，他以前在信里写过的话，现在仍然有效……

可是，正当贾梅和王小明谈得热火朝天时，林第一却自顾自走掉了，连一点声息都没留下，若不是那个张潇洒带着坏坏的笑容给了贾梅一个林第一家的电话号码，贾梅真不知到哪儿去寻找林第一呢！

贾梅拨通过多次电话，可惜，接电话的人每次都说林第一不在家。贾梅听那人的嗓音极像林第一，就追问他到底是谁，能否替她带口信给林第一，告诉他，她盼望能继续他们的友谊，那种真正的、永恒的友谊。

"我是他哥哥！"对方说，"我保证把所有的口信都带到。但他主意已定，情愿回到从前的平静时光，要知道，他永远踏不进重点学校的门，他是被命运冷落的人！"

贾梅叫起来，"你就是林第一，我敢肯定！"

"我敢肯定，我不是！"对方口吻沉重地说，"再见！"

然而，随着那一声沉重的"再见"后，林第一果然处处避着贾梅，两个人在校园内相遇时他也视而不见，形同路人。到了又一个周日，贾梅特意去参加《学生郎》联谊活动，巴望出现些奇迹。可她在那儿遇上的只是王小明，他正站在礼堂门口，望眼欲穿地注视着她来的方向，当他发现她时，眼里立刻掠过灼人的光彩，让她不敢正眼去看他。

而那个林第一，彻底退出了《学生郎》的圈子。

贾梅十分伤心、失意。张飞飞在这种时候显出独有的好心肠。她主动告诉贾梅，林第一这辈子就没有过什么哥哥，又说林第一成绩很差，所以特别自卑，有一次他曾劝说张潇洒初中毕业后陪他一块去当兵，弄个军衔回来，可张潇洒另有打算。所以将来的去向已成了他的一块心病。

很不幸，只因贾梅在听张飞飞说林第一的故事时，淌出了泪水，

秦文君

不久，整个年级都盛传着贾梅患上了单相思的传闻。甚至，贾里也听到了这个鬼话，他特意从《当代作家话早恋》这本书中摘抄了几段，夹进贾梅的日记本中，其中一段是："失恋的意义是助人成熟！"还有一段是："爱情不是原则行为，而是社会产物。"除此之外，贾里还自作聪明地加上一段："奉劝你早日忘掉那个可恨的岳亮，去追求自己美好的前程！"

其实，除了许多无法言喻的痛楚、失落外，贾梅遗憾在心的，还有她和林第一尽心彩排了许久的"电话建议"，还没有出台，就已经夭折了。假如她早知这一切会如此短暂，稍纵即逝，她一定精心呵护他们交往中的分分秒秒。

贾梅不死心，她期望总有一天还能续写这温情友爱的故事……

选自《女生贾梅新传》

闪·亮的萤火虫

啊，萤火虫，你曾有过一个透明的躯体，做过一次透明的梦？

Shanliang De Yinghuochong

你见过一种微弱的光吗？——可惜在白昼或者在强烈的光线下你永远也找不到它，它太微弱了，只有火柴头那么大。一闪，一闪，好像随时会熄灭。只有在夏日的夜晚，你坐在院子里的枣树下乘凉，或是光着脚丫跟着小伙伴们跑到打谷场玩捉迷藏，偶然，不，只要你有两只能看清远处那模糊的树影的眼睛，你准会发现，在杂草丛生的土丘上，在那密匝匝的酸枣棵子里亮着一盏盏灯，似乎还长着可爱的小翅膀，它们在微风中飞着，开着欢乐的舞会，把浓重的夜色装扮得花花点点……

十多年过去了。这微弱的光几乎在我的记忆中熄灭，然而昨夜——在我回家乡的第一个夜晚，它，又在我心头燃着了，撼动了我的心。

昨夜，我独自宿在叔叔家的堂屋里。熄了灯，月光从窗外流进来，如水一般清澈，我仿佛觉得又回到了童年时代。嗬，在小清河里游水，水花追逐着我的脚跟，活蹦乱跳的小虾……一颗流星从星空飘下来，划出美丽的金色的弧线。不，那是一盏小小的灯，轻悠悠地朝我飞来，无声地围绕着我舞着，一圈两圈……我张开手，它落在我的手掌上，无声无息地停着，流露出无限的依恋。孤独的小灯，难道你也想寻求人世间的温暖？我忽然想到，刚才乡亲们在这里欢聚时，墙上曾停着一只色彩黯淡的小虫。小小的精灵，虽然弱小却不甘心与黑夜一般漆黑，用它的生命发出真切的光。

啊，萤火虫，你曾有过一个透明的躯体，做过一次透明的梦？

它飞走了。在小小的窗棂上闪了一下。便把那荧荧的弱光融入月色之中。我想，等它明天夜里再来时——我相信它会来的，我将为它讲一个非常古老的故事……

一　赛一场歌谣

我是在北方一个偏僻的小山村里长大的，那个村子有一百多户人，和我年龄相仿的孩子却有五六十个。因为从小叔叔就教会我写简单的字，所以村里的孩子全管我叫"秀才"，叫就叫呗，反正这不是什么坏绰号。

一天，对门的顺儿不知从哪儿借来张地图，对我说："识字的秀才，看你能不能找出俺李家庄在哪里。"

"当然能！"我当即夸下口，就把地图平摊开，趴在上面找呀找，把那些蚂蚁般大小的字都挨个看了，眼睛都看酸了，就是找不到"李家庄"三个字。不用说，那个画地图的一定是个偏心眼，要不为啥把咱村给漏了？怎么办？我灵机一动，对着地图瞎点一通。"这是咱们的老秃山，这是小清河，河边还有骑毛驴的。"

顺儿嘻的一声笑了，说听大人们念叨，中国大哩，咱村真要上了地图的话，大概也只有针尖那丁点大，根本看不见。不过，如果要有苗老师那样的玻璃片片，说不定能在地图上找到李家庄。

快别提那玻璃片片，全村就小学校里瘦瘦的苗老师鼻梁骨上架着那金贵玩意儿，他是个小气鬼，有一回，我大着胆子对他说："苗老师，你那玻璃片片让俺戴戴，看看是啥滋味。"你猜他怎说，他急忙用手扶住眼镜，说："去，去，别胡闹。"多气人，一连几天我都在背地里骂他"苗瞎子"。

我用拳头捣着顺儿的脊背："让你唬我，让你使坏。"他躲闪着，绕着地桌打转转："这儿是小清河，河边还有骑毛驴的……"

"顺儿，呃咳……顺儿。"对门传来老地主的叫声，我最恨他，每回他听见顺儿在俺家玩就会有气无力地喊，活像招魂的野鬼。

顺儿嘟着嘴，慢吞吞地往回走，跑到院子里，转过身来对我说："捶得我好疼，真是匹爱炝蹶子的小马。"说完，一阵风似的跑了。

这还是叔叔给我起的外号呢。我的叔叔长得可结实啦，高高的个宽宽的肩，像一个铁打出来的汉子。他每次赶集回来，都会用那双大手把我举起来，让我攀着横梁打秋千，可我每回都当了草鸡，吓得闭上眼嗷嗷直叫唤，他哈哈大笑起来："真是匹小劣马。"他把我放回到地上，一只大手在布褡裢里摸索着，慢慢地摸出一串冰糖葫芦来，那通红通红的山楂果外面裹着一层发脆的糖皮儿，亮晶晶的像涂了层油彩，咬在嘴里沙啦啦地响，离两步远那股酸甜味就一个劲地往鼻子里钻，馋得人直想流口水。

叔叔笑眯眯地看着我："乖孩子，叫我一声爸爸。"

叔叔和婶婶没有孩子，大老远地把我接到这里当女儿养，叔叔待我好，我也挺爱叔叔，可是叔叔就是叔叔，怎么能变成爸爸呢？我把脑袋摆得像拨浪鼓："你不是爸爸，我知道你是爸爸的弟弟。"

叔叔深深地叹了口气，宽阔的胸脯起伏着，把冰糖葫芦递给我，真奇怪，他的胳膊变得像风中的麦秸儿那样无力，盘着腿坐在炕上吧嗒吧嗒抽闷烟，烟气满世界飞。他为什么闷闷不乐？大人应该比娃娃幸福，要不我们为啥都希望快长大，快长大？

沾了一手白面的婶婶赶过来，脸上堆着笑，细声细气地劝着叔叔，她的声音很轻，简直像蚊子嗡嗡叫，我猜到那些话与我有关，不知为什么，我有点可怜婶婶，婶婶有点怕叔叔。

"满妹子，满妹子。"

顺儿在大门外喊我，他爷爷又在"咳，咳"地叫了，顺儿装没听见，还像只不知疲倦的蝉儿似的喊："满妹子，满妹子。"

今儿个咱要上老秃山和郑庄的孩子赛歌谣。"哎，来了……"我应了一声，撒腿就往外跑，院子里的那些鸡全让我轰上了柴火垛，拍着翅膀咯咯咯地叫，那只顶能下蛋的花母鸡还朝我瞪眼，我疑心它们是在骂我。管他呢，反正咱们听不懂。

顺儿倚着棕色的土墙等我，他比我大五个月，可比我能干多了。剃头师傅图方便，给他推个光头，加上他一年四季总爱穿黑颜色的褂子，乍一看像个小和尚。他长得格外招人疼：圆脸，细眼，一说话就露出那对阔虎牙。

春天真美。柳树冒出了新芽，那嫩黄色的芽儿真像毛茸茸的小毛虫。燕子从南方飞回来了，飞得低低的，就在头顶上，仿佛一伸手就能抓住。顺儿拉着我的手顺着山径往山顶跑。老秃山其实并不秃，队里在山上栽了不少果树，到了秋天红红绿绿的果子挂在树枝上。有些野葡萄树、酸枣棵是自个长出来的。它们专爱剐孩子们的衣裳，因为那被剐坏的衣裳，娃娃们常挨大人的骂，可咱们仍然喜欢往那些野棵子里钻。

顺儿跑得好快，我跟着他边跑边呼呼地喘着粗气，只听春风在耳边唱歌。嗬，山顶上，咱们的队伍到齐了——二牛、枣花、金枝、小菊一大帮子人，一个个叉着腰站在山头上，头上长两只旋儿的二牛连声埋怨咱俩："急，急，急死人了，才，才来呀。"

果然，对面的山上郑庄的娃早摆好了架势，领头的孩子王山猴，

　　叔叔深深地叹了口气，宽阔的胸脯起伏着，把冰糖葫芦递给我，真奇怪，他的胳膊变得像风中的麦秸儿那样无力，盘着腿坐在炕上吧嗒吧嗒抽闷烟，烟气满世界飞。他为什么闷闷不乐？大人应该比娃娃幸福，要不我们为啥都希望快长大，快长大？

精细的腰间还束了根武装带，一张窄窄的脸上大眼睛骨碌碌地转，他为什么和他的外号长得那么像！山猴算个什么，要是顺儿有那么根皮带，准比他神气十倍。

我们两个村子的山头中间隔着条小清河，河水清得能一眼瞥见河底那些深褐色的鹅卵石，方的、椭圆的、三角形的，各种形状都有，还有些薄石片，透明的，很薄很薄，像刀子一样能割开手，要是在冬天里赛歌，我们都爱在河边捡冰碴润润嗓子。

两军对峙，二牛沉不住气了，嘟哝道："开，开始喊吧，憋，憋得怪难受的。"他是个结巴，却偏偏又是个爱说话的人，不过大家早听习惯了，也没人笑话他。

咱李家庄的孩子合着拍唱起来：

"郑家庄，不嫌脏，洗脚水，下面汤，不吃不吃硬盛上哟。"

郑庄的孩子也亮开嗓门应战：

"李家庄，不嫌脏，洗脚水，下面汤，不吃不吃硬盛上哟。"

双方都以为这是天底下最美的歌谣，况且谁愿意承认自己村庄用洗脚水做下面汤呢？大家鼓着腮拼命唱，歌声先是有节奏的，此起彼伏，可渐渐就乱了起来，心急的顾不上去听别人唱什么了，只顾自个儿唱，这个笨二牛竟和着郑庆娃的调头唱起"李家庄，不嫌脏……"我推了他一把，他还冲着我笑呢。他常来找我玩，可是我不喜欢他，他又犟又凶，哪一点也比不上顺儿，看今天他又出了洋相。

满山满岭都响着我们的歌声，吵得人耳朵都要聋了，清河边的公路上，骑毛驴串亲的老婆婆都用手捂住耳朵，这使我们很开心。咱村的孩子大都有着小叫驴般的嗓门，很快就占了优势，只听一片"郑家庄，洗脚水"的喊声。

赛歌谣有个规矩，占优势的一方能主动冲锋——顺着山的斜坡冲向清河，哪一方的全部人马先到达清河边，抢先喝到河水就算胜利了。这可是关键的一招，咱庄的勇士们呐喊着"早到喝糖水，晚到喝臭水"，一窝蜂地往山下拥，简直像滚下几颗小石子那般快，扬起的尘土像雾一样浓。

正在这节骨眼儿上，枣花栽倒在地，骨碌碌地滚下山去。真悬，要不是让一棵大树拦腰挡住，她非摔断腿不可，只听她哇的一声哭了。枣花平时说起话来细声细气的，可哭起来声气倒不小。

谁还顾得上跑？我和顺儿跑得急，收不住脚了，我学他的样一屁股坐在地上，这办法最灵了，滑上三五步就停住了，只是蹭了一裤子的泥。

枣花的哥哥二牛脸涨个通红，活像只打鸣的公鸡："号，号，号吧，谁，谁让你上这来了，丢，丢人……"

他是嫌枣花丢了他的脸，他最爱逞能。被他一嚷，枣花呜呜地哭得更伤心了，她从不敢和哥哥顶嘴。她家就二牛一个男孩子，全家都把他当王子惯，他有时还爱用脚踢枣花。

山猴他们在对面山上喊："冲呀，李庄的趴下了。"听人家喊得那么欢实，咱的心里像塞进团乱草，真想找谁打一仗才好。

顺儿吭哧吭哧背起枣花就走，他可有劲啦，每天进山砍柴都背回一大捆。已经晚了，等我们气喘吁吁地赶到河边，郑庄的娃们早到了，把嘴巴伸在河面上咕嘟咕嘟地喝着，边喝边咂着嘴朝咱们挤眼，好像那河水里掺过白糖似的，尤其是那个山猴，还大声说："好甜！"我瞅他简直像个丑八怪。

"李家庄的小哥们快投降吧。"山猴他们学着京腔儿说。

"谁投降？"

"臭美！"

"俺们没输。"

咱们像炸开了锅吵成一片。谁肯投降？只有电影里的二鬼子才举白旗投降呢！

山猴把瘦胸脯拍得砰砰响："别麻雀当家——七嘴八舌的，你们说，这回赛歌谁输了？"

顺儿扯住二牛，这二牛早在撸袖子准备打架了。顺儿说："还有下回咧，骑驴看唱本——走着瞧呀。"

郑庄的娃儿甩着袖儿扬长而去，还把手塞在嘴里打呼哨，这真能气死大活人。顺儿虎着脸，阔虎牙在下唇上咬出几个白印来。二牛愤愤地责怪顺儿："谁让你，你认，认，认输了？"

枣花脸煞白，小声说："别怨顺儿哥……"

"去，去你的。"二牛发起威来，伸手想搡枣花，顺儿忙护住枣花，说："要动手还是咱俩打，欺负小姑娘算啥大能人。"

"她是俺，俺家的人，吃，吃咱家饭，"二牛的声音渐渐地轻了，"待会儿告诉娘，让，让娘揍她……"

枣花嘤嘤地哭起来。

拖着两道鼻涕的金枝忙说："丫头片子就爱掉金豆，下回赛歌干脆除了她的名。"

这个金枝最爱挑丫头们的毛病，还专出些馊主意。我说："凭啥除人家的名？说人坏话嘴里长疮。"

金枝神气十足地说："你不服气？哼！"

二牛瞪了金枝一眼："满，满妹子比你好，她叔，叔是队长，你，你爹算，算个啥？"

我说："干脆，同意除枣花名的都举手，不同意的就不举手。"说着，我把手藏在身后，表示坚决不举手。

男孩子们全举起了手，连向着枣花的顺儿也举了手，二牛还同时举了两只手。他们真狠心，没看见枣花红着眼睛可怜巴巴的样子吗？她的脸一下红到耳朵，捂着脸跑了。

枣花的好朋友小菊眼睛盯着地皮看："干脆把俺的名也除了吧。"

大妮也附和着说："反正你们瞧不起人。"

二牛泄气了："丫，丫头们不干了，光咱，咱们小子去唱，非，

秦文君

非受气不可。"

"干脆散伙!"这是金枝的点子。

顺儿火了:"你们散吧,剩下咱和山猴他们赛,咱可不是熊包。"他赌气地偏过脸去,脖子上暴出的青筋一跳一跳的,像几条细蚯蚓。

"咱是说着玩的。"金枝马上转口。山里的孩子最忌讳被人称做"熊包",大家争先恐后地表白自己:"俺不散。""还能不敢和山猴赛?""去他们的。"

我忙说:"咱谁也别嫌谁,干脆去把枣花找来,我念过一本书,上面写着'多一个人多一份力'。"

"好,好。"大伙都赞成,才一会儿工夫,连爱说怪话的金枝也叫起好来。

"我——来了。"枣花从一棵大树后面闪了出来,原来她没舍得离开大伙,悄悄地躲在这里,多机灵的丫头!她红着脸,羞答答地说:"往后呀我不哭了,摔疼了爬起来再跑。"

不知谁领的头,咱们全噼噼啪啪地鼓起掌来,手掌拍红了也不知道疼。多热闹!咱李庄的娃儿和别村赛过那么多回歌,只有这一回笑得最甜。

枣花忽然悄声问二牛:"哥,你还揍我吗?"

二牛搔了搔头皮:"俺,俺早忘了。等,等会儿,哥逮,逮个小雀送,送你。"他有时候也挺爱护妹妹。

"我也送你一个。"顺儿凑在我的耳边说。

二 鸡蛋会长腿跑吗?

"像个泥猴,瞧脸上那些泥道道,那手活像老鸦爪子,也不怕人笑话。"刚进门,婶婶就连声埋怨我。她最爱干净了,身上那件蓝布褂总是平平板板的，稍微沾了些灰星儿就掸个不停。别看她虎着脸替我擦手、洗脸，我根本不怕她，因为她从来不对我发火。我吐了吐舌头："嘻，那盆清水成了泥汤了。"

婶婶脸上有了笑容，疼爱地说："赶明儿再去野就把这水给你做汤喝。饿坏了吧？快去吃，多吃点。"

婶婶烙的发面饼，又韧又软，还炒了盘油汪汪的鸡蛋，真香，这是我最爱吃的食物。坐在桌边的叔叔夹了两大筷鸡蛋堆在饼上，然后把饼卷成一个卷筒，递给我，他卷得好细，那饼子变成笛子形状，咬起来特别有滋味。我偷偷地扫了他一眼，只见他嘴角边荡漾着微笑，眼光像平日那样柔和，他已经把我不肯叫他爸爸的事忘记了，有时候大人的记性不如小孩好。

我冲着叔叔笑："俺今儿个去赛歌谣了，偏偏输给郑庄的猴他们了。"我故意没好气地把山猴称为猴。

"我的小马还会输？"他逗着我，用那双粗大的手摩挲着我的脑袋，他的手掌上像长了许多小钩子，碰上我的头发就喳喳发响。我注意到每回叔叔生完闷气以后都会比以前加倍地疼我，我总希望他的手永远不要从我的头顶上移开。

婶婶坐在炕上纳鞋底，她照例要到我和叔叔吃完以后才吃，也不知这是谁定的规矩。婶婶把针儿在头发上蹭蹭,刷地一下穿透鞋底，头皮简直像块磨针石，把针儿磨得又快又亮。她衲的千层鞋底特别结实，穿一年都穿不烂，瞧她哧哧地抽紧线，细麻线在她手上勒起一道道红印。有的时候，我捧起她的手使劲地哈上几口气，问："婶，还疼吗？"这时候婶婶变得格外高兴,把我紧紧搂在怀里,连声说："好妹子，乖妹子，真是个金不换的巧妹子。"

现在婶婶上上下下地打量我，对叔叔说："她叔，满妹子都九岁了，有些孩子像她那么大早上学了，该合计合计这事了。"

叔叔嗯了一声，说："等秋天就送她去，有出息的孩子都念过老

秦文君

多书，把她交给苗老师，准没错。"

我才不愿意念书去呢！当个小学生背起小书包当然挺来劲，可成天价坐着，连胳膊、腿都不能随便动弹，谁干呀！再说，我顶不喜欢学校的苗老师，他瘦得像虾公公，还戴着那古怪的洋玩意儿，连他的姓也稀奇，全村人都姓李，就他一个人姓树苗的苗，况且有一回我骂他"苗瞎子"让他听见了，不记仇才怪哩！但我又不敢把这些对叔叔讲，只能独自瞎寻思。

婶婶把热乎乎的嘴巴贴在我的耳朵皮上软软地说："乖妹子，听叔的话好好念书，婶每天给你煮个大鸡蛋吃，俺家妹子心儿灵，准天天打个五分。"她把我夸得心里像有条欢乐的小虫在爬，加上我知道叔叔说了话别人很难推翻，因为他是十分固执的。

我心想："还是先去问问顺儿吧，让他给我拿个主意，他总是向着我的。"我用手背一抹嘴就往外跑，婶婶紧走几步，跟我走出房门，递给我两张饼："去捎给顺儿，这没爹的孩子。"

我真奇怪婶婶怎么会看透我的心思的。

顺儿家就在咱家对门，我推开虚掩的大门，尖着嗓子叫："顺儿。"我听见那老地主咳咳地干咳着，心想："这讨人嫌的老头就像让鱼骨头鲠住喉咙口似的。"

破旧的屋檐下燕子已用衔来的黄泥筑成一个半碗形的窠儿。这对燕子每年春天都飞到这里来安家，是咱们的老朋友。每年秋天它们要飞回南方过冬了，我和顺儿俩便用白布做一个大拇指那点大小的口袋，里面装满葱籽，缝系在燕子尾巴上。听大人们说，南方缺这个。说也怪，今年春天燕子飞回来时带回一个花口袋，里面有几颗花籽，还有张小薄纸条，我认得那些字，上面写着："我叫刚刚，我们南方可好了，你们来做客吧。"

里屋的门吱的一声开了，走出个黄黄瘦瘦的女人，三十多岁，头发乱得像鹊窝，这是顺儿他妈。顺儿爹得伤寒病死了，顺儿娘扔下顺儿嫁给四十里地外的大杨村的皮匠，隔一年半载的上李庄来看看顺儿，每回都带几个馃子来。她一来，村里的金枝妈就在她背后点点戳戳，说顺儿娘福分浅，前头的男人死了，后头的男人又不正经……

顺儿娘勉强地笑笑："这不是对门的满妹子吗？出落得好俊哪，进屋坐坐吧。"

驼着背的老地主点头哈腰地装出副老实相："顺儿他娘，咳，咳……送几个馃子给妹子，咳，顺儿常吃她家的……咳咳。"

去他的，我扭头就走，顺儿娘在我身后喊："见了顺儿催他回，我想见见他，天黑前还，还得赶回杨村。"

顺儿躲哪儿去了？我在池塘里找了片大荷叶，把饼包上，慢慢地走上老秃山，迎面碰上几个砍柴的孩子往回走，二牛也是其中一个，我问他："见着顺儿了吗？"

他很不在乎地摇着四方脑袋："没，没见，山，山里连个鬼都，都没有。"

山里静悄悄的，只听什么虫儿在鸣，声音发脆，我有点害怕，放开喉咙喊："顺儿——你——在——哪儿？"声音在山谷间回荡，果然壮了胆。

只听哧溜一声，从身旁的树上溜下个人来，像山猫那般敏捷，伸手夺去我的饼，塞在嘴里大嚼大咽起来。这个死顺儿吓了我一跳！他骑在树杈上干啥？我捶了他一拳，他香甜地哑着嘴说："我正在想树上长出饼来就好了，哎，正想到这儿，你就送饼来了，我不应声，等着你走近来……"

"你娘找你，说想见你，她还带来香喷喷的馃子，我还见了呢。焦黄的，滴着油。"

他摇摇头："俺不回去，坐在树杈上能见着山下的公路，俺娘准从那里经过。"

秦文君

"要是她要带你去杨村,你去不去?"

他撇了撇嘴;"那里不是我的家,那狗皮匠还打人,我真想咬他一口,他欺负俺娘。"

去年顺儿娘来看顺儿,在李庄住了一宿,第二天早上杨皮匠就晃晃荡荡地到李庄来了,一嘴黄牙,满身酒气,见了顺儿娘张口就骂,一伸胳膊就把她搡倒在地,顺儿冲过去咬了他一口,他伸手给了顺儿一巴掌,打得顺儿满鼻子淌血。临走时,他骂骂咧咧地说:"小杂种,你要敢到杨庄来,老子扒了你的皮!"顺儿搂住娘,央求她别再去杨庄了,娘流着泪推开他,跟着皮匠走了。大概是为了这个,顺儿才不回去见他娘。

我看着顺儿,顺儿也看着我,我们从小就是好朋友,我见他心里难受就想掉泪。

"你找我干啥?"他眼睛看着别处岔开话去,他真懂事,有时像个小大人,如果我能为自己挑选一个哥哥,那我一定挑他。

我拉着顺儿在地上坐下,把叔叔要送我上学去的事一五一十地告诉他。

他边听边找了根小棍在地上画着杠杠,横一条,竖一条,说:"读书多好,写字、唱歌、做操,还走正步。"他仰着脸用舌尖舔着嘴唇:"我真有点眼馋你,要是我爹还活着,他也会送我上学的。可现在,我一点钱也没有,连书都买不起……"

顺儿的爷爷整天咳咳咳的,有时候哼哼唧唧地给队里捡粪、看瓜挣点工分,连口粮钱都不够。顺儿天天进山背柴,除了自家烧的就上集换些油盐回来。怎么办?我不由得替他犯愁了,想呀想,终于想出点子来,凑在顺儿耳边一说,他连连摆手;"俺不,你去念书吧,放学回来再教俺,要是俺脑瓜不好,你这个秀才就捶我,俺准不喊疼。"

多扫兴!他不干我自己干,反正我拿定了谱。

从那天起,每当那只花母鸡咯咯一叫,我就抢先奔出去捡蛋,花母鸡下的蛋特别大，圆滚滚的，从鸡窝里掏出来放在脸上擦擦，光溜溜的还暖手呢，我踮着脚，悄悄地把它藏在院里的干草堆里，回来对婶婶说："我把鸡蛋放进小篓子了。"

一、二、三、四……我终于攒下八个鸡蛋了，心里盘算着等攒够十个就拿到供销社去，在那里鸡蛋和钱一样能换东西。我不换那些糖呀饼呀，也不换那做梦也想着的万花筒，单给顺儿换两本书来，那货架子上就有那书，飘着油墨的香味，一页页崭新的纸像新票子一样薄得能割下耳朵。

婶婶问我："满妹子，你天天往小篓子里添鸡蛋，我咋没看见鸡蛋多起来呢？"

我的脸刷地红了："嗯，嗯，它们跑了。"

"跑了？"婶婶张大了嘴巴有点吃惊。

叔叔朝我眨眨眼："我们的小马说得太有道理了，有的鸡蛋还会长翅膀飞呢，哈哈！"说着大笑起来。

我巴不得他这么说，忙点头表示同意，婶婶向来是顺着叔叔的，叔叔这么说，她好像相信了，也不再追根刨底了。

第二天一早，花母鸡就下完蛋，"咯咯咯"一个劲地表功，我拖着鞋皮子出去捡蛋，特意撒了把秕高粱谷给它，早知道它能帮这么大的忙，真不该整天轰着它乱跑。我捏着鸡蛋，蹑手蹑脚地走到草堆边蹲下，扒开一层草，怪，鸡蛋一个都不见了！我再找，把草堆都翻遍了仍然没找到。难道它们真的飞走了？可顺儿的书……心一急，哇的一声哭了。

婶婶连忙劝我："别哭，别哭……"我赖在地上不肯起来，越哭越伤心："呜呜，我的鸡蛋没了，就在草堆里，呜呜，俺家的草堆。"

叔叔脸上一点笑模样也没有，问："我真不明白鸡蛋怎么会跑到草堆里去的，真怪。"

"是我藏在里边的。"

秦文君

037

"好，你先说说为啥要把鸡蛋藏里面，告诉我，等会儿我帮你找。"

大人总比小孩有办法，我说："我想给顺儿换书，他也想念书，就是没钱买书……"

叔叔紧皱着的眉头舒展开了，他用衣袖替我擦去泪痕，悄声宽慰道："真是匹好心肠的小马，比你叔叔强多了。是啊，你和顺儿是最好的伙伴，应该一同背着书包上学去，我和你婶婶一定帮助你。"

原来，昨天傍黑，叔叔看见花母鸡伏在草堆上不肯进窝，便跑过去一看，花母鸡竟在那里孵蛋，这个机灵鬼，一定用嘴巴在草堆上东啄西啄，结果把盖得严严实实的鸡蛋啄露出来了。

"叔叔，你真坏！"我撒着泼。我想起了叔叔昨晚的话，我为什么没听出他的话音来？

"什么？什么？"叔叔很认真地问，我终于没敢把这话再重复一遍。

婶婶手里提着小篓子走出来，小篓子里装满了鸡蛋，她眼睛看着叔叔："我又添了十二个，一共二十个，给顺儿换两本书再换几支铅笔，当个学生，这些东西都少不了的。"

"嗯，你有空的时候再给他做个书包……他爷爷是地主，可孩子没错，我看这孩子挺机灵也挺勤快……"

婶婶满脸是笑地看着我，我扑过去把脸埋在她怀里，她的心嗵嗵地跳着，声音好听极了，她的心一定像金子那样亮堂，等我长大了也要做婶婶那样的好人。

"还是个娇娃子。"叔叔含笑地说，"快去买书吧。"

三　逮鱼虾去啰

我一蹦一跳地往供销社跑，冷不防撞在一个人身上，定睛一看，那人却是村里的二流子李罗锅——四十岁光景，留着山羊胡子，这种天气还穿着油花花的棉袄，大概单衣服都让他换成烧酒喝了。此时只见他嬉皮笑脸地对着我说："你把我撞坏了，得交出几个鸡蛋来补补我身子。"

"不，是你撞我。"我的脑门正撞在他的衣扣子上，好生发疼。

"算啦，我要两个小点的鸡蛋就行了。"

"不给，这是给顺儿换书本的。"

"给那地主崽子？好哇，真是有种出种，你叔包庇老地主，你包庇小地主，你们家都快和地主穿上一条裤啦！你给不给？不给我送你上区里评理。"

去他的，我才不会被他唬住呢！我看见甘泉哥和翠花姐肩挨肩地走近来，便大声呼救："甘泉哥，快来！"李罗锅恨恨地瞪了我一眼，跺跺脚跑了。

翠花是二牛和枣花的姐姐，她模样长得俊，说话像唱歌一样，那两根油浸浸的大辫一直垂到膝盖。她初中毕业回村参加劳动，近来老看见她和甘泉哥在一起，二牛私下告诉我，他娘让他管甘泉哥叫哥，看他神气的，好像甘泉哥成了他家的人了。

我对甘泉哥说："李罗锅说叔叔包庇老地主，这是真的吗？"甘泉哥是村里的团支书，他对谁都和和气气的，从不逗人。

翠花姐拉着我的手，还替我提着小篓子，边走边告诉了我这么一件事。

土改那时候，李罗锅不知怎么也混进了贫协会。有一天晚上，他溜进存放浮财的仓库，偷了一大包值钱的东西，出来时恰巧让顺儿爹看见。第二天，贫协会发现少了东西，认为地主捣鬼，顺儿爹就把这事讲了出来，李罗锅死不认账，结果从他家搜出了赃物，他才变成了泄气的皮球。自那以后，李罗锅常常借故闯进地主家乱砸东西，还把老地主捆起来用皮带抽，叔叔知道这事以后就向上级揭发了李罗锅干的坏事,并把他开除出贫协会,所以李罗锅恨透了叔叔。

翠花姐说:"别去理李罗锅。"

甘泉哥说:"他是堆臭狗屎。"

婶婶正在井台上打水,对我喊:"满妹子快来,别缠着你翠花姐他们,人家可有讲不完的话。"

"俺也听听不行吗?"说真的,我真喜欢听翠花姐清脆的嗓音。

翠花姐的脸红了,真像开了朵桃花,她低着头跑了,甘泉哥拍了拍我的脑袋也撇下我跑了。婶婶笑得很开心:"傻丫头,真是个傻丫头。"

我忽然想起昨天金枝妈对我和顺儿说的那席话来,噢,我有点明白婶婶为什么说我傻了。

"逮鱼虾去啰!"昨天上午我们可够忙碌的,小子们不怕冷也不怕羞,脱了个光膀子,穿条短裤衩,手里握着带把儿的渔网,扬扬得意地喊着,恨不得让全世界都听见。村后有一条齐膝深的小河沟,沟里的小鱼儿可多了,泥鳅、黄鲫鱼,还有种杂鱼儿我们管它叫"镜子鱼",尖细的身子,鳞儿是五彩的,一游就泛出一片红光、绿光,下雨时还能看见鱼儿往水面上蹿呢。有一次二牛还从沟里摸出只乌龟,把它翻个个儿搁在沙滩上,上面还压了块大鹅卵石,待逮完鱼再来找,它居然逃得无影无踪,难怪和它赛跑的兔子要输,乌龟真是个有能耐的家伙。

河沟边是一大片漫着水的净沙地,沙砾在太阳光底下变得金灿灿的。丫头们照例是不下河沟的,坐在沙地上看热闹。我可不愿意闲着,在沙地上挖了个脸盆大小的坑,不多会儿,坑里渗出半尺多深的清水。

顺儿浑身精湿,腮帮子上沾着泥,在沟里逮鱼,他才不像旁人那样,张着网满沟瞎跑一气,他总爱跑到背静的地方,在一旁站着,看准了才下网,简直像舀鱼一样顺当。他把逮着的鱼扔给我,小鱼身上像抹过油似的，滑溜溜的，有时从我手里滑出来，在沙滩上跳着，枣花她们都啧啧地咂着嘴，我不慌不忙地走上几步，拎起鱼尾巴把它扔进小水坑，鱼儿们在小水坑里游着，张大嘴巴呼吸着，到处乱拱耍脾气。

"顺儿哥待满妹子姐可真好。"枣花悄声对小菊说，这话顺风传到我的耳里，我当然十分得意。

"满啰……"我对顺儿喊，喊声比往常要响。

他光着脚丫，湿漉漉的脑袋上冒着热气，手里拿着两截柳条跑来了，他把鱼儿一条条捉起来，用柳条儿从鱼嘴穿到鱼鳃外，满满的两大串！鱼儿挣扎着用尾巴甩了顺儿一脸水，他嘻的一声笑了，顺手递给我一串，扮了个鬼脸，说："真凉快。"

枣花咻咻地笑起来，趴在小菊肩上和她咬耳朵，顺儿说："枣花，要几条吗？"

枣花抿着嘴摇头。

"哟，依我看满妹子今天可占了个大便宜，顺儿给你的那串鱼怕有一斤多沉。"

说话的是头上梳个小髻髻的金枝妈，她特别爱管娃娃们的闲事。金枝是她的独根苗，让她宠得快上天了。有一次二牛和金枝摔跤玩，她看见了竟冲上去把二牛掀倒在地，还说金枝胜了二牛。为了这些，咱们都懒得答理她。今天她大概又是来找她的宝贝儿子的，正逢上顺儿分给我鱼，她用手打着帘儿挡住满脸的阳光，三步一扭地朝我们走来。

顺儿说："要没有满妹子帮忙，鱼儿说不定早晒死了。"

"真是个明事理、讲公道的孩子。"金枝妈夸着顺儿，又说，"这么多鱼儿，能不能分两条给婶子品品鲜儿，这鱼熬成汤喝起来真鲜，婶子我最爱吃。"

"你挑吧。"

金枝妈乐得眉梢往上挑，蹲在地上挑着个儿大的鱼，舌尖上像抹了蜜。"哟哟，好顺儿，乖顺儿，婶子我最爱你这样的孩子，等些年你长大了，婶子给你说个好媳妇。"

"俺不要。"顺儿有点冒火地答道。

"把满妹子说给你要不要？"她把眼睛眯成两条线，很鬼地问。

我怔了一怔，顺儿迷茫地看看我，我们都让她难住了。那头，枣花正对着我刮脸腮。

金枝妈一拍大腿嘎嘎地笑着，她已经挑出四条鱼，穿成一小串拎在手里，站起来，心满意足地拍拍胯骨，一扭一扭地走了。

我悻悻地说："她真黑心，把大的全挑光了。"

"赶明儿再逮呗。"顺儿皱着眉头在想什么，真像个小大人。

从河沟边传来金枝妈的骂声："金枝——你这小鬼真没出息，在沟里泡了半天连块鱼鳞也没捞着，还不死上来，回家非让你挨顿笤帚疙瘩不可。"

"你要揍我，俺就不跟你回去。"金枝吸着鼻涕，哭丧着扁脸，那模样真是又叫人气又叫人怜。

金枝妈立刻软下来了："乖孩子，可别吓着你，娘和你闹着玩哩，走，跟娘回家喝鱼汤去。"

当时我还和顺儿俩笑了金枝妈一通，当时我为什么没想到和翠花姐姐一样害羞呢？大概是我还小。不！就是等长大了，我也不会害羞，我和顺儿理所应当是最好的朋友嘛。

我们天天去打鱼，婶子每天晌午都熬一大锅鱼汤，用那小鱼熬成的汤泛白，鲜美极了，满屋子都飘着鱼儿和葱花的香味。我坐在院门口的枣树下等着叔叔收工回家，密匝匝的枣叶像一把大伞遮去了毒日头的炎热，蝉儿们不知躲在哪里，一个劲地噪着，到了夏天只有它们不怕热。

顺儿咬着煎饼出现在他家的院子里，我问："上俺家来喝鱼汤不？"他摇摇手里的煎饼，身上穿着件白粗布小褂，没系扣，敞着怀，在小兜兜里摸索了半天，才掏出一支青翠的柳笛。

"柳笛？给我，先让我吹吹响不响。"

老地主又咳咳地咳起来，顺儿屏住气听着，老地主吐了两口痰以后，果然喊："顺，顺儿。"

我扯了顺儿一把，意思是叫他别理他，顺儿没听我的，小声说："他又透不过气来了，我去给他捶捶背，喏，给你柳笛儿。"

这真是支好柳笛，扁扁的口，水灵灵的。其实做支柳笛并不难，取下一截子柳枝条，抽去中间发硬的杆子，留下那韧韧的枝皮就成了柳笛。做柳笛也有不少窍门，我曾做过几十支都失败了，一支也吹不响，顺儿早就答应给我做支好的了。我在吹新笛前先唱道："好哨哨儿，你响响，你要不响，俺不要，刺啦啦，喂狗　。"据说唱了这支歌，柳笛就不敢不响了。

唱罢，一吹，果然呜呜地响，清脆中带着婉转，比黄莺鸟的啼声都好听，连蝉儿都哑了。我满以为顺儿会从屋里探出脑袋来的，可是他没有。

枣花来了，眼睛哭得红红的像只小白兔，我说："你不是说过你不哭了吗？"

她用手背揉着眼睛说："我哥净欺负我，他用那只腌酸菜的坛子变魔术玩，不小心摔破了，今天爹要揍他，他就胡赖我……呜……"

"你爹信他的话了？"

"爹不信他也不信我，把我俩都打了一顿……怪疼的。"

这个二牛真可恶，我十分同情枣花，忙把那只绝好的柳笛借给她吹，在平日，我是没有这么大方的。枣花也是个仔细的人，只吹了几下就舍不得吹了，用衣角把它擦干净还给我。

"你吃饭了吗？"

"没，没，我现在饿极了，要是有一块玉米面窝窝，我也会吃得很香甜的。"

"在俺家吃午饭吧，咱们有香喷喷的鱼汤。"

"你真好，你和顺儿哥都比俺哥好，往后金枝妈要是再说你和顺儿哥的事，我再也不羞你了。"枣花很乖巧地说，她能讨外面人的喜欢，可她家里的任何人都不喜欢她。

枣花在俺家吃罢午饭就回去了。正午的太阳就像只大火球，呼呼地喷出许多烫人的热气，好闷的天，一丝风也没有，连狗都热得伸出长长的舌头躺在树荫下喘粗气，你赶它，它也懒得动一下。这种天气干什么都没心思，我便上顺儿家去找他玩。

老地主仰脸躺在炕上，闭着眼，喉咙口呼噜呼噜响着，穿着一套黑衣衫，显得脸上的气色很差。每回我上他家去，他总是佯装睡着，不和我搭话，也不咳咳咳怪叫。不管怎么样，我是恨他的，听说我爷爷给他当了一辈子的长工，临死时，让他一脚踢了出去，连口薄皮棺材也不给，好歹毒！

顺儿趴在地桌上学写字，他家的地桌只有三条腿，有一处用四块砖垫着。他写得好认真，过去叔叔教我认字，有时我常点着字念给顺儿听，因此他多少识几个字，只是从来不写，眼下他把新书翻开了照着书上的字儿写。那天，我从供销社换回书来给他送到家，他简直乐疯了。他可爱惜那两本书啦，特意央求翠花姐替他用旧报纸给书包个书皮，生怕把它揉搓坏了。

一见我进来，他忙用胳膊把写的字挡起来，只见他满脑门子是汗，连黑黝黝的脊背上也挂着汗珠，一直起身子来汗珠子就往下淌。他笑笑说："这杆笔不听使唤。"

"让我瞧瞧。"

"不让瞧。"

"不看就不看，看了也不上天，去你的，书虫子。"

他拍着手笑笑："瞧瞧哟，满妹子的嘴巴撅得能拴驴了。"

"哪个骂人，哪个烂嘴。"说着，咱俩都笑了起来，谁会把闹着玩的话当真呢？

顺儿用舌尖舔着唇："让你看也行，不过可别笑话咱，我写得真丑。"

我说："谁笑话过你？"可话未落音，我就忍不住笑起来，因为谁一瞥见他的字都会笑的：横不像横，竖不像竖，软塌塌的就像一条条没骨头的蚯蚓，这哪像字呀？"哈哈，像虫儿在爬，快用线穿起来，要不它们都跑没了。"我边说边往外跑，原以为他会追出来，可是他没露面，光听见老地主咳咳地哼哼着。

太阳快落山了，把它的余晖洒在河面上，清河变成了一条金河，一帮子娃娃全像水鸭子似的泡在水里。我游泳的本领还是顺儿教的。那时候我胆子小，死活不敢下水，只能坐在岸边眼睁睁地看着他们像一条条小鱼儿不停地撩拨着水，连那个只会游狗刨式的金枝也敢奚落我是"旱鸭子"。有什么法子呢？谁让我一下水就头晕。顺儿朝岸边游来，手里举着一只肥胖的大虾，他时常把逮住的虾儿送给我，我爱这么生吃，掐去虾脑袋送进嘴里嚼，那虾儿还在蹦呢，品品滋味，简直鲜透了。我俯下身子去接，没料到他一把把我拽下河去，用胳膊架着我说："别怕，别怕，俺在这儿。"就这样，我渐渐地学会了狗刨式、炸弹式，还能和男孩子一样在水里竖蜻蜓，连金枝见了都吐舌头。

我后悔笑话顺儿，我应当像他帮助我那样帮助他。

水草丛中出现一只拱背的草虾，一弓一弓地往上游来，它是透明的，连身子里的肚肠都能看个一清二楚。我想逮住它，去送给顺儿，没料犟二牛手快，一把抢了去，我赌气地浮出水面，他跟了上来，捋了一把脸上的水，很大方地向我伸过手："给。"

我不想要他的东西，上回送给我一只快要死掉的小山雀，就到处嚷嚷："俺送给满妹子一只小山雀。"还去对叔叔说，他和我最要好。

我不喜欢那号爱吹的人，早些年他把胸脯拍得砰砰响，说自个儿是庄里的摔跤大王。他和金枝、小菊、我……都摔过，这家伙长得五大三粗，别人倒真搬不动他。顺儿没跟他摔，只在一边看热闹，二牛扯住他非要跟他摔一跤，他以为顺儿不是他的对手，想在大伙面前显一手，可他想错了，顺儿使了个巧劲儿把笨二牛绊倒了，让他羞得三天没出门，从此再也不提摔跤大王的事了。

"接，接着吧，别和顺，顺儿好，他爷那副穷酸架，脏，脏死人了，他家像，像个猪圈。和，和俺好，好吧，这虾，虾儿多壮。"不知为什么，近些天来，二牛总爱和顺儿闹别扭，他俩好一阵孬一阵，谁知道是咋回事，大概是逞强的二牛处处不如顺儿灵活，所以赌着口气。

"他家是猪圈，你家是羊圈。"我故意撅着嘴气他，他越贬低顺儿我就越要和顺儿好。

他扬了扬拳头到底没敢揍我，愤愤地把虾塞进嘴里，故意嚼得很响，想馋我。谁稀罕过？我气鼓鼓地边嚷"臭鱼烂虾喂鸭子啰"，边抱住肩膀潜入水底，咕嘟嘟地吐出串珍珠般的水泡泡。

顺儿在哪里？哦，他仰脸躺在水面上，用脑袋枕着胳膊，两只脚慢悠悠地踢打着水，小水花跟着他的脚儿跳，简直像条四平八稳的小船在随波逐流。我游近他一看，嗨，人家还合着眼皮子，跑到这儿来打瞌睡了！"喂，醒醒呀，吃了睡婆婆的迷糊药了？"

"昨天晚上俺没睡。"

"咋啦？"

"我爷病了，我得替他看瓜地去，今晚还得去。"

"真讨厌，他老生病，你就一直一个人去看瓜？"

"嗯，我带个大棒子去，谁敢来偷瓜就让他脑袋开瓢。"

我想起瓜田后面有一大片坟地，那里长着不少矮灌木，一到晚上萤火虫就在那里一亮一闪地飞来飞去。那时候我们常爱在夜里成群结队地去逮萤火虫，掐去它们的亮尾巴，一片一片地贴在额头上，有时还齐刷刷地贴在眉毛上，一晃脑袋就闪出亮光，好神气。有一次金枝告诉咱们，他看见一个红眉毛绿眼睛的鬼从坟头里爬出来，消息传开后，大人们都不让我们去那里玩了，而我们也对那死人的居住地产生了恐惧感。再看看那些萤火虫闪着幽幽的光真吓人！再也没人敢把它的亮屁股往脸上贴了。想到这里，我不禁为顺儿捏了一把汗："你不怕鬼吗？"

"我也没见过它是啥样的，真要来了，我就砸扁它，它还能不怕大棒子？"

不知从哪儿冒出股勇气，我说："晚上我给你做伴去，行吗？"

"好，你要去了，我就给你讲个最最好听的故事，是我爸讲给我听的。"他显得十分高兴。

四　瓜地里的故事

吃罢晚饭，顺儿轻手轻脚地摸到咱家来约我去看瓜，因此，没听见老地主咳咳的叫声。

顺儿有点怕叔叔，虽然他不承认，可怎么能躲得了我的眼睛？叔叔好像也不太喜欢他，不常和他说话。只有婶婶很疼顺儿，她是个好心肠的人。

婶婶慌慌张张地问叔叔："她叔，这能行吗？"有什么不行的？婶婶总是那么胆小，比别人多长了根愁肠子，比芝麻粒儿还小的事她也要左掂量右掂量的，幸亏叔叔没出声，有时候出不出声就是代表同意，这是一家三口都知道的规矩。婶婶轻叹了口气，微拧着眉毛替咱俩找出两把小蒲扇，说是地里蚊子多，能用这驱蚊子，又让我带上夹褂子，说半夜里风大，能挡着点，好像我要在瓜田住一辈子似的。我接过小蒲扇，拉着顺儿就跑。

　　瓜地离开村约莫有半里地，绿油油的瓜秧子下藏着圆圆的西瓜，用手指在上面弹弹，嘣嘣地响，生脆生脆的。这些瓜儿都熟了，一两天里就要收了，要是一拳头砸下去准能砸成八大瓣儿。瓜田中央搭起个小窝棚，看瓜人住在里面能避避清晨的露水。顺儿从地头剜了些酸枣棵子，枝枝丫丫的挑成一堆，顺手划拉了几把枯叶子引柴，在窝棚门口点起堆火。顿时，一缕缕呛人的青烟冒出来，熏得蚊子没命地跑，真看不出顺儿有这么两下子。

　　夏日白日长，七点多钟了，天还没完全黑下来，西面还留着太阳的一个白影子。我俩坐在泥地上练字。我教他写"李顺儿"三个字，这是他提出来的，他恐怕苗老师会不收一个连名儿也不会写的学生。再说我俩都得罪过这个古怪的"眼镜子"，他非给咱们小鞋穿不可。

　　练了八十多遍，他写的字有点像样了，就说："秀才，等我上完一年级，我要给南方的刚刚写封信，就让燕子捎去。喂，再把你的名字教给我。"

　　"干吗？"

　　"你的名字好听呗……"

　　"我的名字是妈妈给起的。我有五个姐姐，妈妈说，家里的妹子太多了，就管我叫满妹子。我已经记不得她的模样了，只记得她的眼睛很黑很黑，和婶婶的眼睛像极了。"

　　"你不回城里去看她吗？"

　　"不，爸爸来过信说不让我回城，因为妈妈见了我会舍不得放我上这儿来的。"

　　"我的名字是爸爸给起的，他一直说，取了这个名能让我顺顺当当地过日子……可惜他死了。"

　　不知不觉，夜已经降临了，她把像水一样清澈的月光洒在瓜地里，瓜儿们越发显得沉甸甸的。一只蛐蛐躲在窝棚后面嚯嚯地奏着小曲儿。这鬼东西，像在向咱们挑战。蛐蛐特别爱打仗，男孩子爱把两只蛐蛐关在一个泥瓦坛里，用根狗尾巴草去撩拨它俩的关系，这两个小家伙上当了，气得触须朝天，拼死厮打起来。顺儿的心痒痒了，坐不住了，想过去逮蛐蛐，我一把扯住他的衣角。

"你怕了？"他问我，这个机灵鬼，什么也躲不过他的眼睛。

"哇——咕咕喵。"什么东西在叫，又像哭又像笑，阴森森的，我的心忽地一下被提起来了，起了一身鸡皮疙瘩，说心里话，我恨不得立刻打退堂鼓。

"是夜猫子叫。"他怕我不信，捡了块土坷垃朝发出怪声的地方扔了过去，扑簌簌，什么东西拍打着翅膀飞了起来，圆圆的眼睛像两盏灯，亮极了。我确信这真是夜猫子。它总爱在半夜出来捉虫吃，还吃地老鼠。它明明是益鸟，只因模样丑，人们都把它当成不吉祥的东西，它们会感到冤枉吗？换了我准能哭两大缸眼泪。

"给你讲个故事，要听吗？"顺儿斜卧在火堆边，眼睛眯缝着问我。这天夜里晚风挺稠，小风缓缓地吹来，火堆上的火星苗子一亮一灭的。

"吓不吓人？"

我特意朝四周看看，主要是观察一下坟堆方向有没有爬出一个红眉毛绿眼睛的鬼。幸好，月亮像一只大银盘挂在树梢上，到处都是银白色的一片。天空中，星星一颗颗钻出来，闪烁着，分明在眨眼睛。你注意过没有，在夜里走路，星星和月亮都会伴着你一块走，哪怕你走出五里路，它们仍在你的头顶上，它们真是人们忠实的朋友。

"你不听，俺就不讲了，怪困的。"他开始卖关子了。

"你讲吧。"我硬着头皮冒了一次险。

他支棱起脑袋，用小棍拨了拨火堆上的枝丫，白蝴蝶般的灰烬舞了起来，又开始冒出淡淡的青烟，在耳边嗡嗡的蚊子又被赶跑了，顺儿开始讲起故事来……

从前有这么一家子，父母死了就剩下兄弟两人，哥哥是个又贪婪又狠心的家伙，他想把弟弟折磨死好独占家产，就不给弟弟吃饱饭，

秦文君

049

让他天天背着父母留下的破竹筐上山割草。弟弟是个又老实又勤快的孩子，不论刮风下雨天天进山打柴割草，饿了就喝口清泉水填肚子。有一天他饿得受不了了，眼前直冒金星，倚在树干上直叹气，这时从远方飞来群燕子。弟弟唱道："东来只燕，西来只燕，都到我筐里来下蛋。"唱罢，飞来许许多多燕子，黑压压的一片，都争着在他筐里下蛋。他吃了好多蛋，把肚子撑得鼓鼓的，剩下的全分给周围的穷苦人。以后燕子每天都到他筐里来下蛋，他吃了燕子蛋，脸上红扑扑的，越长越结实。他哥直纳闷，就偷偷地跟在弟弟的后面，把燕子下蛋的情形看了个一清二楚。半夜里，他用刀杀了弟弟，第二天就装成弟弟的样子坐在山下唱："东来只燕，西来只燕，都到我筐里来下蛋。"燕儿果然又飞来了，可在他的筐里拉了一大筐粪。哥哥气得把筐拆散了，忽然从筐底蹦出一把尖刀插进他的心窝……

这个叫《宝筐》的故事我不知听过多少回了，耳朵也要起趼子了，可还是听不够，好像这个故事里蘸满了甜汁，怎么也吮吸不完。这确实是世界上最美的故事。顺儿忽然一骨碌爬起来，支棱着耳朵听了一会儿，用肘儿捅捅我："听呀，有脚步声，近了，他往这里来了。"

我也听见脚步声了，渐渐地还听见那种裤腿擦过瓜秧子发出的窸窸窣窣的声音，紧接着，一个黑糊糊的影子出现了，它是真实的，并非梦幻，可我多么希望这是场噩梦呀！哦，定是红眉毛绿眼睛的鬼魔，金枝也见过，我后悔没听婶婶的话。影子还在朝我们移近，小心翼翼地走得挺慢，我怀里像揣了一只小花鹿，嗵嗵嗵地要跳出嗓子眼。我的手心出汗了，鬼，鬼来了。我闭上了眼睛，等着鬼来掐我的脖子。听金枝说，鬼留着一尺长的手指甲。

"谁？小心我用棒子抢你。"顺儿像弹簧一样跳起来，他真不怕鬼。

"别动手，我是你黑大叔。"影子开口了。

这明明是叔叔在说话，虚惊一场！心里一块大石头落地了，才感到腿儿发软。叔叔是咱生产队的队长，村里上年纪的都喊他"大黑"，小辈的,不分男女都喊他"黑大叔",这真是一个又亲切又顺口的称呼。有一次社员们在树荫下评工分,我们几个坐在树杈上玩,我曾大着胆子唤了他一声"黑大叔!"没料到周围的人全乐开了,叔叔想不笑可到底没忍住,笑得肩头乱颤,我这才明白,唯独我不能喊他"黑大叔"。

叔叔说:"我听听没动静,以为你俩睡着了,才没喊你们。吓坏了吧?"

"吓了我一跳,我还以为是鬼呢,金枝说他见过。"

他哈哈大笑起来,声音在寂静的夜空中传开,显得特别爽朗。他今天的心情一定很好,他说:"世界上哪有鬼?都是那些胆小的人自己吓唬自己,胆子是练出来的。顺儿还行,今天要来个偷瓜的准会把苦胆吓破的。瓜是队里的,我们都要负起责任来。你们敢回村吗?下半夜我替你们看瓜。"

我舍不得离开瓜地了,这里的一切是那么惊险又新奇。瞧,瓜地里那浓酽酽的绿色多讨人喜爱!刚才的惧怕早飞到九霄云外去了,好像我一下子长成顺儿那样胆大的孩子了。何况我断定叔叔不会熊我的,他今天是那样和颜悦色。我说:"俺不,我才不走呢,要走,你们走吧。"

顺儿笑了,笑得很小心:"黑大叔,明早你还要下地干活,还是你回村去吧。"

叔叔抬头看看满天的星星,哦,我这才注意到它们越发亮了,真想摘一颗下来养在小玻璃瓶里,这一定比电灯更亮。叔叔说:"我不碍事,天不早了,过会儿就要下露水了,你们上窝棚去歇会儿。"

"你呢?"

"等你们醒来就来换我。"他笑笑说。

过了一会儿困劲上来了,眼皮子光打架,我先钻进窝棚去睡了。用干草搭起的铺软软的,带着一种特有的清香,一翻身就沙沙地响。

那只蒿草做成的枕头，出气粗点，细草儿就拂着面孔，痒痒的，像有只小虫儿在叮。我蒙蒙眬眬地听见顺儿还在和叔叔唠着什么，高一声，低一声，只听叔叔说："这是你爷爷干的事，与你没关系。"我想起来了，有一次豆腐铺的拐腿爷爷告诉我，老地主在解放前可狠毒了，我爷爷死后叔叔找地主去评理，让老地主打了一顿赶了出来。后来，我把这事告诉顺儿，他脸煞白，从此总躲着叔叔。顺儿真倒霉，摊了个这么样的地主爷爷，好了，今儿个叔叔和他把话挑明了。

我睡着了，梦见一只老大老大的西瓜，像座房子那么大，黑油油的皮，鲜红的沙瓤，咬一口甜极了，我儿童时代是那么幸福！

五　舌头和牙齿也要打架

第二天一早我就在村口堵住金枝："喂，你说你在坟头看到鬼了？"

"嗯，就看见一个。"金枝甩了一把鼻涕说。

"还有谁见着了？"

"就，就我自己，那天晚上，我自个儿去的。"

顺儿听见了说："他唬人，他哪敢一个人去坟地？他的胆子比谁都小。"

金枝脸上红一阵紫一阵的，支吾了半天："反正我看见了。"

"叔叔说，只有胆小鬼才胡说有鬼呢，金枝你就是个胆小鬼，大熊包！"

"满妹子这丫头真长了张尖嘴儿！"金枝妈不知从什么时候起就跟着咱们了，不满地用眼睛白我，她没往深处说我，大概是看在叔叔面上，"走，金枝，跟娘回去，少跟那些没爹娘教养的孩子搭讪。"

她分明是在骂我和顺儿，气人不？她早把吃咱们鱼的事儿给忘了，要是她不是个大人，我准和她打一仗，可现在不行，小孩和大人打嘴仗总是要吃亏的。

金枝回过头来嚷："俺没看见鬼，那是我妈给我讲的故事，咱不是熊包蛋。"

"呸！"我啐了一口。

"听说你还是个秀才，怎么往地下乱吐？"有人在我耳边说话，那声音慢吞吞的，又熟悉又陌生。那人竟是小学校的苗老师，高高瘦瘦的，身上穿了一套白粗布短衣裤，那露出的胳膊、腿活像几根枯柴。离这么近，我才看清在那眼镜后面有一双小眼睛。他的眼镜真是特别特别的奇怪，像玻璃瓶底那般厚，有一条腿还断了，用根铁丝代替。他就是我的老师吗？瞧他那副酸样，我真觉得有点屈。

我和顺儿都没和他搭话，我们正在气头上，最不愿和管闲事的人搭话，再说，我们曾骂过他"苗瞎子"，他绝不会向着我们的。

他干笑笑，转身走了，还把两只手背在背后。我对顺儿说："我真想戴戴那玩意儿，戴上它说不定连地底下的东西都能看见。"

"有办法啦，"他一拍大腿，"你跟我走。"

我们尾随着苗老师慢慢地走到清河边来了，他半跪在地上，脱下眼镜子放在一边，佝偻着腰，用手捧起水来洗脸。顺儿踮着脚跑过去，拾起那眼镜就跑。咱们本想戴一会儿就给他送回去的，没想到他听到了动静，很快就伸手找眼镜了，一找没了，急得两只手在地上直摸。顺儿只得跑过去把眼镜还给他，他恼火了，气咻咻地说："胡闹，真是瞎胡闹。"说完扭头就走了，还是把手背在身后那么走。

完了，这真是个最糟糕的主意。我怕顺儿怨我，可他没有那么做，只说："不要紧，他要是不收咱们，咱就找他说理，咱也不是想偷他的。"

"这事不能让叔叔知道，不然他会揍我的。"其实叔叔从来没揍过我，可是我怕他，每当做了错事时就会想到他那双令人生畏的大手。

"黑大叔是个好人，他有时脸上凶，可心底挺好，今天早上我就对爷爷说：'谁让你过去对人那么狠！我真恨死你了。'"

"他怎么回答？"

"他没吭气，他要吭气我就喊：'地主最坏！'"

"嗨，最最要紧的还是应该想个对付苗瞎子的招，万一他……"

"秋天再说。"顺儿说。

连着刮了几天北风，树叶儿全变成枯黄的了，老秃山上铺满了枯叶，一脚踩下去就能没了脚面，大雁们排着人字形的队伍回南方了，在顺儿家屋檐下筑窝的燕子一家也要飞回南方刚刚家了。我们缝了只小布袋，才大拇指盖那么大，里面装着绿豆籽，听说南方缺这个，让燕儿捎去。

秋天来了，尽管我们没盼过它来。咱们三三两两地来到小学校，幸好苗老师没提起过去的事。仅一会儿工夫，我，顺儿，枣花，金枝，二牛，小菊……全成了精精神神的小学生，一个个坐在座位上抿着嘴儿笑，真新鲜，野孩子全成了斯斯文文的小学生。

外姓人苗老师对大伙说："小朋友们好。"他还以为我们小，其实要论上树、赛跑他都不是对手。不过我们谁也没敢哧哧地笑出声来，在白墙壁的教室里，我们的野劲被一种无形的威严压下去了。

"咱们先上第一课，大家把手搁在课桌上。"

我们不知这老师使的什么招，看手相吗？但还是照办了，哪家大人都嘱咐过："听老师的话。"再说这并不难，伸伸手直直腿正合咱的心思，坐着不动怪累身子的。咱们一个个争先恐后地把手伸给苗老师看，苗老师挨个看了，连连摇头："病菌都是从嘴巴里进去的，手这么脏，抓干粮时就把细菌吃进去了，在肚子里长了虫子，动不动就肚皮疼，太脏了，一点也不卫生。"

这老师多会挑刺儿，管天管地还管人家的手干净不干净，教字儿就得了。可再看看咱们的手，别提了，脏得像鸡爪子，黑糊糊的一层，像涂过一层铅粉，看来不用碱水泡是洗不干净的。

老师说："大家选个卫生委员，让他每天早上检查个人卫生。"

谁也不知道这"卫生委员"是多大的官，反正能管别人就得选个好的，大家一下子活跃起来，像一锅煮开的粥。苗老师用手指笃笃地敲着讲台，拖着长音："举——手——说——话。"

枣花把手举得最高，老师点了她，她啪的一下来了个立正，谁知道她是跟谁学来的？"报告，我选顺儿。"说完一屁股坐下去。

"俺也选他。""俺也是。"不少人附和着，我想这回顺儿总能当上卫生委员了。

"是选李顺儿同学吗？"苗老师文绉绉的，非要叫大号干吗？他又把眼光移到顺儿身上："有没有不同意的……"我暗想，这老师不但姓儿怪，连脾气也怪，大家都叫好，还一个劲地问什么？

"俺就不。"坐在枣花身后的二牛嘟哝道，我看见在这同时，他把腿伸直了，踢了枣花一脚。

"哎哟！"枣花尖叫一声。

"怎么了？"苗老师侧着脸问。

"一只虫，咬了一口。"枣花说了谎，要不是我对苗老师有了看法，我早报告了。

"俺也不选顺儿。"金枝也嚷了一句。

苗老师推了推架在鼻梁上的眼镜："为什么呀？总得说些理由，比如李顺儿同学哪一点不好。"

金枝把鼻涕吸得吱吱响，真恶心人，他说："他总穿黑衣服，还摞着补丁，我的衣服比他的新，在柜子里有三件新褂子留着过年穿，我选自个儿。"

"说完了吗？"

"完了，俺妈也让我出息点，以后当官。"他大模大样地坐下了。我真想奚落他几句，凭你这两条黄浓鼻涕就不配当卫生官。

"还有谁有其他意见？"苗老师伸着脖子东张西望。我知道了，他准是也不赞成顺儿当卫生委员的，所以一再怂恿别人说怪话。

二牛终于没有拉破脸站出来反对顺儿。没有一个人说话，好，看姓苗的怎么说。

"我认为李金枝同学的话并不是什么理由，无论穿什么颜色，旧的也好，新的也好，只要干净就行。我看大家既然没什么意见，那么从今天起，李顺儿同学就是我们班的卫生委员了。"

他没记咱们的仇！我有点感激地瞅瞅他。他小小的眼梢边布满了皱纹，眼镜上一圈一圈比酒瓶底还厚，他有点像位慈祥的老伯伯。

我得意地看看顺儿，他脸红了，低下头去。我又看看金枝，他好像有点无所谓的样子，幸亏我们的苗老师明理，没让这一条鱼搅腥一锅汤。班里的其他人都没什么大变化，只有枣花眼圈发红，她大概担心再受二牛的欺负。他们兄妹俩一个像虎，一个像羊，连翠花姐见了二牛也让他几分。

这堂课苗老师只教了八个字：上，下，来，去，大，小，多，少。他的字写得真帅，有骨架子，没想到这个瘦得一阵风就能吹倒的人，写字的功夫竟会那么到家。

听婶婶说过，苗老师过去是城里人，后来受了冤枉被城里的学校开除了。村里人对他都很尊重，写家信、写春联都愿意找他，称他是"老秀才"。只有李罗锅常在背地骂他，说他和地主一样是坏人，当然，谁也没去信李罗锅的话。

下课了，我们都像唱山歌似的唱着："大呀，小呀，多呀……"高音低音都有，反正各人哼哼自己喜欢的调门儿，这么一唱反比死背记得牢。

唯独金枝一个人坐在那里美滋滋地吃起煮鸡蛋来了，蛋黄沾在嘴唇上，引得几个馋猫眼光一个劲往他那头飞。我一见他扁扁的柿饼脸就来气，不刺他几句就无法解开心里的疙瘩，就故意把声气提得高高的："少吃点，画地图的！"

大家哗的一声笑了起来。金枝变了脸，谁都知道金枝长到十一岁还尿炕。每逢晴天，他妈就把那些被尿湿的被子拿出来晒。平日里金枝最怕人揭他这个短，可我今天就是要挑他最难受的讲，谁让他那么神气活现。

金枝哭丧着脸去找顺儿，亏他有这么厚的脸皮，只听他告状说："报告卫生委员，满妹子骂人了。"

"骂谁？"

"骂我。"说到伤心处金枝吱吱地吸着鼻涕。

"你真骂了吗？"顺儿走过来问我。

我憋不住想笑，暗想：顺儿总是向着我的，便大大咧咧地说："他这号人，哼，该骂！"

顺儿竟然有板有眼地训起人来："谁让你骂人来着？你寻思这是玩家家的地方？老师说过，谁骂人谁得挨罚。"

"罚个屁！"我差点哭出来，长这么大我还没受过这样大的委屈呢。叔叔给我起的外号一点也没错，我真像匹坏脾气的小马。我从课桌里拽出书包往外奔，顺儿追着我喊："停下，停下。"谁听他的？他当上个卫生委员就不认人了！千不该，万不该，就是不该偏向金枝。我一路走，一路哭。

姊姊去地里了，大门锁着，怎么办？红着眼睛站在门口等，太丢人败兴了，来来往往的人会问："满妹子，今儿个卖金豆吗？"他们全爱奚落人。

老地主拄着棍子笃笃地走出来，偏着脑袋看了我一眼。我用眼瞪他，他忙把眼光避开。不知怎的，一句话猛地一下从我嗓子眼里蹦出来，连我自己听了都吓一跳："喂，别装样，你家顺儿欺侮我。"

他忙弯下身子点头哈腰地说："该死，该死……"边说边咳咳地吐出一大口浓痰。

我坐在枣树下生闷气，这顺儿比金枝更可恨，我们是最要好的

秦文君

伙伴，他偏胳膊肘往外扭，长了金枝的志气，往后这鬼东西见了我定会挤眉弄眼地扮怪相，我能咽下这口气吗？

婶婶收工回来了，用手掸着衣裳问："和谁打仗了？是金枝还是二牛？"

我一言不发走进屋，一头栽在炕上，抱着枕头呜呜哭起来，我此时是多么难受。

"到底咋啦？"婶婶连声追问。

"顺儿欺负我。"

"顺儿是个懂事的孩子，不会惹你。"

"会的，会的。"我发脾气了，用脚踢打着炕沿。

婶婶挎起小篮篮说："等他回来我说他一顿就是，别哭了，婶子下自留地割点菜。"

过了不一会儿，外面热闹起来，只听二牛在喊："满，满妹子，俺，俺给你采山里红来了。"二牛这人虽然又霸又蛮，可是也有一个优点，他从不记仇，那回在小河里我们闹翻过，可他很快就忘了，还常送东西给我。秋天里山上的野果熟了，有一种叫山里红的野果，红嘟嘟、酸溜溜的，女孩子顶喜欢吃，二牛常采来送给我。

听声气他准是爬在那棵枣树上了，树上的枣已经打过一遍了，只剩下一些漏打的枣。忽听金枝在叫："二牛，那根枝条上有一颗青枣，快摘下送我。"

好哇，他也来了，连二牛也向着金枝！我一把扯过被子蒙上脸，"要吃山里红自个儿上山采，谁没长两只手了？""满妹子！"顺儿也叫了我一声，我才不理他呢，心想：去你的，你去叫金枝好了。

"咳，呃，顺——儿，来！"老地主在叫。

"你拿着烧火棍干吗？咦……哎哟！"

"咳咳，打死你个惹祸精，咳呃……"

二牛结结巴巴地喊："救命呀，顺儿挨，挨打了，来拉仗哟。"

我忙跑到院子里往外看，只见老地主正用烧火棍抽着顺儿，顺儿像呆住了，一动也不动。天哪，我知道这是怎么回事了，又急又怕，脸上火辣辣的像着了火，眼泪像断了线的珍珠滴滴答答往下淌。他没欺负我，我为啥胡赖他？我真后悔，恨不得打自己几下。

"咳……呃，你去欺负对门那姑娘，你找死哇，你，我打断你的腿。"老地主把声气放得高高的，像是故意让我听见。

"我没欺负她。"顺儿大喊起来。

"还犟嘴？呃，去认个错，我就饶了你，呃，咳。"

向我认错？不，不，我的脑袋疼得要裂开来，真希望地上能长出条缝让我钻进去，我对不起顺儿。

"偏不，偏不！"顺儿很凶地嚷，"我一点儿都没错，你打吧，打死我，谁给你砍柴，谁给你做饭？"

老地主似乎晃了一晃，忙捂住顺儿的嘴，把他拉扯进院，闩上了院子门。一点声音都没了，既没有哭声也没有骂声，仿佛那里是一潭死水。许久许久才传出一点声音："呃……咳……"

我知道我要挨揍了，叔叔的脸色铁青，像孕着暴风雨的天空，他一定知道我干的事了，金枝和二牛都喜欢把小孩们之间的事告诉大人，特别是金枝，他简直是个"小广播"。不过今天我并不怨恨他们，因为我怨恨自己都来不及。

婶婶已经注意到叔叔的情绪了，她寸步不离开我，做一切事都比往常小心，走起路来脚步轻轻的，甚至都不敢正眼看叔叔。让她替我担惊受怕，我心里真难受，每到这时候，我就会觉得她比我更可怜，她也是大人，为什么要去怕叔叔？

我倒希望叔叔赶快揍我一通，这也许很疼，可是我能痛痛快快地倒在婶婶怀里哭一顿，然后一切都了结了，不用像现在这样提心吊胆。然而，叔叔正在寻找发火的导火线，是的，他一定在考虑如何制伏我。

婶婶悄声对我说："走，和我一起上厨房。"

"慢着！"大概叔叔等待的时机已经到了，他大喝一声，"过来。"

"她叔……"婶婶怯生生地阻拦。

"你去厨房忙吧。"叔叔有点不耐烦。

"她叔……她还小。"

"别袒护孩子，你知道她干的好事！不教训教训还了得？走开。"叔叔暴跳如雷，抄起棍子要打我，我吓得尖叫着藏在婶婶身后。

"你滚！"叔叔咆哮起来，真像狮子，"我非要揍她不可，你拦着连你一块算。"

"你，你打我吧，孩子身子骨嫩。"啪的一下，婶婶肩上挨了一棍，她转过身发疯似的搂住我，生怕我被夺走，喊着，"你打，你打。"

冰凉的泪水滴在我的额上，我放声大哭起来。我忽然想起自己家来，如果爸爸知道我在挨打，会怎么想呢？我七岁离开他时，清楚地记得他有着非常非常好的脾气。"爸——爸，快来，"我哭喊着，"来救救我，我要回——家。"

一阵沉默，叔叔像根木桩一样立着，婶婶无声地颤抖着。我也不再哭了，我怕叔叔真把我送回家，虽然他凶，可是我还是爱着他的，尤其看见他深深地叹气，我更不好受。我一步步走过去，走到他跟前，对他说："你打我吧，我错了。"

"好孩子，"叔叔一把把我抱起来，用粗糙的手掌抚摩着我的脑袋，动情地说，"叔叔是个很坏的人，是吧？很坏，很坏。"

墙角边传来婶婶轻轻的抽泣声。

六　生日的礼物

一连几天顺儿都没答理我，在教室里见了总是用虎牙咬住下唇，

　　那杨树顶可高啦，有半截是长在云端里的，像金枝那号人上去了准会吓破胆，连站在树下的人都觉得腿肚子打战闹抽筋。

好像连从鼻孔里透出的都是火气。这一次连头上长两个旋儿的二牛也向着顺儿，一下课总直着嗓子嚷："有人胡赖好人。"金枝也居然借这机会笑一笑。这个画地图的！

"笑掉了牙吃肉嚼不烂。"

金枝朝我白白眼："咦，朝我撒什么气？"

顺儿像一块吸铁石把很多人从我身旁吸走了，连小菊她们也不和我一块玩了。只有枣花，这个长着一头柔软的秀发的女孩子常来找我玩，大概她还记着我对她的帮助，她的记性是非常好的。但是她总是在二牛不在时和我说话，她向来是极害怕二牛的。

那天放学后我独自坐在院子里背课文："馍馍香馍馍甜，吃馍不忘共产党，幸福不忘毛主席。"

婶婶从屋里探出脑袋，问："满妹子，你爱吃煮鸡蛋还是爱吃炒的？"

自从婶婶挨了叔叔一棍以后，每逢叔叔在家时她总是显得很冷淡，有什么事了总要叔叔问一句她才答一句。叔叔却不发火，反而还破例地帮助婶婶收拾碗筷，他可能是觉得很过意不去，可他又绝不肯向婶婶认错，他只用行动来表达感情。可当叔叔不在家时，婶婶还和过去一样有说有笑的。

"都爱吃。"我老老实实地答道。明天就是我的生日了，昨天就见婶婶把小篓子里的鸡蛋点了好几遍，她想让我高高兴兴地过生日。

我最爱吃蛋类的东西，鸡蛋、鸭蛋、山雀蛋都爱吃。老秃山上的林子里栖息着各种各样的鸟，特别是那棵老杨树上鸟窠更多。每年我生日那一天，顺儿都要上树掏雀蛋。那杨树顶可高啦，有半截是长在云端里的，像金枝那号人上去了准会吓破胆，连站在树下的人都觉得腿肚子打战闹抽筋。

顺儿满不在乎地往手心里吐了一口唾沫子，噌噌几下就上了树，爬得越高他的个儿就显得越小。风儿把叶儿吹得刷刷响，树顶上的鸟窠全像打秋千一样荡着，有布谷鸟的窝，还有喜鹊、山雀的。有一种小鸟大家都管它叫打光腚子，据说哪个孩子不穿裤子，它就会飞来打光屁股。它可会护崽啦，你去掏它的窝，它就用翅膀使劲扇你的脸，凶神般地厉害。顺儿终于渐渐地往下滑了，还腾出一只手来指指点点地打手势。他的本领真不小，满兜的雀蛋一个都没碎。有一次，我提议把雀蛋放在火里烤着吃，因为烤红薯就比煮红薯好吃。他想了想就答应了。我俩悄悄地把雀蛋埋在炭火里，只一会儿就听一阵砰砰砰的响声，雀蛋全开花了，就像"二十响"的小鞭炮，蛋黄淌在炭火上嗞嗞作响，顿时就闻到一股蛋的香味。那以后咱们再也不敢别出心裁了，掏到的雀蛋全搁在大锅里煮。水突突地开了，冒出的热气喷了我们一脸，雀蛋在水里翻着个儿，我们的心也乐开了花。雀蛋真香，扒去薄薄的壳儿，一口一个……

顺儿再也不会理我了，是我使他受了委屈，听说他的腿上青一块紫一块的，他一定疼极了。我倒希望他骂我一顿或者打我两下。我的好伙伴！

枣花悄悄地闪进来，甜甜地叫了我一声："满妹子姐姐，我来看你了。"

"枣花，你真好。"

"你知道吗，甘泉哥今晚上要上俺家来吃饭，娘和姐姐都在宰鸡。"

"甘泉哥真的想娶翠花姐吗？"

"我想是的。听娘说，女孩子大了就会让人娶走的，所以她处处向着二牛！要是我也是个男的该多好，爹妈都会喜欢我的。"

咦，我怎么发现大门口有一只小筐，真是奇迹，刚才还没有，怎么一眨眼工夫就会长出一个？我奔过去一看，简直不敢相信自己的眼睛了——半筐白花花的雀蛋，少说也有五十个，整整齐齐地堆成一堆。我用手背揉揉眼睛再看，半小筐雀蛋还在，我赶忙四下搜寻，可连一个人影也没见到。这就怪了，难道这真是一只宝筐？不可能，宝筐早让黑心人给拆了，再说那只是故事，到底是谁送来的呢？

筐里有张小纸条，我赶忙展开一看，纸上面写着：收下吧，满妹子。是他的字，我一眼就认出来了，我的伙伴还惦记着我，他没记我的恨。我鼻子一酸，泪花往下掉，弄得枣花摸不着头脑，连声问："满妹子姐姐，好端端的你哭啥？"

"谁哭了？我高兴咧。"我说着又把纸条交给枣花看。经过挫折的友谊变得更加珍贵，要珍惜它。

"顺儿哥真好。我哥昨天还说：'顺儿再也不会理满妹子了。'我没信他的话。"

我请婶婶把半小筐雀蛋都煮熟了，装在叔叔的布褡裢里，明早我要背着它去上学，把雀蛋分给同学们吃，让大家来分享我的快乐。当然也要分一个给金枝，他虽然有不少不讨人喜欢的毛病，可是我不该骂他，谁不要脸面呢？

婶婶笑吟吟地对枣花说："今晚我多和点面，你在这儿吃面条吧。"

"不了，黑大婶，俺妈知道了要说我的。"

"这丫头太老实了。满妹子，还站着干吗？快去找顺儿来，两人拉个手就和好呗。"

"晚上你跟叔叔也拉个手。"我说完直奔顺儿家，往日我总爱站在门口大声喊他，可今天刚解开了别扭，好像一下子拉不开脸似的，我径直朝院里走去，贴近他家的破窗户想"侦察"一下顺儿在干些什么。正在我踮起脚的那工夫，屋里有人说话了。

"呃——咳，别管我这快入土的老不死了，咳，把顺儿带走，他得罪了对门那一家，人家有势哇，领走吧，咱家就这么根独苗苗，咳，咳。"

一个女人在回答："那个人也是个刻薄鬼，上回顺儿和他闹翻过，这回再去他非揍顺儿不可，这可怜的孩子准受气不可。"

"咳呃，顺儿娘啊，再不行让顺儿改他的姓……咳，给他磕个头，呃，赔个不是。"

"也只有这样办了，这个苦命的孩子……"

完了，顺儿妈要把顺儿领大杨村去了，像谁往我脖子里塞进块冰似的，我觉得霎时间就凉到心里。怎么办？对，快给顺儿透个信，无论如何不能让他走，不能让他上杨村去受气。他是咱们李家庄的人。我拔腿就往外跑，刚跑出大门就和人撞个满怀，一看那人正是二牛。屋里的人大概听出院子里有动静，顺儿妈问："哪个？"

我不管三七二十一拉着二牛一直跑到打谷场，那里僻静得很，我劈头就问："顺儿呢？"

"俺，俺也找他呀！"二牛用手摸着大脑袋，他的头上有两只旋儿。大人都说，有两只旋儿的孩子脾气犟，这一点我非常相信，二牛真比别人犟。

"我都快急死了，顺儿娘想把他带大杨村去，可他还蒙在鼓里。"

"真，真的？"二牛差点蹦起来，在关键时刻他毕竟还是向着顺儿的，"凭，凭什么？找，找她说理去。"

"还是先找到顺儿再说。"

"对，让他先猫，猫起来，俺，俺家有个大草堆，能藏，藏三个人，你，我，还，还有顺儿都藏起来，让枣花给，给咱们送干粮，那次爹揍我，我就藏，藏了一整天，俺，俺娘都急，急哭了。"

真急人，他还翻出这些陈芝麻烂谷子的事干吗？我问："你知道顺儿去哪了？"

"去砍，砍柴了，有时砍完柴就，就顺路去看，看他爹，他爹的坟也，也在瓜地后头。"

我们沿着一条窄田埂向坟地走去。远远望去，那条向前延伸的小田埂像一条水蛇，风儿凉丝丝的似乎还夹带着雨丝，天快黑尽了，只有一点点月光，月亮为什么要躲在云堆后头悄悄地窥视我们？偶尔还传来几声狗叫，好像离我们很远。哦，坟地快到了。

二牛在前头打前锋，这天晚上他变得特别会体贴人，让我攥着他的衣服下摆壮胆，我当然很乐于接受。我们深一脚，浅一脚地走着，突然一只蚂蚱撞在我的鼻子上吱吱啪啪地响，我一巴掌把它甩掉了。

蚂蚱会跳也会飞，一到黑夜它们就像个瞎子到处乱蹦跶，你要在野外点起堆火，它们还会往火里跳。咱们很喜欢在草丛里捉这玩意儿，把蚂蚱放在油里一炒，再撒上些盐末子，真成了盘上等菜。可惜城里人嫌这么吃埋汰，其实他们是没有亲口尝过又香又酥的炒蚂蚱。

"顺儿呀——"二牛用巴掌拢起个"小喇叭"大声呼唤着，喊声在偌大的田野上空回荡，像长了对翅膀，飞出很远很远，没等声音散尽，就听顺儿应道："哎——"

"你快来——咱在东岗子上等你。"二牛喊起话来倒不结巴了，他对我说："有救了，有救了。"他和我一样都非常高兴，为了表示我们的心情，我们还互相拉了拉手，二牛的手很大，这是我当时的感觉。

等人最让人心焦了，每到这时候时间就像故意和你作对，走得特别特别慢，几分钟比一年还长。等啊等，终于听见顺儿"踢踢"的脚步声了，我实在等不及了，顺着声音跑过去。他背着一捆柴小跑着过来，一眼就看见我了，惊喜地说："是你，满妹子？"

我连连点头，也说不出此刻是高兴还是难过，好像有满肚子的话要说，可全让嗓子儿眼卡住了。二牛过来帮他卸下柴，问："俺没，没说错吧，顺儿果真来坟，坟地了。"

"嗯，我真想他。"顺儿用脚尖踢着地上的小石子，有一块小石头骨碌碌地滚下山岗。

他能不想他爸爸吗？顺儿爹虽然有点胆小怕事，可是对人和气，爱说爱笑。夏天乘凉，我们一大帮子小孩就围住他，让他讲故事。他会讲许多美丽的故事，什么狼外婆串门，猪八戒到高老庄做女婿，黑天鹅和白天鹅的故事……他肚里的新鲜事真多，掏也掏不尽。他是那样爱顺儿，大热的天也让顺儿坐在他的膝盖上，用葵扇驱赶着蚊儿，喃喃地说："顺儿，小顺儿，顺顺当当地长大。"那时，顺儿妈远远比现在年轻，好像也很美，她爱和顺儿爹闹笑，有时顺儿爹说句俏皮话，她就用葵扇打他，其实那扇儿高高扬起轻飘飘落下，连我都知道这不是真打，可顺儿爹却连连喊疼。

这样的好人也会死，他得病才一个月就死了，想来真让人伤心。下葬的那天，顺儿娘哭哑了嗓子，村里许多人都伤心落泪。唯有顺儿跟在抬棺材的后面睁着亮晶晶的小眼睛东张西望，一滴泪也没有，直到落棺的时候，他突然扑过去死死地抱住棺材大哭起来，哭声催人泪下，三个大人都没拉开他。

"我以为他还会活过来，直到落棺时才明白他永远不会醒过来了。"顺儿后来说。

二牛说："你甭回家了，你娘要带，带，带你到大杨村去，还，还让你改姓杨，嘻嘻。"他竟笑起来，我瞪他一眼，他忙捂住嘴，不知他今天怎么会这么温顺。

我扯住顺儿的衣袖，生怕他突然在黑夜中逝去，说："你赶紧躲起来，明早你娘就会把你哄走的，她和你爷商量的话全让我听个一字不漏，也怨我，你爷还提到……那个事。"

"腿长在我身上，俺不去就是，你别慌。"顺儿满口答应我，"我恨那个人，我绝不上他家吃他的饭。"

"你娘为啥要跟杨皮匠……"

消息灵通的二牛忙说："哎，俺早，早听讲了，村里有，有闲话，说，说凭啥给，给地主家的人守寡，后，后来顺儿娘就嫁，嫁杨村去了。"

"娘！"顺儿低低地喊了一声。

我的鼻子也在发酸，我想起顺儿娘那张布满愁容的脸，那回她让杨皮匠打得满脸是血，可还是跟他走了，那些闲话为什么要把顺儿娘逼上这一步？如果能把顺儿爹换回来，我情愿代他去躺在地底下，一辈子不吃不喝也不唱歌。

二牛搔着头皮："咋，咋办哩？俺还得回家吃，吃鸡腿，今，今个俺哥甘泉来，来吃饭。"

"你先回去吧，上俺家去一趟，去对俺娘说，别等我了，让她在那儿好生过日子，别牵挂我，我会长大的，爹说过，我的名字很吉利。那时，我就去接她。让她先熬着吧。"像让根鱼骨鲠住似的，顺儿说不下去了。

二牛走后，我们默默无言地站了许久，借着一点点月光，我只能看见他微微翘起的下巴，他似乎正用牙齿咬住下唇，那对虎牙发出冷晃晃的光。

"上俺家去吧，顺儿。"

"黑大叔知道我俩闹别扭的事吗？"

"知道，叔叔想打我的。你还疼吗？"

"有一点点疼。"顺儿忽然笑了，"其实他骂得挺凶，下手很轻，我没怎么疼，只是肩上……"

"都怨我。你恨我吗？"

"别胡说，我怎么会恨你呢？牙齿和舌头还要打仗哩，这不算什么。满妹子你真好，名儿好听，人长得好看，心儿又好，我要永远和你好下去，再也不对你发火，你有了错我就好好说你，我要有了错你也好好对我说，行吗？"

我让他夸了个脸发烫，心里像打翻了个蜜糖罐子甜滋滋的，使劲点点头："好，谁也不准放赖。"

"我绝不赖，谁赖谁是狗子。"

"晚上你住哪儿去？"

"上拐腿爷爷那儿去，他疼我。"

"走，上俺家吃面条去，婶婶多和了面让我来喊你的，去吧，叔叔这两天脾气可好了。"

秦文君

067

"我老吃你家的东西……把这捆柴挑到你家去，只是这全是鲜枝子，不怎么干。"

我想帮他背柴的，可是这捆柴沉极了，怎么也提不起来，最后还是由顺儿背上了。

我俩一进院，叔叔就在屋里说："准是他们回来了，嗬嗬，我还以为是大狼把他们叼走了。她婶，快端面条来，我的肚子早唱空城计了。"

叔叔就是这种人，高兴起来话儿特多也爱笑，你就是说句过分的话也不要紧。

婶婶擀的面条又细又长，比城里卖的挂面还好吃，滑润得很，只要轻轻一吸，它们便会自动溜进嘴里。面汤上漂着油花，碗底还卧着两只荷包蛋，想起郑庄的山猴他们骂咱们村洗脚水下面汤的那些话，真想扯住山猴的耳朵让他来瞧瞧，不馋掉他两颗大牙才怪呢！

婶婶看我们吃得高兴，眼睛眯成了线。我总以为在我不在家时她和叔叔已经和好了，听叔叔说："她婶，快吃吧，要不面条都涨糊了。"

婶婶居然对叔叔的关心红了脸："嗯，不忙，不忙。"

我嘎嘎地笑起来，样子一定十分蠢，顺儿悄悄地拉了我一把，叔叔含笑看着顺儿说："小顺儿比俺家的小马机灵。"

顺儿红了脸，忸怩地用手扒拉着夹褂子上的补丁。婶婶拿着针线走过来对顺儿说："来，脱下那夹褂子，我给你缝两针，看剐得。"

"脱下夹褂就是光膀子了。"顺儿显得十分惊慌。

"不要紧，屋里暖和着呢，快脱！我一会儿就缝补完了。"

"我，不，不……"

叔叔用他那双锥子般尖锐的眼睛盯住顺儿，他已经看出什么破绽来了，其实连我也觉察到平日大大方方的顺儿今天有点异样。他一把把顺儿揽在怀里，顺儿用力挣着，可是怎么也犟不过叔叔那双像铁钳一样的大手,顺儿脸涨得通红,像做了一件亏心事。叔叔说:"小家伙,别动,小心碰坏你。"边说边解开他的衣扣,慢慢地扒去他的夹褂子,突然,叔叔的眼光僵直了,像发现了什么似的,张大嘴巴垂下头去。

我凑近一看,不由得也惊呆了!顺儿的肩头又红又肿,有几处磨碎了皮,血肉模糊,和夹褂里子粘在一起,现在还淌血呢,那夹褂子上印上了殷红的血迹。我为顺儿而哭,压在他嫩肩膀上的担子太重了,他几乎要喘不过气来了,这多不公平啊!

婶婶像害了牙疼病似的嘶嘶地倒吸着冷气,背过身子,眉头不停地打战。

叔叔绷着脸,替顺儿洗着伤口,轻声轻气地说:"忍着点吧,孩子,疼极了,你就唱歌,唱歌会给人鼓勇气,使人忘记苦痛,忍着。"

"我——不疼。"黄豆般大小的汗珠子从他的额上滚下来,亮晶晶的像珍珠一样闪亮,他像犯了大罪似的,喃喃地说,"我想多挑点……马上要过冬了,天冷费柴,下了雪,道上滑……"

"不,不,别说了……我这个当长辈的干了些什么?难为你了,孩子,我只顾了自己家,让你吃苦了,嗨,我真是混账!"叔叔蹲在地上用拳头捶着自己的脑门儿,一下下也像砸在大家心上。

婶婶唏唏地抹泪:"要是你爹知道这些,在九泉之下也闭不上眼,还有你可怜的娘。"

"千万别告诉俺娘。"顺儿哀求我们。

叔叔把顺儿搂在怀里,热烈地亲着他,我发现叔叔那双严厉的眼睛里充满了柔情和慈爱,就像搂着久别重逢的儿子,又像是从什么地方捡来一个被他错怪的孩子。顺儿依偎在叔叔的怀里温顺得像一只小羊。

"你一心一意念书吧,满妹子有的东西你也应该有,你还小,应该过无忧无虑的生活,砍柴的事我包下了,听见没有?"

秦文君

"嗯。"顺儿忙用虎牙咬住下唇。

"呜——哇——"有人在窗户下大哭起来。我随着声音跑到院里，只见枣花倚在墙上捂着脸哭，我忙问："二牛又欺负你了？别哭，俺找他讲理。"

"不是……嗯，我在外头听见了你们的话，怪心酸的。"她真是个好心肠的丫头。我说："谢谢你，谢谢你。我们都要帮助顺儿……他很苦。"

第二天大清早，顺儿妈独自走了，我和顺儿站在老秃山上目送着她。秋风吹乱了她的头发，她只顾踉踉跄跄地朝前走，顾不上理理头发，越走越远，越走越远，哦，她的背微驼着，她撩起衣襟擦眼泪了，她不知道儿子在送她，如果她知道顺儿在山上像根木桩一样站着的话，一定会回过头来饱饱地看他几眼。不知为什么，我的心动了一下，涌出一股酸楚的感情，这是在惜别吗？她是个好妈妈。顺儿妈拐进山后的公路去了，她的身影消失了，顺儿忽然发疯似的喊起来："妈，妈——我在这儿！在这儿——"

没有人回答他的话，四周先是一片沉寂，紧接着他稚嫩的声音在山谷间回荡："我在这儿！我在这儿——在这儿……"

七　抓了个活的

打那以后叔叔交给我一项特殊任务，他说："小马呀，你替我看住顺儿，别让他上山砍柴，他肩上的伤口刚结好。听见吗？"

我向来是听叔叔话的，所以我非常认真地执行着任务，每天放了学总寸步不离顺儿。二牛很快就发现了，讽刺我是"糨糊"，成天粘在顺儿身上，哼，去他的，我才不怕他说闲话。

这天放学放得早，顺儿央求我说："让我上山砍些柴，少挑点不会累着的。"

"不行，你敢去我就告诉叔叔。"

"黑大叔太受累了，一个人砍两家的柴，再说俺家……嗨，怎么也报答不了他的好心。"

我没出声，可心里已经软下来了。他转着眼珠想了一会儿，说："好妹子，别泄密，等我回来保证给你逮个大斑鸠，那斑鸠鸟叫起来气嘟嘟，气嘟嘟，像谁欠它几百吊，真好玩。"

"俺不要那馋东西，它们净跑到打谷场去偷嘴吃，讨人嫌！"

"那，给你逮个石兔，再编个大笼子。"他在加码。

"行，不过，我要跟你一块去。"

"那大山可深啦，又是一溜上坡路，天一黑还有大狼，血红血红的眼睛，你敢去吗？"

"你敢我也敢，忘了上回和你一块看瓜的事了？"他竟把我当成胆小鬼，我才不服气哪！

我们找出砍刀和捆柴用的绳索就出发了，走到村口就看见婶婶在井台上打水，让她知道了，非把我们拦住不可，正想拐进小胡同，就听到多嘴的金枝妈站在井台上用手指点着我们高声大气地喊："喂，你俩上哪儿去？天都快黑了，咦，躲什么，怕见人吗？"

金枝妈就是那号见了风就是雨的人，难怪有人说她比阎王老爷还管得宽。咱们没理她，撒腿就跑，只听她还在咋呼："喂，队长媳妇，我替你把侄女婿都选好了，顺儿这孩子能干，他俩又合得拢……"

我们不由得放慢脚步，想听听她们怎么议论咱们，婶婶说："金枝娘，别闹笑，他们还是嫩崽崽哩。"

金枝妈忙转了口风："是哇，我也是说句笑话，不说不笑不热闹，顺儿家的成分太高，你们两家祖祖辈辈都有仇。"

顺儿的脸发白，像棵打蔫的小苗。我劝他："顺儿，别听她的，我和你好，不会恨你。"

"我告诉你，我爷又干坏事了，那天夜里，我睡醒过来，听见李罗锅在和他说话。"

"李罗锅？他半夜去你家干吗？"

"不知道。我还听见他哭，好像是求我爷给他一件东西，我爷没给，他就骂了许久。等他走后，我问我爷这是咋回事。他说，是我在做梦，没有那回事。"

"也许是你在做梦！"我想起翠花姐说的话，李罗锅是恨老地主，常骂他，还用皮带抽过他，要不是叔叔他们的阻拦，他早把老地主打死了，再说，现在全村就数顺儿家最穷，李罗锅怎么会去地主家要东西呢？说他痛哭流涕更是不可信了。

"不，不是做梦，是真的，我想他下次还会来的。"

太阳偏西了，在一大片红薯地上抹了一层金黄色，地里裂开了一道道口子，我们都知道，这表明红薯成熟了，马上就要起收了。红薯秧子在一溜小风中摆动着，沙沙沙地响，像蚕儿正在吃桑叶。见到这些，好像我们已经闻到一股甜丝丝的味儿。我们爱在沙土地上掬个小坑，从大炉灶里扒出点火炭铺在坑底，放上几只两头尖尖的小红薯，再铺一层炭火，然后用沙土堵严实，过一会儿再扒开土，那沙土真烫手，生红薯变成了香喷喷的烤红薯。

又有一阵风吹来，瓜秧子像大海的波浪起伏着，一望无边的红薯地里冒出半截人脑袋来，我说："不知是谁在那里蹲着。"

"会不会是偷红薯的？"

"怎么办？"

"抓活的。你从正面过去，我去抄他的后路，别怕，红薯是队里的，要是碰上贼，非捆起他不可。"

见他毛着腰跑远了，我才朝冒出脑袋的地方走去，不知为什么，身边没人的时候，心就像敲响的小鼓怦怦直响。"你是个胆小鬼吗？"我在心里骂自己，这果然能壮胆，我的心里踏实多了。

没等我走到目的地，蹲在红薯地里的那个人就呼地站起来，快步朝我走来，还提着裤子，这下我看清了，那人正是村里的二流子李罗锅。

　　他是我们李家庄的败类，又懒又馋，还油嘴滑舌。有时他也出工混工分，别个在地里锄草，汗水往下淌，他倒好，跑到田头的树荫下呼呼大睡，鼾声比打雷还响，快把土地公公惊醒了。这还不算，他还常常偷鸡摸狗，拐骗小孩的衣服。

　　李罗锅嬉皮笑脸地对我说："哟，满妹子怎么跑这儿来了，是不是馋红薯了？"

　　我拉下脸，说："俺才不呢，你是不是来偷红薯的？"

　　"小小的人说话可不能缺斤少两，俗话说，抓贼抓赃，捉奸捉双，你可不能凭空给我扣上个贼名，人要脸树要皮。"

　　"那你上这来干什么？"

　　"哎呀呀，你想到哪儿去了，你大叔我能这么贪小吗？我嘛，肚里憋得难受跑这儿来拉屎，这不，裤带还没系上呢。"他斜着眼奸笑，真的动手系起裤带来。

　　"呸！"我用力唾了一口，真是自讨没趣，要是不在这儿耽搁下来，说不定早到山上了。唉，哪儿有贼，我扭头就跑，只听李罗锅在我身后喊："别忙着走，不信你来查查，捂着鼻子来好啦。"我跑得更快了，只听顺儿在喊："满妹子，别走……"

　　"走吧，他在这儿拉屎……"

　　"胡说，李罗锅，这红薯是不是你刨出来的？"他厉声问李罗锅。

　　李罗锅吃了一惊，眨着母牛眼说："红薯？谁也没挖过，怕是你眼花了。"

　　"别耍滑头，你过来看。"

　　离开李罗锅十几步远的地方，红薯秧子被拔了一地，土像被猪拱过似的，一小堆红薯集中在一块儿，他真是个小偷，刚才他就是从这里跑过来迎我的，差点上他当了，我愤愤地质问他："你不是说你在地里拉屎吗？你这个大骗子。"

"是在拉屎，我压根儿没去刨过红薯，谁要这破玩意儿？唉，现在真是跳进黄河也洗不清了，我敢起誓，哪个偷红薯哪个坐车让车轧死，坐船掉海里喂鱼。"李罗锅黑黑的薄嘴唇不停地翻动着。

顺儿说："那好，你拉出的屎在哪儿，你说！"

"这个，这个嘛，我生的是痢疾病，蹲了半天都没拉出来，哎哟，又疼了。"他支吾着，弯着腰软下腿坐在地上装死，直嚷，"救命，疼死了。"一边用那双阴险的小眼睛瞟我们，看我们怎么对付他。

"好，你把手伸出来让我瞧瞧，你有没有痢疾病，我全能看出来。"

我心里直嘀咕，顺儿什么时候学会看手相的？胡诌吧？李罗锅可是个没理也要搅三分的滚刀肉，顺儿要是出了洋相那就完了。可是我没阻拦他，顺儿是个有心计的人，绝不是二牛那种愣头青，他这么做总有他的道理。

李罗锅干笑笑，他大概也认准有机可乘，说："看就看，没想到你这小子还是他妈的半个郎中，你要是胡说八道，小心我把你扔到河里喂王八。"

顺儿一把抓住他的手，兴奋地大叫起来："你赖不了了，赖不了了，你就是偷红薯的贼。"

啊，李罗锅那双手上沾满了红薯浆子，刚起收的红薯皮上都冒甜浆，那浆子和胶水一样发黏，上了手还轻易洗不掉呢！李罗锅肯定是在偷红薯时，发现我走过去忙迎上来打马虎眼，我却上了他的圈套，我这个"秀才"远远不如顺儿聪明。

"你还有啥话可说？"

李罗锅顿时成了泄了气的皮球，人也矮了半截，垂头丧气地说："肚子饿得慌，想刨个红薯填填饥。"

"填填饥要刨这么多红薯？你一定是想卖了红薯换酒喝，是不是？"

李罗锅打了自己一个嘴巴："我真该死，真该死，你俩高抬贵手，抬抬手。"

"不行，非送你到大队部去，要不你改不了。"

李罗锅从兜里掏出两毛钱来："好兄弟，这钱给你俩买两碗老豆腐吃，那拐腿老头的手艺……"

"谁要你的臭钱！老老实实跟咱们走，要耍花招就捆上你。"

李罗锅见软的不行就来硬的了，两条恶眉吊起，母牛眼里射出凶光："臭地主崽，你抖起来了，敢捆我？我宰了你，哼，一刀剁下一块肉。"

"你敢？你才臭，你才臭，来人哇——"

李罗锅拔腿就跑，我们边追边喊，正逢收工的时候，大人们都围过来，甘泉哥一把揪住他的脖领子："逃，往哪儿逃？走，送他去见黑大叔。"

"大黑呀大黑，我和你这狗日的前世就结下了仇，你香不能香一辈子，我罗锅臭也不会臭一辈子，骑毛驴看唱本——走着瞧。"李罗锅咬牙切齿地骂着，白唾沫星子乱飞。

甘泉哥推他一把："放干净些，再骂街就把你的嘴缝起来。"

"我这儿有鞋底子线，翠花，替婶给甘泉递去。"金枝妈在任何时候都不会放弃显示自己嘴巧的机会。

我原以为翠花姐又会捂起脸跑开的，可是这回她没那么做，还深情地注视着甘泉哥，她大概是为甘泉哥的举动感到骄傲。

人群中爆发了一阵大笑。

这事很快就传扬开了，金枝妈更是加油添醋把咱俩夸个够，好像咱俩真成了英雄。学校的苗老师也在班里表扬我们，说我们机智、勇敢，虽然有些话的意思我还不太明白，不过我知道那都是好话。苗老师不仅字儿写得帅，而且脾气也出奇的好，我越来越喜欢他了，常和顺儿到他住的地方去玩。他独自住在学校旁边的小木房

秦文君

里，生活很马虎，刷牙的杯子、洗脸的盆子全是破破烂烂的。我们一去，他就直叹气，说没有好吃的招待我们，其实我们才不在乎呢。把门关紧了，任外面的秋风卷着落叶乱旋，苗老师给我们讲起了故事，有历史上的岳飞抗金、义和团的故事，也讲童话，还讲些好人受了冤枉、受了委屈又如何如何等待着真相大白的故事，他说起这一类故事时语调总是很低沉，常常摘下破眼镜擦拭着镜片，他的眼睛很小，浅灰色的，没有什么光泽，然而却显得十分柔和。

我总疑心这些故事与他本人的经历有关，我问，"老师，你原来是城里人吧？"

"是的，我的孩子都在城里，大的叫咪咪，小的叫叽叽，都上中学了。"他合上眼陷入了沉思。

"你也想回城？"

"我要走了谁给你们当老师？怎么，把个厉害姑娘难住了。哈哈，是个爱往地上吐唾沫的秀才姑娘。"

他的记忆力简直惊人，我怕他提起骂他"苗瞎子"的事，幸好他没提起。

那天傍黑，二牛喘着粗气撞开顺儿家的大门，大声惊呼："不好了，不好了，他，他们找上门来了，郑庄的山，山猴他们。"

我一听事儿不妙，忙撂下饭碗往外跑。婶婶追着我喊："咋啦，天塌了还是魂丢了？"我不看她的脸色也知道她说这话时脸上是笑嘻嘻的。

李庄和郑庄只隔着条小清河，可两个庄子的娃儿们向来是不那么友好的，憋着一口气谁也不服谁，除了每年赛歌前山猴派人捎口信来或者顺儿托人捎口信去之外，谁也不和谁来往，见了面像仇人一样。有时李庄的孩子跟着爹妈去郑庄亲戚家串门，让郑庄的孩子见了总要嘘嘘怪叫，那意思是，你不是说郑庄是喝洗脚水的吗？那你还来干啥？郑庄的娃到了咱们村，咱也没好脸子让他们瞧，这个疙瘩就这么结下了。

"多少人？"顺儿正在炉灶前烧水，锅黑子沾在腮上，鼻尖上渗出汗珠子，那个老地主又装死了！

"二,三,不,四十多个人。"

老地主又"呃,咳"地叫起来："顺,顺儿。"

"别理他！"我把顺儿拉到院子里，"他们打上门来了，咱们可不是熊包，我去叫人。"

二牛支持我："对，有种！我，我一个人摔，摔他们仨。"二牛一向喜爱摔跤，一听有仗打，手心就痒痒，不过在现在这个时候我觉得他非常可爱。

顺儿说："慢着，咱们先探个虚实，万一他们不是来打仗的呢？他们不动手咱们也不动手。"

晚了，说话间山猴他们呼呼隆隆地逼近来，二牛朝顺儿吼："都,都怨你。"

为首的山猴朝咱们扬扬胳膊："正找你们哪。"他的部下们一下子把我们团团围住，我料到事情不妙，便警告他们："你们是皮子发痒了？我马上要喊人了，咱庄有五十多个娃，不把你们打成肉饼才怪哩！"

他们先是愣了一愣，随即就咧开嘴笑了。我们第一次挨得那么近，他们这么一笑，让我发现了一个秘密——他们中间的许多人都缺门牙，笑起来漏风。山猴笑呵呵地说："你以为我们是来打仗的？才不是哩，咱们听说你们在红薯地抓住了小偷，特意向你们来学习的。咱们老师也支持我们的决定。"

山猴竟会这样一本正经地说起话来，这真是破题儿第一遭，他说得那么中肯、诚心诚意，不像过去那样——不是斜眼睛就是歪鼻子。我再细细地打量他一眼，发现他个头长高了，腰间扎的那根宽皮带配着他的细身条倒也挺合适。人家笑模笑样地和咱们说话，咱总不能老酸着脸。我笑了,看见顺儿也冲着我乐,他的意思谁觉察不出来?他是说:"看你,差点出了个大洋相。"

"快——行动!"冷不防山猴一声令下,郑庄的孩子拥上来抱住顺儿和我的腿,把咱俩托起来抬着走,像抬两乘大轿,听他们还编了顺口溜:

"李家庄,真正棒,李顺儿和满妹,红薯地抓小偷,顶呱呱呀顶呱呱。"

我偷眼朝四下看,枣花、金技、小菊、翠花姐……他们都合着山猴他们的调门儿哼着,跟着"大轿"走着,眼睛笑得像弯弯的月牙儿。有几位老太太还专为大家鼓劲说:"大点声,大点声。"我看见二牛了,他无精打采地走着,显得十分不高兴,他怎么了?

刚走到井台边,正遇上拎着酒瓶子的李罗锅,一见他,小伙伴们突然像添了多大的劲,把那顺口溜喊得更加响了。李罗锅在朝我们瞪眼,让他去恨吧,反正我们是对的,用叔叔的话来说:"听见兔子叫唤就不种黄豆了? 你们管得就是对。"

八　拐腿爷爷

时间过得真快,转眼间就到了冬天。苗老师回城去看他的孩子了,每年放寒假他都要回家。他走后我们觉得冷清了许多,于是就天天盼着过年,过了年老师就会回来的,还会告诉咱们一些城里的新鲜事,我们多么希望他能把咪咪和叽叽一起带来。

过年这个欢乐的节日终于到来了,谁也记不清曾扳过多少回手指头才盼来了它。农历腊月三十,北风把鹅毛大雪送到了山村,灰色的天幕上一片片一朵朵洁白的雪花在飞舞着,无声无息地向着大地,向着房顶,向着树杈压来。有的还会从门缝里钻进来,只半天工夫,酸菜缸上，柴火垛上，凡是放在院子里的家什都像新用石灰水刷过似的，粉白粉白的。我张着嘴哈开玻璃窗上的冰花，等着赶集去的叔叔回来。黄昏时，叔叔穿着冬乌拉踏着雪咔嚓咔嚓回来了。他快成雪人了，帽子上眉毛上，都沾着雪星子，像个年画上的老寿星。

婶婶快步迎上去，用炕帚替他掸着满身的雪屑，柔声问："东西都置齐了？"

"齐了。"叔叔对我眨眨眼，"雪真大，好一个瑞雪兆丰年！明儿个俺妹子就是十岁的大姑娘了，长啊长，长得比门口的枣树还高。"昨天他就把胡子刮个精光，下巴上青青的一片显得特别精神。别人家里早把年货办齐了，大雪天全家围着火塘烤火。叔叔是个队长，一直忙到大年三十才赶到十五里外的地方去赶集。我把脑袋靠在他的胸脯上，他的棉衣冰凉，带着寒气儿。

叔叔从兜里掏出四根花杆儿的铅笔，白底碎花还带着橡皮头，他说："你和顺儿一人两根，好好念书。"我爱不释手，紧紧地攥在手里，只一会儿就出汗了。他又抽出条方围巾和一顶小毡帽，那围巾的图案是由红、黄两色格子组成的，颜色挺新鲜，能把人的眼睛都耀花了，他说："这是奖给你们两个五好学生的。"

这一学期结束时，我和顺儿都被同学们选为五好学生。枣花扎了两朵红花别在我俩的衣襟上，苗老师还特意买了几个小本本送我们留作纪念，连金枝也叫好。唯有二牛酸溜溜地嘀咕："这有啥稀奇，溜须得来的呗。"他定是指我们给苗老师挑过水。那些天苗老师病倒了，一咳嗽吐出的痰都带着血丝，他还硬挺着给咱们上课，有几次粉笔从他手里掉下来他都不知道。我们真心疼他，下了课就帮他挑水、煎药，老师对我们好，我们也要报答他。可二牛偏偏以为我们是为了巴结老师，按我的脾气非要和他吵个明白，可是戴着大红花能骂人吗？我没去答理他，暗想："咱也不是纸糊的，说说也说不坏。"

叔叔说："待会儿就把毡帽给顺儿送去，我看见他那顶帽破得不像样了。"

"你也该给自己买一顶了，连着几年都催你置一顶，可到今天也没……叫花子的帽子也比你的……"婶婶有点埋怨似的说，不过声音很轻，像一阵细风。叔叔的眉毛动了动她就刹住了话。婶婶今天可真漂亮，腰里扎着绣花的白围裙，脸儿让炉火烤得发红、发亮，她手里还托着一个盘子，里面装满了枣糕。婶婶蒸的枣糕全村有名，切成菱形块，又香甜又松软，每年都有不少人上咱家来要糕吃。我吃了两大块枣糕，叔叔说："给顺儿送两块去。"我发现叔叔现在越来越喜欢顺儿了。

大年三十这一天，家家都忙着杀鸡宰羊，灌血肠，剁饺子馅，蒸豆包，馋人的香气儿满世界飞，专爱往小孩的鼻孔里钻，想躲也躲不了。顺儿在炒葵花子儿，那瓜子儿在热铁锅上发出噼噼啪啪的响声，有几颗还像长了腿似的蹦到灶台上来，一种笼罩着山村的欢乐气氛把人的心搅得痒痒的，真想唱几句什么才好哩。我说："顺儿，要是天天过年该多好。"

"对啰！你尝尝这瓜子儿吧，饱得很。"

"热瓜子儿不脆，俺不爱吃。咦，他又病了？"我瞥见老地主躺在炕上蒙着大被。

"嗯。"顺儿竭力岔开话题，"你看看枣花给我剪的窗花儿，她的手儿真巧。"

确实，枣花剪的那些"胖娃抱仙桃"、"鲤鱼串荷花"，全是活灵活现的。我曾求她替我扎一对彩球，她答应了，可是一直没送来，她倒给顺儿剪了那么多！我有点不高兴地说："我不喜欢这窗花。"

"不喜欢？哦，说假话吧？咱们把窗花给拐腿爷爷送去，行吗？"

我连连点头，拐腿爷爷住在村头的小泥房里，他没儿没女是个五保户。他不要队里的救济，是个闲不住的老人。夏天他用绿豆做成滑爽的凉粉卖，冬天卖老豆腐，连那些骑着毛驴串亲戚的老太太路过这里，也要在小铺子里歇歇脚，花一毛钱吃些什么。提起"铁拐李"的小铺，方圆几十里无人不晓。拐腿爷爷为人忠厚、和气，人们都尊敬他，娃娃们更喜欢他了，他对孩子们也特别好，冬天里你从山上打柴或逮鸟回来，冻得腮帮子通红，浑身瑟瑟发抖，要是让拐腿爷爷看见了准把你拉进铺子，把火盆捅旺了，挪到你的身边，还会端出一碗盛得溜尖的老豆腐，上面浇了不少辣油，热腾腾的发出诱人的香味。如果你红着脸不肯接，说："俺没钱。"他会火起来，吼道："钱？你钻钱缝缝里去啦？你拐腿爷爷请你的客。"寒冬腊月，没有比老豆腐更可口的东西了。吃完了一碗，再赶十里路也不会觉得冷。拐腿爷爷就是这样好心肠的人，孩子们也深深地爱着他。秋天里，他的铺子门口会堆起小山般高的柴来，那全是娃娃们送去的。我们几天不去，他就会惦记我们，好像我们全是他的孙子、孙女。

雪真大，地上像铺了一条巨大的棉絮。我们在"棉絮"上踩出几趟脚印子，走出一段路，再回头看看，身后的脚印全让飞雪填平了。冷风迎面袭来，把鼻子吹得酸溜溜的，我告诉顺儿，明天叔叔会送给他一顶非常可爱的小毡帽啰。

"明天戴新毡帽啰，明天过年，等过完了年，我上坟地去告诉我爹，让他放心。"

"他死了就听不见了。"

"死人不也有耳朵吗？……不管他能不能听见，我都要去说，让他知道我会顺顺当当地长大的。"

"当然啰。顺儿，你娘好久没来了。"

"我常常梦见她回来了，还挎着小包袱，她对我说：'孩子，你再也不是没爹又没娘的孩子了，娘回来了，不再走了。'我真盼这是真的。"

灯光从拐腿爷爷家的窗户里泻出来，我俩在大门口唤了声："老爷爷！"拐腿爷爷兴冲冲地开了门，把我们迎进去。嗬，屋里早挤

秦文君

满了人，金枝、小菊、二牛、枣花……二牛近来不敢公开欺负枣花了，因为有一次他把枣花打哭了，这事让苗老师知道了，狠狠地训了二牛一顿，天不怕地不怕的二牛倒也怕苗老师，这个一阵风就能刮倒的老头就有这点本事。尽管这样，枣花仍然很怕二牛，这个小心眼的丫头什么时候才能大胆起来？

奇怪，一大帮人为什么显得那么闷闷不乐？往常这时候，早热闹得能掀掉房顶了，哦，怨不得大家不高兴，原来屋里多了个李罗锅。

李罗锅正盘腿坐在炕头上，用根火柴杆儿在剔牙，十分悠然自得。这个坏蛋，每回到了家里吃光用尽时，总是求到拐腿爷爷门下，涎着脸好话说上一大箩，张口一个"干爹"，闭口一个"干爹"，好像拐腿爷爷真在什么时候认过他这个干儿子似的。拐腿爷爷是个刀子嘴、豆腐心的人，把李罗锅数落一顿，骂他好吃懒做，没出息，可末了总是收留他，搬出好吃的东西招待他。李罗锅抓住拐腿爷爷的弱点，干脆抱着被上拐腿爷爷家过年来了。

拐腿爷爷见大家不高兴，忙赔着笑脸说："咱扭大秧歌好吗？"每年除夕，我们都爱在拐腿爷爷铺子里扭秧歌，拐腿爷爷用烟杆子为咱们打拍子："咚锵，咚锵……"那鼓点一敲起来，脚底就发痒，非想扭个痛快不可。可今晚上，拐腿爷爷敲起鼓点子只有金枝扭了两下，见没人助兴便也吸着鼻涕站一边去了，谁愿意和李罗锅这样的人凑在一块？"这些毛孩子咋啦？"拐腿爷爷有点纳闷。

顺儿说："老爷爷，你让李罗锅出去我们就扭。"

"那可不行，"拐腿爷爷说，"都是一个庄子里的人，别搞僵了，小小的孩子哪来这么多道道。"

李罗锅捻着山羊胡子，两只眼睛弹出来，像要吃人似的骂道："这个狗不吃的小子，那心和他爷一样毒。"

"你，你胡说。"顺儿攥紧拳头喊，额角上的青筋一挣一挣像几条小蚯蚓，这比打他几下还要刺他的心，他似乎急于表白自己却又找不出足够的有力的论证。

拐腿爷爷厉声喝住李罗锅："你白活了四十来年，这干孩子啥事？要挖根子，你这老小子也不是好种。"

二牛插嘴道："他爹抽大烟，是大烟鬼，把房子和老婆都卖给别人，真熊。"

李罗锅想发作，拐腿爷爷拍拍他的肩："好啦，好啦，小孩子家家的别乱扯老婆舌，早点回去歇着吧。金枝呢，快回家，要不你妈又该惦着了。"

说真的，咱们对拐腿爷爷也有了看法，他一向对我们很慈爱，可今天就一点也不肯依我们。像李罗锅这样的人就不该收留他，让他饿上三天尝尝饿的滋味，以后就不敢再把口粮去换烧酒喝了。对他这种厚脸皮的人，你好言好语劝说，他根本不愿听，从这个耳朵进去，从那个耳朵里溜走了。唉，拐腿爷爷的心思为什么和咱们的不一样？苗老师讲过一个农夫和蛇的故事，拐腿爷爷有点像故事里的农夫，不过我不希望李罗锅变成蛇。

"他，他赶我们走，"二牛小声嘟哝着，"真是个怪，怪老爷子，俺，俺从今后不登他，他家的门。"

拐腿爷爷提着三角形的风灯走出门，把灯儿举得高高的为我们照亮，灯光摇曳了一下，我好像看见拐腿爷爷的白胡须在飘动，不管怎样，他还是我们的好爷爷。

"俺，俺明天再来。"不记仇的二牛已开始推翻自己的决定了。

"明天俺穿新衣裳啰。"扁脸金枝只想自己的事。

一路上顺儿一句话也没说，我不由得胡思乱想起来，如果现在还没解放，那么顺儿一定是个穿着团花大袄的地主羔子。多讨嫌的想法！我为什么要想这些？顺儿现在不是和我们一样，认为地主是世界上最丑恶的人？

快到家门口了，二牛突然挨近我，怪亲昵地对我说："半，半夜里我来找，找你放鞭炮，甘，甘泉哥送我两大串一，一百响，顺，顺儿家没这好东西。"

"一串是给我的，硬让他抢去了。"枣花有点委屈。

"去你的，丫，丫头片子，你，你是个迷糊，半夜在你，你耳边放个大地雷也轰不醒你，哪，哪，哪一年你能守住岁？"

枣花没敢再吱声。我说："俺才不放抢来的鞭炮。"

金枝忙说："二牛，咱俩放着玩。"

"你算老几？俺，俺自个儿放。"二牛没好气地说。

在我们村里，年三十照例要守岁的。叔叔和婶婶包着饺子，婶婶给我说起她娘家的事，我第一次发现婶婶很会说话，连叔叔也听入了神，停住手盯着婶婶看。叔叔真有福分，他当年到婶婶娘家去相亲，一眼就相中了婶婶，那时候她梳着长辫，活泼得像只百灵鸟。这都是婶婶告诉我的。她谈起这些，脸颊上总是升起红晕，好像这是一件十分值得骄傲的事，可惜她现在已经不是一只百灵鸟了。

老人们都说娃娃守住这一夜，第二年个儿长得快，熬到半夜，大人、小孩都走出家门，噼噼啪啪地燃响鞭炮。可我和枣花一个样，没等婶婶把话说完，我的眼前就闪过一片红红绿绿的光环，色彩那般绚丽，仿佛还夹带着金丝、银丝，亮晶晶地耀眼睛。渐渐地它们变成一颗颗星星，旋转着，打着滚，奇怪，它们被拉长了变了形……在梦里，我同样看见家家户户门口挂起了红灯笼，鞭炮声比炒豆子还热闹，说是在接财神爷，倒把公鸡惊醒了，打起鸣来。

九 过年

刚吃罢大年初一的饺子，顺儿就来找我了。他穿了一身半新半旧的黑布棉衣裤。叔叔把那顶簇新的小毡帽替他戴上，嗬，好精神，红扑扑的圆脸，小眼睛格外水灵。他一直把手藏在身后，说："猜猜，我有啥好东西要送你？"

"斑鸠？……石兔子？我猜不着，快告诉我。"

"不，一定要你自己猜。"他又卖关子了。

"大星星，小月亮，黏豆糕，大灰狼，小刺猬……"我闭着眼胡猜，反正他早晚会告诉我的。

"你真聪明，难怪别人叫你秀才，让你猜中了。"

他慢慢亮出一只用白面蒸的小刺猬，那对眼珠子是用两颗红豆做成的，有趣的是你仔细一看，那刺猬的眼睛里面藏着一种狡黠的神态，太可爱了。

"哪儿来的？"

"俺妈托人捎来的，她，想我。"

"你妈是捎给你的，俺不要。"

"她捎来两个，说一个给对门的满妹子。我知道她喜欢你。"

"她是一个好人。"

"她也听说咱俩抓住李罗锅的事了，她吓坏了，让我千万别再惹祸。你说怪不？连我爷都怪我多管闲事，我才不听他们的呢。"

"李罗锅后来又去过你家吗？"

"没有，这事情真有点怪。"

今天连天气的脾气也变好了。风停了，雪住了，我们一个个穿得花花绿绿，宛如一只只彩色的皮球。雪还没化，地上很滑，一不小心就摔跟头，穿得厚了，栽倒了也不疼，我们前呼后拥地满街跑，那欢闹劲活像水库放水。一个庄子大多都沾着亲，大年初一，娃娃们的第一个节目就是挨家挨户地给长辈们拜年。

这一天我们格外受人尊重，咱们的笑声还没到，主人已经站在大门口迎候了，真把咱当贵客了，好像早忘记咱们曾是他们家院里杏树的大敌，没等杏子黄，几个馋猫就溜上树，有时着了慌，连杏

秦文君

核也一块吞下肚，吃狠了好几天吃不下饭去。不过这都是老皇历了，自从咱到了苗老师的班上，就没再干过这号事。

我们到了拐腿爷爷家，李罗锅还蒙着被睡懒觉，一双破胶鞋扔在一边发出难闻的气味。我和枣花都捏着鼻子。我们甜甜地喊："老爷爷，给您磕头来了。"嘴上这么说却不用下跪，那些年早不时兴磕头了，只消弯着腰鞠个躬就行了。老人乐得嘴儿合不上了，青筋暴突的手发颤，好像这句话有多金贵似的，连声说："好孩子，乖孩子。"

他满脸带着笑地端出一只木盘子，里面有八个格，我们私下管它叫"八宝匣子"，里面分别装着葵花子、花生仁、核桃、柿饼、松子……八样香喷喷的好东西。我们先是推推让让地谁也不好意思先动手抓，还是金枝觍着脸先动手，大家便一拥而上津津有味地大吃起来。山村里有这么一个习惯，娃娃们在哪家吃得越多哪家的主人就越高兴，我们也是实心眼，专拣好吃的往嘴里扔，咬得一嘴油，好香。小肚子撑个溜圆，用巴掌拍拍嘣嘣地响，像鼓似的。

全村差不多都串到了，唯独顺儿家咱们没去——谁给地主拜年？路过他家门口时听见里屋传出"咳，咳……呃"的声音，顺儿像做了亏心事，低着脑袋大气不出，三步并成两步走，生怕有人提起什么。我紧走几步，追上他悄声问："顺儿，你怎么了？"

"没什么，你别问。"

我从口袋里摸出个红皮鸡蛋："给，这是二牛送给我的。"

"你留着自己吃，俺，吃不下。"

金枝眼倒尖，一下子看见了，从斜刺里伸过手来："我要，给俺吧。"

其实我并不是个小气鬼，只因为我不喜欢金枝，拖着两条鼻涕还带着一脸笑，他妈给他做了件大花棉袄，男不男，女不女，我说："不给。"

"怪哩，怪哩，顺儿不要咱要，你凭啥不给，我知道你向着顺儿。"

"就向着他，就向着他，咋啦？"

"噢，小两口，小两口子不害臊！"他竟学起他妈那一套来，拍着手取笑我。我真想啐他一口。二牛把金枝拉到一边："你，你胡说，我揍扁你。"

"俺也没说你……"金枝最怕二牛，两个旋儿的虎家伙傻劲儿上来比老虎还凶，金枝娘不在附近，金枝怕吃眼前亏，小扁脸吓得煞白。我立刻同情起他来了，他有抽风病，弄不好就会口吐白沫，要吓出病来多不好，今天又是个高兴的日子，就说："二牛停手。"

二牛还在对金枝发威："你，你刚才明明在说我，鸡蛋是我，我送给满妹子的，不准你向她要。"

"你松手嘛，俺不要就是了。"

二牛刚一松手，金枝就恨恨地朝我白眼睛："谁稀罕那臭鸡蛋！"

"你家的鸡蛋才是臭的。"我说。

"哼，那就别进俺家的门。"金枝说，"不要你去俺家拜年，气死你，气死你。"

"不去就不去。"我站住了。金枝家住在村口的井的后边，我们正要去他家。

"俺家有干枣儿，比糖还甜。"

"呸！"二牛火了，"俺，俺也不去了。金，金枝娘太，太坏，那，那天我，我上，上她家房顶，吃，吃了一个干，干枣，她，她就告，告诉俺爹，说，说俺，俺吃了她一匾的枣。"

"净爱占便宜！"我说着瞅了金枝一眼。他小脸红一阵白一阵的，嘴里嘟哝着一些别人永远听不清的话。你说他傻不傻？咱们站下了，他也站下了。

金枝娘风摆杨柳似的朝我们走来，她的头发上抹了老多刨花油，小髻髻又黑又亮，苍蝇爬上去也会闪了腿。离老远，就笑成一朵花："哎哟哟，来给婶子拜年了？好孩子，乖孩子……"

我们愣了一下，谁也不吱声。在我们村里，娃娃们不去哪家拜年，哪家就丢脸。处处显能的金枝娘，看她今儿个怎么办！

"妈，他们都说不去俺家拜年。"金枝哭丧着脸，把鼻涕吸得吱吱响，仿佛是一只踩扁的柳笛。金枝娘睁大眼睛挨个儿看了我们一眼，薄嘴唇颤了几颤，我原以为她会发火，怎么也没想到她会笑，而且笑得那么甜。

"哪能呢？这些娃儿都是我心尖尖上的人，我早就说他们都是顶有出息的，他们才不会把婶子我忘啦。快，走，顺儿，满妹，二牛……"

顺儿看看我，二牛也看看我，大约是因为金枝刚和我吵过嘴，我说："你家金枝不要我去。"

金枝说："俺没说，俺没说。"

"啧，啧，小金枝和你闹着玩哪！快进屋吧，婶子留了老多干枣，甜得，啧啧，淌口水了吧？"金枝娘边说边拽着我的胳膊往她家走，我嘟着嘴，腿上倒也跑得怪起劲——我被金枝娘的热情感动了。后面，顺儿、二牛他们都呼啦啦地跟了上来，潮水般的涌进金枝家，金枝尖着嗓子嚷："拜年了，拜年了。"

金枝娘没有说假话，她家的干枣个儿不大却特别甜。小气鬼金枝还特意抓了两把塞在我口袋里，我不要他也不依。鬼知道他为啥那么殷勤。

"顺儿呀，你娘心真狠，过年也不接你去住几天。"金枝娘边用细草根剔着牙，边漫不经心地唠叨着。

"她给我捎刺猬馒头来了。"

"噢，那皮匠大概很有钱……"

顺儿的脸色陡地变了。我真生金枝娘的气。大年初一提这揪心的事干吗！金枝娘忙岔开话："吃枣吃枣，今儿个由你们吃个痛快，顺儿，多吃点。"可是顺儿一直到离开金枝家的时候都没笑过一笑。金枝娘送我们出门，只听她轻轻叹息一声："可怜的孩子，天保佑吧。"

"看，那，那——是谁？"枣花忽然喊起来，由于过分激动，她的声音也变了样。我们扭过头一看，沿着小清河边的那条公路上走来一个人。高高瘦瘦的，一头被风吹得竖起来的头发，那一副古怪的洋眼镜，啊，是我们的苗老师一步一步地走回来了。

我们张开手臂奔着，像屁股后头有人追赶似的，一边跑一边喊："苗——老师。"这声音说不定比赛歌谣那会儿更响。他也加快了脚步来迎我们，我们跑上去争先恐后地拉他的手。抱他的腰，够不着的就扯住他的衣襟。才十多天不见，我们就想苗老师了。山村的孩子就是这样，虽然野却也懂得谁对我们好。

苗老师似乎比以前更瘦了，精神也不够好，满脸倦色，好像有几夜没睡了。他用平平和和的声音和大家说话："新年好，新年好。你们穿上新衣裳真漂亮，像一群小鸟。"

"老师，上俺家吃饺子。""俺，俺家是，肉馅的。""去俺家。"大家吵成一片。苗老师笑笑说："好，好，你们玩去吧，我先回去睡一会儿。"他扶了扶眼镜，我忽然发现，那对灰色的小眼睛潮湿了。

我把这一发现悄悄地告诉顺儿，有些话，我只肯对他一个人讲。他摇摇头："苗老师才不会哭哪。"

"大人不会哭？姊姊是大人，你娘也是，她们都哭过，我看见的。"

"俺妈怎么不回来看看？大人们都说我爷快不行了。"他用鞋尖蹭着地，说。

我想起老地主"呃，咳，咳……"的声音，这两天他咳得更凶了，让人听了也会觉得嗓子眼里痒痒的。我问："顺儿，你想哭吗？"

"只有女的才爱哭。"

听了这话我真不服气，金枝不也常哭吗？他也是女的？可是我没说出来——金枝怎么配去和顺儿比，别看他今儿个塞给我两把红枣，我还是瞧不起他。枣花悄悄扳住我的肩："满妹子姐姐，苗老师像是病了。"这个小姑娘眼儿真尖。

我对顺儿说："镇上有个药铺，咱去买点药给苗老师煎汤喝。"

"哪有钱？对，要不咱俩明天进山砍几挑柴去换药……不，冬天这湿柴人家不爱买。"

"我有钱。"枣花凑近来说。

"骗人！"在乡下，孩子们是很难从大人手里讨到钱的，再说枣花又是个不为父母宠爱的丫头。

枣花差点急哭了，两只手直比画："真的。每回哥把我揍哭了，我就不吃饭。娘总会偷偷塞给我五分钱让我去供销社买个饼吃，可我都没舍得花，全攒起来了。你俩可别告诉我哥。"

"枣花，你真好。我们谁也不告诉。"

"走，挖钱去。我把钱都埋在东岗子那里的一棵杨树下，树上有个大鸟窝的那棵树。"

枣花真是个仔细的丫头，在她的指点下，顺儿没费什么劲就把那些钢镚儿全挖出来了。我们也记不清究竟数了多少遍钱——后来，那些钢镚儿全温乎了。一共十五个五分的，八个二分的，四个一分的。枣花把这些钱郑重地放在顺儿的棉袄兜里。我们三个人往镇上跑，只听那些钱叮叮当当地响，顺儿边跑边用手捂住兜兜，恐怕它们逃跑。

跑哇跑，小镇就在眼前，大年初一，没人做生意，药铺也没开张。我们刚想擂门，就听有人叫我们："喂，喂，村里死人啦？大年初一跑药铺。"

原来是李罗锅，这家伙不知什么时候混到镇上来了。前些天听人说，他在外头当了官，我才不信呢——谁会把二流子当宝贝？可现在，他穿了一套有大口袋的衣服，袖子上还别着个油渍渍的红袖标，吊着恶眉，龇着黄牙："把钱交出来。"

"不给。"顺儿紧护着兜，我和枣花也围上去，李罗锅皮笑肉不笑地说："我早晚要让你们知道我的厉害，哼！"他一摇一晃地走了。

十　真正的冬天

我们仨敲开了药铺的门，买了一大包治咳嗽的草药赶回村里，天已经完全暗了下来。天空一丝星光也没有，只有雪地泛出鱼鳞般的亮光。我们不想回家，反正横竖要挨骂了。我们急着去苗老师家，他喝了药汤一定会健壮起来的。我们跑到那座小木屋前，轻轻地叩着门："苗老师，开门，开门。"

没人回答我们。屋里是漆黑的一片。顺儿用力一推，只听哐当一声，原来，门被锁住了。苗老师一定上谁家去串门了。我和顺儿把枣花送到家门口，她用冰凉的小手抓住我的手，小声说："我真不想回家。"屋里，传出枣花爹的大嗓门："二牛，又是你把枣花打跑了？快去找！"

"俺，俺，俺……"

枣花跑回家了，那纤细的身影一闪就不见了。

我俩刚走到顺儿家大门口时，只听老地主喊了句："来——人！呃，呃，咳。"

我们站下了，竖起耳朵，只听屋里还有另一个人模模糊糊的声音。"俺家有外人。"顺儿说。

天空像一块巨大的黑幕布紧紧地笼罩着房顶，耳边又有呼呼的风声，鬼唱歌似的。不知是怕还是冷，我上牙和下牙打着架："去，去叫叔叔！"

"嘘——小声点。咱俩先进去看看。"他拉着我蹑手蹑脚地挨近墙根，墙上冒出股阴森森的凉气，透过破窗户纸的小洞洞，看见屋里有个黑影在晃动。

"你不交出来，我掐死你这个老鬼。"

"呃，咳，顺，顺——儿。"

"再喊我敲破你的脑壳，快交出来，快！"

"呃——烧了，早，呃，早烧了，扔火里的……"

"胡说！"

"真，真的，呃，我没，咳，那么大的胆。"

"好，我今天要告诉你一句话，你管住自己的嘴，要敢胡说一个字，我割了你的舌头。"

这声音很熟，在慌乱中却一时记不起这是谁的声音了。门吱呀一声开了，一个黑影从屋里闪了出来。"站住！你是谁？"顺儿喝道。

那个人拔腿就逃，只听嗒嗒嗒的脚步声远去。四邻的狗叫了起来。老地主在屋里"咳呃——咳呃，顺——儿"地叫，像要断气似的。顺儿对我说："那人有点像李罗锅。你回去吧，我进去问我爷，非要问清楚不可。"

我慢吞吞地往家走。腿软塌塌的，一点力气也没有了。进了院子，只听平日悄声细语的婶婶正在屋里大声吵吵："把她领走？不行！……说啥也不行。"

叔叔用我所不熟悉的柔和的语调说："哭什么？哥来信是跟咱们商量，等乡下乱起来，万一出了什么差错，咱怎么交代？"

"我，我舍不得。孩子是我养大的……"

"我舍得？……嘻，看看再说吧，李罗锅……"下面的声音低得我一句也听不清了。我推门进去，他们都吃了一惊，像打量陌生人一样看我。难道我脸上长花了？我累极了，上了炕倒在被子上，问："叔叔，你刚才说什么？李罗锅怎么了？"

"小声点！满妹子，小孩子家少打听！"叔叔铁青着脸，一本正经地训人。

　　我们仨敲开了药铺的门，买了一大包治咳嗽的草药赶回村里，天已经完全暗了下来。天空一丝星光也没有，只有雪地泛出鱼鳞般的亮光。

婶婶怕我不高兴，红着眼哄我："小孩子知道的事多了就会不长个儿了。孩子，婶子给你拿枣糕吃，饿坏了吧？"

还以为我是小孩子！我憋着一肚子气早早睡了。夜里，我做了许多吓人的梦，吓得我直叫唤："妈，妈。"我听见婶婶在我耳边轻轻地唤："别怕，好妹子，妈妈在这里。"紧接着，几滴冰凉的东西落在我的脸上。是下雨了？……我又迷迷糊糊地睡着了。

第二天醒来，只觉得脑袋发沉，一坐起来眼前就冒金星，婶婶不让我动弹，说我发烧了。真倒霉，要喝那些苦药汤了。买这么苦的东西也得花钱，真不公平！照我的心思，还不如买冰糖葫芦吃。

外面好像很热闹。李罗锅的声音不时被风送进来："便宜他了……外村的地主都戴高帽子……斗争会……"

"婶婶，外头出了啥事？"

"顺儿他爷爷死了。"

一直挨到天黑，顺儿才来看我，他鼻子冻得通红，一个人呆呆地立在我跟前。他的眼里没有悲伤，只有惊恐，我问："顺儿，你想哭吗？"

他摇摇头："只是有点怕，夜里，那个大屋子就剩下我一个人了。"

"你不是连鬼都不怕吗？"我说，"你娘知道了吗？"

"甘泉哥一早就去杨村报信了。那个人不准娘回村，娘不听，他就拿木棍……"

"听李罗锅说，外村的地主都游乡了。"

"满妹子！"进屋取鞋底子的婶婶小声叫了我一声，"你俩好好在这儿待着，我出去打听个事。"

婶婶走后，顺儿说："你知道昨夜来我家的是谁？"

"谁？"我差点从炕上蹦起来。

"李——罗——锅。"

"他最恨地主，怎么会……快告诉我。"

秦文君

原来，土改前的一个夜里，李罗锅又跑到地主家去借钱。他家本也是地主，到了他爹这一代，又抽大烟又赌钱，把家产都折腾光了。李罗锅从小就学他爹的样，好吃懒做，不务正业，常凭着一张油嘴干些损人的事。有时弄不到酒钱就上地主家借。老地主是个出了名的刻薄鬼，当然不肯借给他。李罗锅说："马上要土改了，俺好歹是个穷鬼，到时候可以为你探个信，说句好话。"他俩密谋到深夜，立下了一张字据，上面写明：由老地主供给李罗锅酒钱，由李罗锅向老地主提供农会的内部情况，他俩分别在字据上按了手印。这事连顺儿爹也不知道。解放后，李罗锅一直逼老地主交出字据，他没给，所以李罗锅常上门寻事，昨夜，他又来要字据了。

"这个坏蛋！字据不能给他……"

"字据早让我爷烧了。他怕传出去罪更重了。要不是他知道自己快不行了，是不会把这告诉我的。"

"等会儿我告诉叔叔。"

"别，谁也别告诉。李罗锅现在是县里的官了，他会抓我去游乡的。"

"呸！胆比芝麻粒还小。"

"我怕娘知道了会哭的。"

婶婶慌慌张张地跑进门，手捂着胸口，大口大口喘着粗气："李罗锅从县里叫来一帮人把豆腐铺砸了，听说昨晚他问拐腿爷要钱，老头没给。这个挨天杀的！"

"拐腿爷爷，"我忍不住哭起来，"我要找李罗锅算账，这条恶狗，那时还认拐腿爷爷做干爹，拐腿爷爷，你的心太好了……"

顺儿扭过脸去，也呜呜地哭起来。

拐腿爷爷气疯了。自那以后村前村后常能听见一个拐腿的疯老头发出古怪的笑声。半夜里，他尖厉的笑声和寒冷的风一起刮来，悲惨极了。叔叔的话更少了，成天锁着眉抽闷烟，脾气变得很坏，动不动就摔碗摔碟。婶婶总是背着大家抹眼泪，深深地叹着气。家里闷得慌，有时我就溜到顺儿家去玩。顺儿像是瘦了，眼睛比以前大了，才半个月的工夫，他就像变了个人，成天坐在冰凉的炕上，不笑也不玩，像块木头。有时我生他的气，用拳头擂他的脊背："顺儿，你傻啦？你傻啦？"他终于笑起来："我没傻，我想我爹了，去年夏天我去上坟，见着一只特别亮的萤火虫，那一夜，我梦见爹了，他给我一根黑杆的钢笔。"

"顺儿，咱们去等苗老师吧，好几天了，他都没回家。"

"满妹子，苗老师大概不会回来了。我趴在他家窗户外看过，屋里的被子、小箱子、脸盆都没了。"

"我不信。他要走了谁给咱们当老师？再说，他真要走，总会跟咱们说一声的。"话虽然这么说，可我的心却怦怦直跳，我想起那双灰色的潮润的眼睛，他回来得那么匆忙，没住一夜又走了。

顺儿说："咱们去村口等他，把这包药也捎着，要是他回来，咱们马上给他煎药。"

天阴沉沉的，铅色的云层好像一块块随时会砸下来的石头，家家屋檐下都垂着白珊瑚般的冰串。刚走到村口就遇上二牛他们，他们正在玩"好人捉坏人"的游戏。枣花眼尖，大声喊我们："顺儿哥，你们玩不玩？"

顺儿摇摇头："俺们来等苗老师。他来了，就把药给他。"

金枝说："来玩吧，苗老师不会回来了，嗯，人家让他回自己的老家去，他就去了。"

"苗，苗老师真没用！换，换了我，打，打死也不走，信，信不信？俺，俺谁也不怕。"二牛摇晃着四方脑袋。听他用这种口气说苗老师，我真不服气："你不怕你爹？"

"不，不怕。"二牛横了枣花一眼。

枣花忙把话头转开："听人说，苗老师是坏人，可我不信，他那么和气，待人又好。"

顺儿说："苗老师是好人。"

金枝也吸着鼻涕说："我知道地主是坏人，苗老师不是地主，当然也是好人。"

顺儿低下头去。我白了金枝一眼，说："咱们别说这些了，还是玩吧，谁做坏人？二牛，你做吧。"

"俺，俺不当坏人，俺当好人，专，专抓坏，坏人。"二牛火冒冒地说，"让，让顺儿当坏蛋。"

"凭啥？"我第一个叫起来。

"他，他是地，地主家的人。"二牛偷偷看了顺儿一眼。

"我不是坏人！"顺儿叫起来，声音很响，把大家都吓了一跳。

二牛低下头，低声嘟哝："谁，谁叫你，你吃他家的饭。他，他家的饭是地，地主吃的。"

爱说怪话的金枝说："嗯，地主的锅煮过人肉，嗯，这是听人说的。"

二牛拍着手嚷："哎，哎，顺儿吃，吃过人肉，脏呀，丑呀，只能当，当坏人。"

顺儿的脸一下子黄得像片枯叶，胸脯子一鼓一鼓的。忽然，他用手捂住了耳朵，那包药落在地上，草药撒了一地，他都没看见，甩开腿往村外跑，他唯恐那些刺心的话再钻进耳朵。

我恶狠狠地瞪着金枝和二牛——如果是个大力士，我一定会把他俩揍个鼻青脸肿，特别是这个金枝，打得他犯抽风病也没人疼！金枝有点慌，悄悄地往二牛身后缩，二牛大大咧咧地对我说："满，满妹子，俺，俺没说你。"

我朝地下啐了一口："我再也不和你在一起玩了，你太坏，你是个坏小子！"

蹲在地上捡草药的枣花说："顺儿哥会不会跑到杨庄去了？哎呀，他不会再回来了。"

我在坟地找到了顺儿。顺儿用胳膊拥抱着他爹那座被白雪覆盖着的坟头，放声大哭："爹，爹，你听见了吗？我，我不是坏人，呜，呜……爹，你疼我、爱我，为啥还要生我在地主家？呜呜……"

我只会陪他掉泪。顺儿爹给顺儿起了个吉利的名字，可是一点用也没有。我仿佛看见有一座无形的大山正朝着顺儿稚嫩的身子压过来……顺儿爹，显显灵吧！

"可怜的儿子。"一个悲悲切切的声音从我们的背后响了起来。我吃惊地回过头去——一个黄瘦的女人拄着棍子站在我们面前。北风吹乱了她的头发，露出苍老的、刻着愁苦的皱纹的前额，只有那对充满忧伤的眼睛，仍是我熟悉的。

"娘！"顺儿扑入妈妈的怀里。母子俩抱头痛哭了一场。顺儿娘断断续续地老是说这么一句话："孩子，娘的心……碎了，别怪娘……心狠。"

天快黑了，顺儿娘才拄着棍子回杨庄，她一遍又一遍地回过头来看我们，一次又一次地撩起衣襟擦眼泪。

她走了，回杨庄去了，却把一颗慈母心留下了。

十一　黑夜

我同顺儿一起回家，婶婶已在门口的枣树下等我们了。她冻得浑身发抖："顺，顺儿，你娘来过了，给你带来不少东西，都放在你家院里了。院里那些干柴你抱进屋烧烧炕，小心冻坏身子。"我想和顺儿一起进他家院子，婶婶叫住了我："满妹子，锅里给你俩留着饭，去端，和顺儿一块吃。"

"婶子，我，我不想吃。"

婶婶扭过脸去："你娘把你托付给我，往后要听婶婶的话。"

我取来了饭，放在顺儿家的破桌上，忍不住连连往手上哈着热气。大半天在冰天雪地里不觉冷，进了屋，一停下来倒觉得手指、脚趾都被猫咬过似的疼。啊，炕上放着一个大包袱，刚把它从院子里抱进来的顺儿坐在边上发呆。

为了让他高兴，我说："你娘真好，带来这么多好东西，我来解开它……嗬，你看，油炸果，冰糖葫芦，一双车胎底的新棉鞋。顺儿，你不高兴吗？快笑，快笑。"

"娘哪来那么多钱……我要送还给她，让娘吃，她比我更苦。我真不懂事，那时她来看我，我还躲到老秃山去。"

"顺儿，你好像变了个人。咱们说些高兴的事吧，对，你再给我说一遍宝筐的故事。"

他愁眉苦脸地摇摇头："明天讲吧，现在我困了。"说完扒下鞋，扯过破被子蒙头就睡。我学猫叫、狗叫逗他，他也懒得动一下。我赌着气，把脚步放得重重地往外走，他忽然从被窝里探出脑袋："满妹子！"

"不听，不听，我是个聋子，没听见有人和我说话。"说完，我砰的一下带上了门。

很晚了，叔叔还没回家。肚里有根愁肠子的婶婶坐在灯下扎鞋底，显得心神不定。那哧哧的抽线声隔好久才响一次。远处传来狗叫声，她就侧着耳朵听着，直到狗叫声平静下来，才轻轻地叹了口气。

"婶婶，快睡吧，纳那么多鞋底干吗？"我曾到那脱了漆皮的小柜里数过，婶婶足足给我做了十五双新鞋，大小不一，可是鞋面的颜色都很鲜艳。做那么多干啥？穿一辈子吗？

婶婶拢了拢头发："乖妹子，快睡吧，看，外面的天多黑，黑天里老狼会来敲窗户。"

换了早两年，我准保吓得闭上眼，大气不敢出，可现在我才不信那些话。记得有一次，婶婶哄我说老狼来了，我大着胆把眼睛张开一条缝，可直到睡着了也没看见老狼伸过来的长长的爪子。从那以后，婶婶一说这话，我就想笑。

月亮像个夜游神，摇摇晃晃地从乌云后头跑出来，浓重的云重重叠叠，像张牙舞爪的野兽。起风了，风夹着雪珠，沙沙地打着窗户，窗户纸一鼓一鼓像风箱一样。我觉得寒冷的风正从窗户缝里溜进来，吹得脸儿发疼。奇怪，风难道比针还细？

风在吼，呜——呜——像野孩子撒泼似的。不知大风要刮几天，等出了太阳，我要和顺儿去杨庄，把油炸果、冰糖葫芦都送还给顺儿娘。

我把这个打算跟婶婶说了。我原以为她又会夸我是个乖妹子的，没想她拧起眉头："嘻，别去惹顺儿娘伤心了，让顺儿……记住他娘的好处就行了。"

"我们去了她会高兴的。"

"嘻……你们懂个啥？顺儿娘去医院卖血了，给顺儿买吃的，你们……"婶婶深深地叹息了一声。

我忽然觉得鼻子发酸，心被一双无形的手牵住了。我没说话，也没大惊小怪地发问，我突然懂了许多许多事。悄悄地掉了几颗泪，泪顺着腮流到了嘴边，它们发咸，发涩。

不知什么时候，叔叔回来了，墙上映着他高大的身影，屋里顿时变得有生气了。只听婶婶惊叫了一声："你喝酒了？"

我记得叔叔从来不喝酒。逢年过节时心里特别高兴，别人喝高粱酒，他就拿一盅凉水陪着喝。婶婶私下告诉我，她娘家的妈就是凭这一点才相中了这个女婿。山村里的男人喝醉了酒，不是打老婆就是骂儿女，因此我极害怕醉汉，一听叔叔也喝了酒，我赶忙蜷缩在被窝里，装成熟睡的样子，一动也不动，心想，最好别让叔叔发现我。

"心，心里不痛快，喝了两，两口。"叔叔大着舌头，口齿含糊不清，"顺儿呢？"

"回家去睡了。"

"孤，孤单单的一个？把他接来住吧。甘泉把拐腿老伯接去了，这……年头，咱得互相……那个点。我，去把顺儿抱来……"

"深更半夜的，别把孩子惊着了，明天吧。"

我刚想拍手叫好——叔叔和别人就是不一样，喝了酒脾气反而好了，而且还决定把顺儿接过来住，太棒了。可正在这时，听到叔叔提到了我，我就不动声色地支起耳朵听。大人们之间总有无穷无尽的新鲜事，可惜他们总爱瞒着娃娃们。听，叔叔在问："满妹子睡着了？"

"嗯。这孩子太任性，我怕她去了会受委屈。"

"别把这事告诉她，就，就说去城里串门。"

"你的心真狠……舍得？"婶婶轻声哭起来。叔叔火了："哭什么？没死人啰！我的心不是石头做的，实，实在没办法。"他挨近我，替我掖好被，我闻到一股浓烈的酒味，此时，我一点儿都没勇气睁开眼。叔叔用厚厚的、火热的手掌抚摩着我的脸。我的心嗵嗵地狂跳着。我微微睁开眼，看见叔叔一双发红的眼睛，这是一双充满慈爱的眼睛。我心里一动，眼泪夺眶而出，叔叔小声劝慰："这孩子，又做噩梦了。哦，哦，别哭，别哭，叔叔在这儿，别怕，别怕。"

这一夜，我一点都不困，一种很特别的感觉袭击着我的心。我觉得，婶婶细细的匀称的鼾声是那么值得依恋，仿佛这一切很快就会离开我跑到很远很远的地方去，永远不会再来。

风在我的梦里横冲直撞，把房屋、高山都连根拔起，我听到杂乱的脚步声以及各种各样的惊呼声："着火了！""快救人！""快去取水桶！"我一个鲤鱼打挺从炕上坐起。真要命，眼皮子沉得睁不开，我喊："婶婶！"可是没人回答。我死命地揉着眼皮，啊，不是做梦，外面红了半边天，火卷着长长的舌头，随着怒吼的风旋转着。院子外，大人叫，小孩哭，狗狂吠，乱成一片，还有嗒嗒嗒的脚步声、水的泼溅声。

婶婶从外面闯进来，声音变得十分尖锐："满妹子，快下炕，顺儿家着火了。"

"快浇水，快把火浇灭！"我急得直顿脚。

"风势太大，火苗子蹿出房顶了。我去找顺儿，这孩子怎么不早点喊救火！"

我奔出屋，空气里夹杂着一股辛辣的焦味，呛得人鼻孔发痒。火，仗着风迟迟不肯退步，救火的人把一桶桶水往火上浇，只听吱的一声，火苗子又蹿到别处去了。哗啦一声，屋顶的碎瓦落下来一片。枣花拉了我一把，带着哭腔说："往后，顺儿哥没家了。"

没等我回答，只听婶婶失声地喊："顺儿，顺儿在哪里？谁见到顺儿了？"

人群一阵骚乱。"哎呀，没见着他。""人呢？会不会在屋里没出来？"叔叔说："不会吧，顺儿是个机灵的孩子，快，大家喊一喊，他大概躲在附近。"

"顺——儿呀，快——出来——"

没人回答。只听嘡的一声，大梁被烧断了。大伙不约而同地惊呼一声"完了"。叔叔急得双目圆瞪，头发也快竖起来了，把桶凉水往身上一浇，冲进火堆中。我哇的一声哭起来，想跟进去，一双粗壮的手拽住了我，我一看，那人正是二牛。我用手拧他的手，说："放开我！松手。"

火烤红了他的脸，他不停地眨着眼，结结巴巴地说："你，你拧，拧吧，我不，不疼。"轰的一下，房顶塌了，几乎在这同时，满身冒烟的叔叔抱着一个大火团从里面冲出来，倒在雪地上滚着，滚着，一串长长的黑烟从雪地里冒出来，像一团黑色的雾。

婶婶跌跌撞撞地往那儿跑，雪地滑，她滑倒在地，喊着："孩子，顺儿，你为啥不往外跑，你为啥不往外跑？……"一步步地朝前爬去。

我预料到将发生什么不幸的事了。听着人们呼呼啦啦地往前跑，我的双腿成了棉花团团，怎么也提不起来。

"啊，谁把他的手反绑起来了？活活烧死的！"

秦文君

101

"苦命的孩子，这是哪个黑心狼干的事，绝后代的！呜，呜……"

"嘴还让毛巾堵起来了！狗日的！"甘泉哥气得两眼冒火，"查出是谁干的，我宰了他！"

婶婶只是反复说着这么四个字："顺儿醒醒，顺儿醒醒……"

从来不落泪的二牛摸着顺儿发黑的脸，放声痛哭："顺，顺儿，我，我是二牛，俺，俺真悔，不，不该用话，损，损你……你，你不是坏，坏人……"

金枝大把大把地甩着鼻涕："俺把所有的新衣服都送给你，你快笑一个吧，顺儿，俺家还有干枣，妈，你快去取来。"金枝妈一把搂住金枝，长一声短一声地哭起来……好像死去的不是顺儿而是金枝。

渐渐地，一切声音都消失了，我觉得我飞上了天，整个大地全是燃烧的火和洁白的雪，耀眼的色彩刺激着我的感官。从哪里飘来一片枯叶？黄黄的，已经麻木的叶？啊，是顺儿娘来了，她拄着棍，披头散发，走一步就流出几滴血，可她仍在不停地走着。她喊着："顺儿，娘来了……给你带小刺猬馒头来了，孩子，顺顺当当地长……娘的心碎了。"

不知是真实还是幻觉，当天晚上，我竟看见一只特别亮的萤火虫从灰烬中飞出来，那幽幽的光一闪就熄灭了——在冬天，它是很难生存下来的。

那天晚上叔叔拼命地喝着闷酒，一口又一口，酒烧红了他的眼睛。婶婶的眼泪大概哭干了，呆呆地坐在一边，忽然，她奔了出去……后来怎么了？哦，来了个陌生的男人，叔叔让我叫他爸爸，啊，在我的心目中爸爸应该长得和叔叔一模一样，不，我躲在叔叔身后就是不肯叫他。

"爸爸带你进城买好东西。"听，他怎么管自己叫爸爸？我说："不，俺不，我要婶婶……"

叔叔叹了口气："好，跟着你爸去找婶婶吧，你婶坐火车走了……

唉！"他的声音一向是洪亮的，今天怎么嘶哑了？而且还发颤，像个老婆婆那样有气无力。

"你骗人！"

叔叔摇摇头，直瞪瞪地看着我，他怎么啦？

"骗人是小狗！"我知道他喝了酒以后不会发火。

叔叔点点头。他伸出粗大的手，我也伸出手和他钩了钩手，他的手指很粗，发硬，给人一种很牢靠的感觉。我相信叔叔的话了——钩过手指的事，哪个娃娃会怀疑这还会有假？

火车启动了，我忽然听到一声熟悉的呼唤："满妹子……"我扑到车窗前一看，啊，是婶婶，她哭着，喊着，紧紧追赶着火车……渐渐地，只剩下一个小黑点在远处跳跃，跳跃。

我离开了山村，离开了可亲的人们，也离开了我的童年，开始度过漫长的、没有欢乐的日子。

一天，我们家来了一个高高瘦瘦的老人，进门便用慢吞吞的语调说："李满妹同学是在这里住吗？"

是找我？一对灰色的眼睛在镜片后面发出真诚的光，微驼的背……"苗老师！"我一把攥住他的手，晶莹的泪滴滴答答往下掉，"您……那包药，顺儿……"啊，千言万语该从何谈起。

"我都知道了。我已经去看过李顺儿和他母亲的坟了，他们……葬在一起。"他摘下眼镜，擦拭着，"李罗锅交代说，他恐怕那张字据还在，所以连人带房子一起放火烧了。灭绝人性，简直是畜生！一场浩劫呀！"

我哭起来。苗老师从提包里摸出几串通红的冰糖葫芦，说："这是你叔叔让我捎给你的。"

"我，我已经长大了。"我这么想，可是我没这么说，在叔叔、婶婶眼里，满妹子永远是个爱吃零嘴的小姑娘。"他们好吗？"

"很好，只是十分惦念你。村里的变化真不小，拐腿老伯的病治好了，队里为他盖了新豆腐铺，这几天就要开张，李金枝自愿当他的徒弟，对了，你猜猜，李金枝的对象是谁？"

"谁？"

他笑眯眯地说："李——枣——花。你们都成大人了。"

枣花？金枝？是那个吸着鼻涕说自个儿见过鬼的金枝？不，不，一切都过去了，那个令人讨厌的金枝早就不存在了。但愿美好的一切不失去它的色彩，丑恶的、悲伤的一去不复返。

"秀才姑娘，"苗老师还记得我的外号，"我回原来的大学教书了，要常来看我。看见你，我会想到小山村、小清河，还有小清河边那条公路……"

……

是那条我和顺儿盼苗老师回来的公路？我披上衣服，出了屋，沿着小清河走着，走着。

啊，萤火虫，它飞来了，在我的身边跳着舞，那盏小小的灯笼一闪一闪。对呀，只有在夏天，像今天这样的夜晚，它才可能在月色下、树影中飞来飞去，去寻找它的同伴，用荧荧的弱光把大地映得花花点点。

飞吧，闪亮的萤火虫。

Shanliang De Yinghuochong

　　成功的写作不可避免地要涉及作者对世界的看法，同时表露心灵，敞开心灵的花花草草是写作的源泉，千万不要把黄金一样的纯真藏起来，写在文章里最感人的地方往往就是真的情、真的泪、真的感恩、真的快乐、真的生命。这样才能不落俗套地表现人类基本的秉性和趣味。

——秦文君 《我幸运的儿童写作生涯》

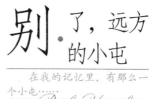

别了，远方的小屯

在我的记忆里，有那么一个小屯……

Bie le, Yuanfang De Xiao Tun

一

天阴沉着灰灰的脸面，紧压在人们的头顶，一副孕雪的模样。我跟着妈下了火车，站台上很嘈杂，一大帮赶火车的乘客像潮水一般从候车室涌过来，差点把我和妈冲散。妈让我攥住她的衣角，这再容易不过了——过去和姐姐们玩老鹰捉小鸡时，我就是这么紧攥住她们衣角的。

"满妹子，快，快叫姑婆，别傻站着……"妈搡了我一下。如果我是个大人，非要跟她评评理——我又不是聋子，凭什么无缘无故地搡人！可现在我只能撅着嘴一声不吭，妈脾气厉害，惹翻了她可了不得。

出站口站着个老女人。她就是姑婆？我忙不迭地用手捂住嘴，不让笑声喷出来。听说我没满周岁时，这个北方的姑婆曾来看过我，可我一点儿也记不起她是这般模样——凸脑门、黄脸皮、小不点的

秦文君

个儿，最可笑的是脑后那个扁扁的小髻髻，总颤颤的，有点悬。别笑，妈已经虎着脸瞪我了。

"这孩儿，当年我抱她那会儿，她才暖瓶那么大，眨眼长成个俊姑娘了，天仙似的。"姑婆的肚量不小，我笑话她，她倒不记仇，"乖孩子，你，你叫啥名儿？"

她的记性太坏了，妈刚才不是当着她的面叫过我了吗？不过，看在她夸我的面上，我答了话："我叫满妹子。"

"是咧，是咧，看我这记性。"她鸡啄米般地点头，"走，走，老雷头该等腻了。还得赶百八十里地呢，都说城里人送闺女来，吃的、用的，怎么也得备几箱柜。老雷头来给队上拉化肥，让我截下了。"姑婆接过我们的小旅行袋，掂了掂，说，"这提包，灯草那么轻巧，嗯，少点好，省事儿。"她头前走了，步子急急的，碎碎的，像落雨一样。

妈有点尴尬："咱们走得太急，也没心思……我和她爸月底要去干校，不能带着她，真愁死人了……李家庄她叔家也遭难了，想来想去只能来麻烦您老。至于孩子的花销，我们……会按月寄来。"

"自家人莫说外道话，她小小的人儿能吃多少！乡下比城里太平，我儿子大柱能干，是个好劳力，一家老小粗茶淡饭还管够。咋能收你们的钱……"姑婆连连摆手，她的手粗大厚实，干惯活儿的人才会有这样的手。

"老雷头，老雷头，快套车，我娘家的亲戚到了。"姑婆大呼小叫。看见车把式吆喝牲口，我和妈都退得远远的，生怕马儿发起犟脾气来踢人。

姑婆笑了："甭怕，他是咱这一带数得着的好把势。唉，苦熬了半辈的老光棍，咋也成了地主的狗腿？古怪……"

"大伙坐稳当啦，嘚儿驾，驾……"老雷头和悦地吆喝着牲口，鞭杆儿举得高高的，鞭儿在空中要了个花，两匹体态健美的大马稳稳当当地迈起步来。风夹着寒气迎面扑来，刮得鼻子酸溜溜的像浇了醋——鼻子总是特别娇气，夏天鼻子尖儿沁汗，冬天呢，稍一冷就变红了。

老雷头穿一件露絮开花的空套棉袄，披着山羊皮大袄，扭转脸来挺和气地对我笑笑。他，弯弯的腰，一脸渔网似的皱纹，黄眼珠小小的，圆圆的，像两枚生锈的小钉子，他的眉毛、胡子上都结了白霜，看上去老得像有一百岁了。他说："这孩子真好……别看我是个老绝户，没儿没女，可我稀罕孩子……"

谁都没搭话。停了老半天，老雷头又唠叨起来："我赶了一辈子的车，还是头一回接城里的客哩，大白，小白，加把子劲儿，今晚上请你们吃豆饼子，俺也打打牙祭，来二两老白干。这鬼天气，怪冻脚的……嘚儿驾，驾。"

马儿似乎听懂了他的话，车速快了起来，马蹄子叩击着地面发出一声声脆响，车板后拖着一长串飞飞扬扬的干尘灰，久久不肯散去，像是条灰色的尾巴……快到阴历年了，隆冬的土地光秃秃的，一切庄稼都早已归场了。只剩下那些长在田头地脑的枯草，像害了疟疾，在寒风中不停地发抖，一些酸枣棵子东倒西歪地斜在山冈边，像是喝醉了酒。

真冷啊！山野的风很凶，一个劲地刮，我捂着嘴和鼻子，不停地哈着热气，手背僵硬了，像块冷透了的铁，脚指头像被猫咬了一口，哝哝地疼。妈挨过来，把我揽在怀里，让我把手插在她的胸襟里。在我的记忆里，妈好像还是第一次这么疼我。小时候我是奶妈带大的，稍大点就被送到李家庄叔叔家去了。从李家庄回到城里后，看见姐姐们和妈亲亲热热的样儿，我就窝了一肚子的火。不过现在我不想离开妈的怀抱，周围那么空旷、陌生、寂静。大白马送我到哪里去？

老雷头说了声："接着，孩子快冻得受不了了。"只听哗啦一声，皮大袄像旋风一样飞来，我顾不得脱鞋了，立刻把脚伸进宽大的袖筒。皮大袄上带着老雷头的体温，只一会儿，连脚脖子都热过来了。只有妈连声推却："别,别,这可要不得,别冻坏您老人家。"我嫌妈多嘴,万一老雷头耳朵根软,想变卦了,那该怎么办?幸好老雷头很有主张:"没事儿,我这把老骨头值不了几个钱,孩子要紧啊!"

天色暗了下来。深褐色的土地越发深邃了,拖在车后的尘灰更淡了,正在渐渐地隐去,仿佛融进了灰蒙蒙的天色之中。只有那两匹白马,仍然白得显眼,长长的鬃毛汗漉漉地闪着忽隐忽现的亮光,它们一定是累极了,喷出粗粗的响鼻儿,马蹄声也不如刚才那么脆了。

拐过一个山嘴,远远地能听见狗的叫声,姑婆说:"老雷头,把车停这儿吧,咱得下车了,要让人瞧见会找麻烦的。"

"唉,不能送你们进屯了,对不住啦。这年月,还是避点邪好。"老雷头瓮声瓮气地说。听声气,他像是没长鼻子,哦,他受冻了。

"吁,吁——"老雷头停了车,张开双臂把我抱下车,说,"闺女,我的窠儿就在马栏边。记扎实了?隔三差五悄悄地来串个门,别冷落了我老雷头,上年纪的人怕冷清……"

老雷头披上大袄,赶着马车进屯了。屯外的山根下鼓着几个坟包,我好奇地看着,没料到姑婆拍了我一下:"小孩子家看坟堆会讨不吉利的……"她的脑筋真老,老实说,我知道世界上根本没有鬼。

屯口有一眼井,筑着高高的井台,一个高个儿女人正从井下把柳罐儿摇上来,轱辘架儿嘎吱吱地响。离老远她就喊上了:"老太太,把城里的千金接回来了?咋不让老雷头送你们到家门口?"

"咱没坐他的车,是搭了别屯的拖拉机……"姑婆说谎时耷拉着眼皮,像棵打蔫了的豆芽菜。

"做什么戏哟,我看见老雷头先你们三四步回来的!别当别个是吃屎的孩……"那女人嗷嗷乱叫,像着了魔。

一间间土坯房,一垛垛干柴草,半人高的院墙,几乎每一家院门口都有个粪堆儿。冬天的黄昏是灰蒙蒙的,使这里的一切都变模糊了。一家院门打开了,跑出个十来岁的男孩,小梆子脑袋、狮子眼,拖着黄浓鼻涕，一看就像个尖刻的孩子。

姑婆把嘴巴贴在我耳根上说："满妹子，那就是你表弟马驹子，那孩子腿脚不怎么灵便，心眼又窄巴，别和他玩翻了脸，表姐弟沾着三分亲。"

表叔走出来了。他是个大个子，膀大腰圆，偏偏穿一件紧巴巴的黑棉袄，打个大喷嚏说不定会崩掉几个扣儿。他的眼睛黑少白多，显得很冷漠。他嘿地一笑，只说了俩字："来啦？"哼，他的话就那么金贵？

表婶从表叔身后闪了出来，她瘦得像根麻秆，衣服花花哨哨，可满襟子汤渍，袖口油光光的，差点能晃出人影儿来。她把我们上上下下打量遍了，笑呵呵地说："可把你们盼来了。要不是守着杂货铺这个破摊，我早去车站迎你们了……哟，这小闺女真俊，眉眼有几分像我。"她扯着喉笑，笑声发尖，锥子似的钻进我的耳朵。这还不算，她竟上来拉我的手。我一甩手："我不嘛。"

"满妹子！"妈妈白了我一眼，她一点也不护我。

表婶拉长着脸子，撇撇嘴。

我的表弟吸吸鼻涕："哟哟，妈，你说她们是财神，看呀，她们只带了这丁点儿东西……"

表叔发怒了："少多嘴，贱皮子！丢人败兴，小心我撬了你的牙！"马驹子脸白了，躲到一边去了。

姑婆家的小院拾掇得很利落，院子中央用碎砖块铺出条窄窄的小路，半边院子堆满一捆捆的柴草，屋檐下挂着串辣椒干，红得透亮，吃一只这样的辣椒，准会辣得两眼冒金星。一大一小两间面南坐北的屋子，中间搭出个锅房，整个布局呈"品"字形。房顶上安着细脖儿般的铁皮烟囱，还套着个拐脖，大概是怕风反灌进去。

姑婆直奔锅房，急得像去救火。表婶呢，用膀子吊住妈的胳膊，不紧不慢地进了大屋，我真怕她把妈的衣服蹭脏了。大屋里有一堵连着灶坑的暖墙，发黄的四壁上贴着几张旧年画，年画上已落下厚厚的灰，一张大炕，占去半个屋子。表婶亲亲热热地把妈让到炕头上："难得见面哪，咱俩妯娌拉拉呱，说会儿知心话。"

妈的脾气变得格外温顺，满脸堆着笑，一切都由着表婶。"她表婶，要给你添麻烦了，孩子小，不懂事。"听，妈把我说得一分不值。

"你还信不过我？去三村五屯打听打听，大柱媳妇是个疼孩子的人，恨不得把心尖掐了给孩子。只是，唉……"

"有啥难处？"

"穷家小口再添张嘴，别说油盐钱，说不定连锅都揭不开了，过日子不易呀……"

妈妈连忙掏出几张大票儿："她表婶，这你先花着。"

表婶那张脸一下子短去半截："好姐姐哟，你想到哪去了，说啥我也不会收你的钱。"她边说边把钱接了过去，大拇指在舌头上一撚，嚓嚓地点起数来，点完了，又说，"说心里话，我倒不在乎啥钱不钱的，我相中你身上的花袄罩，花色素净，我穿了准合适……"

妈没发作——我知道，妈完全是为了我。妈说："我没带替换的袄罩，这样吧，回城后我去买块相同的衣料寄来。"

表婶咧开瓢瓢嘴，把钱卷巴卷巴塞进裤兜："城里人就是阔，嗨嗨……早点寄来啊，我可是盼着穿新衣。嗯，闻到肉香了？老太太炒的肉就是香，馋人……"

"咳，咳，队长媳妇在家吗？"一个苍老的声音在院里喊，声音挺熟，我扭脸往窗外看，嗬，是老雷头！他拎提着个小瓶子说："烦您跑一趟，给打点老白干……"可表婶撇撇嘴说："没工夫！让我为你跑趟腿？哼，你又不是我祖爷爷！"妈看不下去了，插了句："她婶，你就辛苦一趟吧，他那么大岁数了。"

表婶仍吊起嗓子嚷："他的岁数大，大在狗身上！什么东西，地主的狗腿！土改时，他贪几个臭钱，把狗地主送跑了。这种人踏进我的院儿，我得扫上七七四十九遍地。"

老雷头伤心地摇摇头，蹒跚地走出院门。

表婶忙着梳头，没在意，可我却注意到，姑婆怀里揣了啥东西，紧随着老雷头出了门。

锅房里一阵刀勺响，不一会儿，姑婆端着碗碟进来了。菜碗满满登登摆了一炕桌：酸菜炒肉丝，豆腐炖肉，萝卜片炒大蒜叶，腌鸡子，拌凉菜……大伙盘起腿围着炕桌团团坐下。表婶抱着酒瓶走来，直嘀咕酒少了。表叔烦了，一皱眉，表婶忙闭上嘴，为表叔斟酒。辛辣的酒气在屋里漫开了，呛得人鼻孔发痒，马驹子使劲吸吸鼻子。

啪！表叔一摔筷，吓了大伙一跳。他真像个凶煞神！

姑婆赔着笑脸，给我们盛来香喷喷的小米干饭。这马驹子手儿还在哆嗦，扒了好几筷子，也没把饭粒子扒进嘴，和这号人沾着三分亲，让人心里不痛快。

表婶紧挨着表叔坐，把所有的碗碟都朝身边移了移，自己满口大嚼，再替表叔夹菜，好像表叔自己没长手。几盅酒下肚，表叔的话稠起来："他们瞎嘞嘞，说酒里掺水了，扯淡！酒够醇的……我的舌头灵呀。"

"杂货铺是个肥缺，谁都眼红。一天挣的都抵上你的工资，想把我轰下来？没门儿！拿个聚宝盆我都不换！对那些说三道四的人，让我大兄弟去治他们。"

"别那么威风！你那大兄弟损事儿干得够多了。"

"说句良心话，他待咱不错。没有他，你能当队长？"

表叔啜了一口酒："不错？他用缰绳套我哪！喂，你给客人夹点菜……"

表婶很听他的话，夹了筷凉菜给我。其实我顶不爱吃这种凉菜——把大白菜切成丝，拌上盐末，浇上辣椒油、酸醋，也不炒，完全吃生的。再说，她筷头上黏糊糊的一片！妈早看出我的心思了，

111·

怕我多嘴，悄悄用胳膊肘捅捅我。要我当哑巴？我一百个不愿意！我把手伸得长长的，一大筷、一大筷地夹爱吃的菜，也给妈夹，压根儿不去看表婶的脸色——我生来就是这么个蛮脾气。

天色真正暗下来，透过小格子窗往外看，院里蓬松的柴草垛变严实了，仿佛成了一座小山包。饭桌上除了吧唧吧唧的咀嚼声，就是筷子打在碗沿上嗒嗒的响声。姑婆掌起灯，可大伙闷着头吃饭，彼此都把脸藏在阴影里，谁也猜不透别人的心思。

饭后，姑婆忙着收拾碗筷。她的动作麻利极了，小髻髻跟着跳曳的灯花颤动着。砰砰，有人拍着窗框子。

表婶推推表叔："快，快去迎客，大兄弟来了。"表叔懒懒地出门了，表婶慌慌忙忙在炕沿下找鞋。不大会儿，表叔转回来了，说："他想去铺子买酒，你去吧。"

表婶扭扭搭搭地往外走，"大兄弟，大兄弟"叫个不停，好像有谁要抢她大兄弟似的。

"那小子，八成又赌输了钱。看他今天的气色，说不定把老本都输进去了，狗改不了吃屎……"表叔自言自语。

"嘘，他是大队长，公社、县里都有人，惹不起。"姑婆说。

"赌鬼怎么能当官？"我仰起脸儿问。妈慌忙把我拉到一边，背着那晃眼的油灯说："唉，你这孩子，真让人操心哪！"我又没插错嘴，她发什么愁？我侧过脸去，只顾饱饱地看那盏双灯芯的煤油灯，它能把偌大的屋子照得忽暗忽明，壁上那个大影子一定是表叔的，妈小心翼翼地叫了他一声："她表叔，这孩子……"

"没说的，她爸是我的表哥嘛。"表叔漫不经心地卷了支蛤蟆烟，打夯似的在炕桌上顿了几下，吸了几口，便跳下炕，骂骂咧咧地，"妈的，我得去看看，这姐弟俩……没一个好东西！"他走了。

"唉，"姑婆抹着桌面，"俺家大柱学坏了，一开口就臭倒人。早先，他可规矩啦，光知道干活……"

"满妹子，明天……你跟妈回去吧。"

妈怎么打退堂鼓了？听说从前这里原是一个贫困的山村，人们光顾打架、吵嘴，地荒了，房塌了。后来有位善良的公主变成一只金鸡，飞到这里，整天唱着《善良之歌》——善善善，和和和，美美美。她整整唱了一千天，村民们终于醒悟了，他们携起手，重建家园，日子过得很和美，但那公主却含着笑累死了。为了感谢好心的公主，屯子改叫公主屯。可是，现在这个屯却并不和美呀！

"走，别等他们了，去小屋歇息吧，坐了几天火车了。"姑婆擎着油灯领我们出了大屋，院里黑咕隆咚的，柴草被风吹得沙沙响，灯花恐慌地躲闪着，就像我的心一样。

灯花安详地吐着亮光，小屋里有扇窄窄的窗，糊着厚厚的窗户纸，风一来就啪啪响，像是有人在拍巴掌。

小炕上铺着炕席，房梁上挂着包米串，墙旮旯放着几只破土篮、破罐，一架织布的机杼，一只细眼的箩筛。姑婆半跪在炕上，把被褥拍铺得平展展的。"我这个窝杂是杂了点，可不埋汰。跳蚤、虱子都没有，待到除夕夜，买几张花纸把墙一裱糊，准像王宫似的。"她笑起来，"接到你们的信，我差点乐岔了气，我老了，身边就缺个可心的人儿。喂，这妹子夜里尿炕不？"

真是小看人！我过年就十一了，还能做这种没出息的事？真想反问她一句："你尿不尿炕？"看她恼不恼！

"她姑婆，我有点放心不下这孩子……"

"上炕，上炕。"姑婆说，"唉，你这是信不过我。放心去吧，有我在就亏不了她……"她从炕梢上摸出只鞋底子，边唠边扎起来，哧哧地抽着细麻线，那双厚厚的千层鞋底上出现了均匀的针眼，只听嗒的一声锥子尖断了，"我今儿个真让山鬼勾去了魂。"她嘟哝了一句，找出块瓦片，磨起秃锥子尖来。

"这么大年纪了，又忙了一天，早点歇息吧！"妈开始脱衣服，"这活儿让儿媳妇分点干吧。"

"唉，指望她？光长嘴不长手的娘们儿。好，今儿个颠了一天，早点享福吧。"姑婆噗一下吹熄了灯，"省点灯油吧。"

农家的紫花粗布缝成的被里粗拉拉的，净是些小疙瘩，好在这是条已经用得很柔软的被里。妈替我掖好了被。大人掖的被总是格外熨帖，一丝风都不透。忽然妈塞给我一张叠得很小的硬纸块，"塞在你的兜兜里，别弄丢了！"

"这是什么？"

"你爸爸给你的零花钱……睡吧，满妹子……"

"呼，呼……"姑婆倒下就睡着了，她的呼噜声一声紧似一声，有点像风声。夜穿着黑袍来了，我闭上眼，紧紧地依偎在妈的身旁……

风打着窗，啪啪响，柴草也跟着沙沙响，夜真长啊……

二

天刚麻麻亮，妈就把我推醒了，要知道她是为了跟我讲这么句话，我才不肯睁开眼睛呢，眼皮子真沉，睁开眼比扛十斤米还费劲。

"满妹子，你醒醒，醒醒呀……好孩子，你会写信吗？"

"嗯……会，真困呀。"

"记住！啥时候想家了就来封信……"

如果不想就用不着写了？——我只在心里揣摩，却懒得问，因为一合上眼我又开始做梦了。我梦见了爸爸，我记得自己从来没当面叫过他"爸爸"，我总叫他"喂"——因为是他强把我从李家庄带回城的，他真可恨。不过办起事来倒很痛快，每回我问他要钱——"喂，学校里组织春游，快给钱嘛……"他两只手在兜兜里乱掏："好，好，爸爸给你钱。"——他总是自己叫自己"爸爸"。可惜，这一次没听他说：

"好，好，爸爸给你钱。"……

哗的一声，有人往水缸里倒水，咣当一下，水桶落了地。一清早，表叔就在屋里骂粗话："妈的，吃了豹子胆了，敢撬掉铺子的门，我咒他让雷劈死！马驹子娘，还不起来去看看铺子，钱箱也让撬了，还少了货！让你下地干活，你偏要揽这差事，妈的，让人说长道短。"

"脚正不怕鞋歪……"我听见表婶搭腔，"天灾人祸，神仙也没法子。"

"呸，少往脸上抹粉，我看你们都靠不住！丑话说在前头，你要是干那些丧天良的事，哼！"

一阵嗒嗒的脚步声，姑婆走了进来。"满妹子，该起了，等会儿姑婆送你去学校，迟到了，看老师打你的手心板。"姑婆一定是在哄弄我，老师才不会打人呢！姑婆眯缝着眼，抚摩着我的脸腮："姑婆蒸了大花卷儿了，净面的，比你的脸蛋还白净。本想让你妈捎回城，让你姐姐她们尝尝姑婆的手艺，没想到，没等花卷蒸熟，她就走了。她，唉，临走时一遍遍地亲你……"

"啊，妈走了？"我胡乱地套上衣服，狂奔出去，山道上哪有妈的影子！大山，重重叠叠的山砍断了我的视线，我的心里好像丢失了一件贵重的东西似的：妈，早点来接我，别忘了你的满妹子！

姑婆硬把我拽回家，替我编起了小辫。她的梳子密匝匝的，软软的，不像妈那么捞草似的梳法。姑婆给我扎了两只小犄角似的朝天辫，还扎上红头绳。

表叔又摔碗又拍桌，骂着撬了铺子的贼。

表婶回来了，进门先打个大哈欠："搅了我的好梦！盘过货了，百多块钱，半箱糖块全让偷了，挂在队里的账上吧。"

"队里早穷得叮当响了，妈的……"

"她走了？她答应送我块布料的，谁知她办不办事呀，城里人全是人精儿，好算计……"

秦文君

115·

"你他妈的真是乌鸦嘴，呱呱呱只会说旁人！"

忽然表婶的脸色变了，奔出去拽住马驹子："你，你想找死？上柴草垛里去拱？这一堆柴草是留着开春时用的！"

"咂，咂，地上有乱草……咂，咂，半夜里让狗拱乱的。我，我想理，理……咂，咂。"——那狗真会想窍门，在大草垛里睡觉，准保又暖和又舒服，可它不该把草垛拱得那么乱！

我只吃了一个花卷儿就饱了，可表叔一口气撑下五六个，难怪他的脾气那么坏，一定是吃得太多胀的。姑婆把我叫进锅房："满妹子，悄悄地去把这仨花卷揣你书包里，别声张……"

"我已经吃饱啦。"我拍拍肚皮，嘣嘣响，打鼓似的。

"你还记得赶车的老雷头吗？你知道他的家，等会儿上学路上给他送去，记住，别让旁人知道这事……"

"昨晚上你给老雷头酒，我也没告诉别人……"

姑婆愣了愣，指头在我鼻尖上刮了一下："机灵鬼！"

我捧着花卷儿溜出锅房，慌里慌张地进了小屋，把花卷儿装进书包，啪，窗户纸响了一下……

姑婆一手牵着我，一手牵着马驹儿出了院，她头上扎了块破围巾，活像只鸡妈妈。"满妹子，到了学校要听老师的话，上课要坐得板板正正……"她说了一套老掉牙的话，可我却为花卷儿担心，花卷儿还热着，热气儿不断地从书包皮里冒出来。该死的，要露馅了——表婶闻屁似的跟在后头，见我们出了院门，她才拿腔拿调地喊："好满妹子呀，你书包里装着啥宝贝？"

"嗯，没，没啥呀……"我慌了神儿。

"哈，你挺有两下子嘛，花卷儿飞进你的书包啦……大柱，大柱，快来开开眼嘛……出了家贼啦。"

"你小声点！"表叔皱起眉，沉着脸，"没吃饱，你就可劲吃嘛，偷偷摸摸的干啥！妈的，你不知道我最讨厌那号人？"他火了，凑到我跟前，差点把我吞进肚子里。

"大柱，大柱，是我让她拿的……你别吓着孩子。"姑婆把我搂在胸前，我把脸贴在她的褂子上，她的褂子油腻腻的，还沾着柴草灰，可我还是贴着她，只有她会护着我。

"哼，吃里爬外！"表婶说，"你在家有吃有穿地享清福，饿不着，累不着，全仗着大柱养活，可你，还偷着……"

"大柱媳妇，说起话来要积点德。老雷头昨天去接站了，累死累活忙了一天，这，人情儿贵似金……"

"看看，看看，你真往大柱头上扣屎盆子了，老雷头是啥人？大柱是啥人？你偏要把他们捏和在一块……"

"老雷头不是坏人，这我一个围着锅台转的老婆子也明白，你们就糊涂了？……大柱，你从小死了爹，俺家的柴都是他抱来的，你，你咋能忘了人家的好处哟。"

"够了，够了！你咋不上广播站去嚷？妈的！"表叔直跺脚后跟。表婶双手插着细麻秆腰，唾沫星子乱飞："五十多岁的老太太了，总往老汉身边凑……"

"大柱！"姑婆伤心地喊了一声，像谁在她心上戳了一刀，眼圈也红了，"听听你媳妇的话，你爹死后，为拉扯大你……"

表叔动心了，对着表婶抡起了拳头。他的拳头又大又结实，砸在地上说不定会砸出个小坑。换了我，早吓得成草鸡了，可表婶却不，胸脯子一挺一挺，脑袋直往表叔怀里钻："你，你打吧……打死我，看谁疼你。我冤哪！我是为了你好，真要和那老狗腿子搅在一起，跳进河都洗不清。"

没想到表婶这一招倒把表叔镇住了，他扶住她的肩："你，你，别闹嘛，有话回屋去讲……妈，把花卷儿拿回家！"

姑婆无可奈何地叹了口气，从我书包里取出花卷儿，跌跌绊绊地往回跑。我真想大哭一场。

砰！表叔关上了院门，我真怕矮小的姑婆吃亏，便扒着门缝想看个究竟，没料到马驹子也凑过来，在我耳朵边咝咝的吸鼻涕，我火了："远点去！"

"轻点！让俺爹听见了可了不得……"

"你爹算个啥？"反正表叔不在跟前，我就说些大话为自己壮壮胆，"还是个队长呢，光骂粗话，哼，我看他不够格！"

"够格的，我爹他就是比旁人强，耕，耙，锄，样样行，打架也行！咝，咝，他打起人来可疼啦，他一发火，我的腿肚子就抽筋……"

"胆小鬼！"我说，"你的胆子才黄豆粒那么大。"

"咝，咝，别说我胆小，你比我更怕他，丫头的胆子只有芝麻粒那么小……咝，咝，不信，你扒出来看看。"他说起话来多刻薄！见我恼了，他鼻涕吸得更凶了，"咝咝，咝咝，走，上学去吧。满妹子，你认得多少个字？"

"所有的字我都认得。"

"你会写我的名字吗？咝，咝，会写马驹儿的'驹'吗？"

这个"驹"我们学过，可这个字不常用，我记不清它的偏旁了，我说："是不是右边有个句子的'句'的那个'驹'？……"

"咝，咝，你还挺行的，不过，比起我你还差一截。你知道吗，我每门功课都是全班第二，咝，咝，就是赶不上喜子……告诉你，要是你样样都依着我，到考试时，我扔个小纸团给你，咝，咝，上面写着答案，包你得九十分，咝，咝……"

他把我当成个笨瓜，哼，走着瞧吧！

从后面赶上来几个小孩，其中的一个背着个背包，膀子上挎了个小粪筐，手上拿着个木杈，见着半道上有驴粪蛋子便像见了宝贝似的奔上去，先踢动那些冻得梆硬的粪蛋子，然后用杈子捡进筐。他见了我像见了个大熟人："你也去上学？"

马驹子拉了我一把："别答理他，二歪这小子最坏。"

他叫二歪？世界上竟有人起这样的名儿！他是有副"歪"相，缺了个大门牙，头顶心留着撮小歪毛，别处的头发都被剃个精光，脸盘子黑不溜秋的，像是一辈子没洗过脸！他白了马驹子一眼，咧开嘴哼哼：

"瘸，瘸，三百六十瘸，东边大来西边小，瘸了狗腿当柴烧……"

"满妹子，哑，哑，你快想个词骂他！快呀……"

骂人的词儿多着呢，只是我不想骂人："你没长嘴？"

"没长嘴怎么吃饭？二歪坏死了，爱搂人，哑哑，他从来不搂你们丫头……你骂，等考试那时……"

"我不……"

"好，你这个死丫头！……我告诉我妈去，你，哑，哑，你向着外人！我还要告诉大舅，他是大队长……"

"你去告吧！去呀，去呀，就是你大舅的大舅，我也不怕！"

"哑，哑，你嘴硬……我不领你去学校了！"他一瘸一瘸走了好几步，才扭过脸来扫了我几眼——他原以为我会跟在他屁股后头递小话的。哼，满妹子是个有气性的人，不认识路可以去打听嘛，鼻子底下长着嘴！

二歪友好地朝我笑笑："你们城里有大山吗？听侯老师说，你们城里没有水井，吃起水来只要把个小玩意儿拧开了，水就突突突出来了，城里真那么好？"

"嗯，城里可好啦，大楼比山还高，到处都是汽车，马路宽宽的。"

"什么马路？"二歪问，"是马走的路？"

"不，不，是人走的路，你怎么连这也不懂？"

边上一个红脸膛的男孩插了句嘴："人走的路怎么能叫马路呢？没这个理儿！我看城里准没有乡下好，要不她为啥要从城里跑到乡下来！"好口才呀，顶得我一句也答不上，我恼火地白了他一眼。这红脸膛长得眉清目秀，颀长的身架，一头柔软的头发，衣服上一点

秦文君

119·

灰星儿也没有，真俊气！

二歪也转了口风："乡下就是比城里棒，有大山就不愁没柴烧，有大河夏天能扎猛子，秋天有野果果吃……"

我不是笨瓜，很快就想出占理儿的事："我也是乡下人，我是在李家庄长大的。喂，你们知道李家庄吗？"

这下子轮到我神气了，他们都一个个只有摇头的份儿！哼，连李家庄都不认得，简直是丢人！—— 李家庄可不是针尖大小的地方，那是几百口子的大地方。不过，机灵的二歪一挠头皮，说："哦，想起来了，想起来了，不就是李家庄嘛，我认得，嘻……"

笑什么，知道就行了呗！这二歪机灵得像只猴，他还对着那些小孩挤眉弄眼，鬼知道打的啥暗号，反正那帮人都哈哈大笑起来。跟他们一起去上学，多带劲！

天依然阴沉着，风横着身子闯到这儿，闯到那儿，呜呜呜，在低空吼叫。二歪很会体贴人，他说："满妹子，你跟在我后头走，我给你挡风。"

"我不怕冷！"我才不是那种靠别人照顾的人。

学校就在屯口那儿，是由一座旧的山神庙改建成的，那旧的门楼，歪歪咧咧的砖墙，都让风雨蚀得凹凸不平了，房顶上长着草。说实话，我一点也不喜欢这个有点阴森森的学校。坐在这里面上课，没意思透了。

二歪让我和红脸膛陪他去送粪。学校后头有一块空园地，粪就倒在地头。这块地是属于学校的，开春种点瓜果得了钱买些粉笔教学用，余钱也给学生们买支笔啦，买个本啦。赶车的老雷头还是个种瓜果的好把势，常偷闲来给秧儿扒埯儿、锄草。说也怪，再淘气的野小子也不来这里偷嘴。

二歪挺神秘地说："我看见胖朱往小春家跑……"

红脸膛说："真的？他一定是听到风声了，要出事了！"

"丫头就是没用！"

"这能怪她吗？夜里赶山路顶容易摔下崖去。小春手儿巧，字儿帅，你都比不上她。"

"比不上？哼，比比游水，比比爬树，我还敢抓野蜂。"二歪嗓子亮亮的，还用眼角扫扫我。

"谁是小春？"听红脸膛把她吹上了天，我倒想打听打听。

红脸膛说："她是咱们班的学习委员。现在她的腿摔坏了，我想背她来上学，她爹不让，怕让人疑心。她爹在山里养了几头羊，一时卖不出去，又不敢牵家来，整宿住在山里。小春给她爹送棉袄，半路摔坏了。马驹子他大舅现在要追问这事，小春爹不肯认，他就到处找小春。小春爹怕小春胆儿小，嘴儿不严实，被人一逼会说真话，所以整天把小春藏藏掖掖。喂，满妹子，可别把这事说出去，真要让他们抓住了把柄，羊儿没收了不算，还要罚工分。"

真是门缝里看人，把人都瞧扁了！我满妹子根本不是那种嘴上没把门的长舌头。

二歪见我不高兴了，吐吐舌头笑了。忽然，他拉拉我的衣角说："满妹子，快瞧，侯老师来了……"

"你就是李——满妹同学？"侯老师三十来岁，中等的个头，一张扁平的白脸，"昨——天刚从城里来？"他的声音软塌塌的，说起话来爱打顿，好像没吃早饭。

"你的座——位，我安排了，坐在王马驹边上吧，他的成绩不错，你们又是亲——戚，这么比较好……"他多啰唆，把我分到马驹子边上已经使我够窝火的了，他还要没完没了地说"比较好"，"喏，这是班长王——喜子。"他指指那个红脸膛。

"咱们早就认识了。"我很自豪地说。

"认——识了？好，好，好……"其实一个好就足够了，可他偏要加上五六个，还连连点头。他一点头，头上的皮帽子的护耳子就直忽扇，我差点笑起来。我左右看看，这二歪竟恭恭敬敬地站在一边，两手贴着裤缝。

"进教室吧，外——头冷。"他说罢，拍了拍喜子的脑瓜，"王喜子，你的作文写得真不——错，启发了我，昨天，我又去了王——小春家，我们一起想法帮——助她。"

又是谈小春！我扭头想走，没料二歪拉住了我的衣角，对着侯老师的背影扮了个鬼脸："满妹子，你一定不知道，俺班老师最喜欢喜子了，喜子妈常说，想把喜子过继给老师当干儿子。她一提这事，侯老师的脸就红了……"

"为什么？"太有趣了，从来没看见过老师当着学生的面脸红。

"嘻嘻，侯老师还没娶媳妇呢……告诉你，侯老师和俺三姑可好啦。"二歪是个小贫嘴，说起话来像打机关枪，吧吧吧，一刻不停，"喂，别说出去呀，要让俺妈听见，准会打我嘴巴的……她不许我学她那风风火火的脾气……等到三姑一成亲，侯老师就成了我姑父，多帅！每回考试他都会给我打个八九十分，对，我让他也给你打个好分数……"

二歪的心眼儿倒不歪，挺会想到别人的。

三

在公主屯小学上课，一切都是新奇的。

当……当当——侯老师敲起了大钟，这代替了上课铃。在教室门前玩耍的学生，都争先恐后往里跑，差点儿没把门框挤散了架。

"同——学们，马上要期终考试了，这几天我们要抓紧复习。这堂课，我们复习加减混合运算，我——出个题，大家先做一遍，做完后——再讨论。"他在黑板上写起字来，哈，他连小小的粉笔疙瘩头都舍不得扔掉，当成宝贝儿，在粉笔头上套个笔套儿，沙沙地在写，真抠！

马驹子见老师背着大伙写字，便探头探脑地凑过来，看我的铅笔盒——算我倒霉，和这个人同座，我觉得一百个不顺心！我朝他白眼睛，他哑哑地抽着鼻涕，还对着我扬拳头，他的拳头那么小，根本吓不着我，我干脆把铅笔盒揣进了书包。

外头，风刮得更凶了。窗外，地上的浮土、干草，甚至小干枝子，全被风的舌头卷到半空中去了，整个教室仿佛都被摇撼着。班里乱了起来，大家都伸长脖子往窗外看，胆小的干脆抱住了脑袋。"哑，哑……嘻，哑，哑……"马驹子在一旁偷笑。

这家伙，竟在大拇指头上画了个丑人儿。大蒜鼻子、倒挂眉，嘴大得快和耳朵根连起来了，最气人的是，他在手心板上写了这么几个字儿——"此人叫满妹子"。他大拇指一跷，那丑人儿正好直直地看着我，差点儿把我气晕过去！我正想发作，坐在咱们后一排的二歪就站出来打抱不平了——为了我的事，他总是特别卖劲儿。他揉了马驹子一把："你想欺负她？没门儿！"

马驹子似乎是个纸糊的人，他把嘴张得碗口那么大，"哇呜，哇呜……"哭了起来。

"怎么回事？王二歪，你站——起来，说——说！"侯老师一张口就袒护马驹子，难道他不想当二歪的姑父了？

"这……我轻轻地揉了他一把。"这二歪，怎么专挑理亏的地方说呢？嘴真笨！

马驹子使劲地挟着狮子眼，挤下几颗泪来："哑，哑，他……他揉在我脊梁骨上，疼，疼，哑，骨头断了。"哎呀，侯老师竟给马驹子擦起鼻涕来，也给他擦眼泪——大人们总以为掉金豆的孩子吃亏了，其实，不一定！早知老师心肠软得像面团，我也应该挤下几颗泪来。

秦文君

"马驹子骗人！"我大叫起来，"二歪搡他时，挠痒痒似的，他的骨头又不是脆麻花，嘻，嘻……"我忍不住笑起来。

"严——肃点！这是课堂，你站——起来说话。"天，他一下子变了个人！站就站呗，这难不倒我！哼，这老师真偏心。

"王马驹，你——站起来，来弯弯腰，哦，挺胸……不——要紧，好，你谈谈经过吧。"这老师总算有点能耐，没让马驹子糊弄住。

"呼，呼，哗啦——"一阵怪响，教室里突然亮了起来。啊，风竟然掀起了屋顶的一角，乱草下雨似的落下来，撒了我们一头，课桌上的书都被吹到地下去了。"同学们，别——慌，先别捡书，大——家到一边去！"侯老师说罢，用膀子撞开门——风的力气很大，但平时慢条斯理的侯老师这会儿来了猛劲，一下子闯了出去。不一会儿，就听有人在房顶上走路，沙沙响，紧接着，把草顶子翻下来了，用铁丝咔咔地绞着……

风像是在和我们开玩笑，等侯老师浑身沾着干草刺跑进来时，风和缓多了。他先笑了，我们都笑了，我的心动了一下，我觉得不该惹侯老师生气。

"王马驹，王——二歪搡得你很重吗？"他又要盘根问底了。

马驹子瞟瞟二歪，二歪站在那里，拳头揣在兜里，正隔着兜向马驹子示威，这意思很明白——"要是你再讲瞎话，哼，放学后我就……"

马驹子胆怯了："哟，哟……不太重。"

"讲实话了就好！"侯老师松了口气。他想得太简单了，要不是二歪的拳头，马驹子才不会这么老实！"你——呢？"侯老师又转向二歪，"你想想，自己有没有不对的地方？"

"有！我……错了。"这二歪没心眼，说这种话用这么大嗓门！其实只需要轻轻透个"嗯"，让侯老师一个人听见就行了。

"都请坐下吧。同——学们，我们接着复习。"

中午放学，二歪和我结伴回家。一路上他总偷着笑："满妹子，我妈说屯里的丫头哪个也比不上你俊气……"

"我不认得她呀……"世界上的好人真多，她不认得我，却也夸我，夸的那些话又是那么顺耳！

"大伙常叫我妈'老队长'媳妇，其实我爹一点不老。"

"你爹是个官？哦，赌鬼。"我想起昨夜那个来打酒的。

"错啦，错啦。我爹原先是大队长，是大伙儿选的，后来让人撤了，说他包庇坏人。哼，鬼话！我爹可好啦，待人和气，你揪他的胡子他也不生气……"

我想，二歪爹准没胡子了——二歪这淘气鬼准得一天拔他十根胡子。

"不过，俺爸发起火来，连俺妈都怵他三分……今儿早上他就发火了，说铁下心要把撬小铺的坏蛋逮住！你知道不，咱的教室早该修修了，可队里光透支，没钱买砖块……小杂铺少了钱又要挂在队里……唉，这么下去，咱们甭想有新教室了。"

"为啥不关了小杂铺？"

"这里前没村，后没店，买东西不易。你表婶就仗着这个，打秤缺斤少两，卖酒净掺水，坑人！"二歪把那撮小歪毛往后甩甩。

"我表叔怎么说酒里没掺过水呢？"

"她有俩酒桶，一个掺水，一个不掺水……"

"满妹子！"马驹子一瘸一瘸地追上来，我撅着嘴，不理他。

"哑，哑，你别怕嘛，我不会揍你的……哑，哑。"这个缺德鬼，竟以为我不和他搭茬是怕他，我索性站住了。

"哑，哑，回家后咱们谁也别提学校的事，行不？"

"哼，你不是要告诉你妈，告诉你舅吗？"

"哑，哑，"他软了下来，"我不告了，你也别告行吗？哑，哑，俺爹今儿个火气旺，知道咱俩吵嘴了，哑，哑，准会揍我，他不会揍你……"

"哼，别装可怜相。"

"俺爹，哑，哑，他喜欢你，今儿早上，奶奶给你打小辫他就对你笑，我看出来了。哑，哑，他从来不对我笑……好满妹子，你不把这事说出去，我给你半拉花卷儿吃……"

我还要为难为难他："谁让你在指头上画我！"

"哑，哑，我不是画你……我是画别的屯子的满妹子。"

"喂，马驹子，你要是欺负满妹子，我就不饶你！"二歪说，"满妹子，吃过晌午饭我就来找你，我走啦……"他跑起路来风那般快，如果他是我的表兄弟，那该多好！

表叔家的院门虚掩着，推门进去，表婶正站在草垛边，腮边鼓着个小包。马驹子撒娇道："妈，给我块糖吃……"

"哪有糖？瞎眼的崽，妈的嘴里含着药丸子……"骗鬼去吧，药丸子哪有那么大？说完，她忙转身回屋去了，嘴里咔嘣嚼着，听动静，就是在嚼糖。

姑婆从锅房里出来了。哦，可怜的她，眼皮微肿着，声音发哑："满妹子，回来啦？刚才风多大……我为你妈捏着把汗，这鬼天气，赶路多不易哇，我真该多留她几天……"

是啊，刚才刮大风的时候，妈在哪里？我心里一阵发紧。

姑婆撒了把秕高粱谷喂鸡，她啰儿啰儿一叫，就唤来一对小鸡。它俩对着秕谷没命地啄，地上早冻实了，很硬，它们就不怕疼？姑婆说："只能养俩！唉，不知这是谁定的法令！硬把我的小银行砸了。过去，我喂一群鸡，扯布啦，买油啦，全攒下鸡蛋去换，八月十五，还换几个月饼，饼皮子上还盖着红印儿……"姑婆的脸绽开了笑容，好像一切愁苦都被驱赶到很远很远的地方去了。

"马驹子！"表婶在屋里唤了一声。马驹子像条狗似的朝屋里蹿，一下子撞在姑婆身上，把姑婆撞个趔趄，秕谷子撒了一地。她气得直叹气："这孩子，唉，这孩子……满妹子，你可别学他的样。"

"嗯，我长大了一定天天蒸花卷儿，给你吃，也给老雷头吃。"

"好孩子！"姑婆高兴了，笑得像捡了个大元宝，"老天有眼，俺家出了个懂事的妹子。"

表叔没来吃晌午饭。姑婆说用不着等他，他去镇上赶集办年货，傍黑才能回来。姑婆让我进大屋摆炕桌。

我跨进了大屋，正瞥见表婶从一个瓶里抠出两指头发油，放在手掌里搓几下，然后往头发上蹭蹭，难怪她的头发，苍蝇都站不住脚。哎呀，她还照镜子呢，别照了，世界上数你最丑！

"啊——哈！"她打了个长长的哈欠，足有一分钟长，"满妹子，你娘临走提没提起那布料的事？咳，一阵风把我快捡到手的洋布吹丢了……你娘的角色好，铁公鸡拔毛……难哪！"

"你才是个铁公鸡哪！"我顶了她一句，我简直恨透了这女人。恶言恶语骂姑婆的是她，在小杂货铺坑害人的是她。

"好，好，你敢顶嘴，今晌午你甭想吃花卷儿，啃窝窝头去吧！你家同俺家是八竿子撩不着的亲戚，咱肯收留你这个累赘……哼，你再不三不四，我就撵你跑，让你到山里当野人！"她的话酸酸的，可昨天她却是满脸堆笑！我真希望妈现在回来，听听这番冷言冷语。离开妈的孩，只得忍气吞声。我不想去做野人。

姑婆端来一盆菜汤："来来，就着菜汤吃干粮，花卷儿、窝头都馏透了，吃个热乎乎。我去端咸菜碗。"

"马驹子，六个花卷儿，你拿俩，那四个是我的。"表婶挽挽袖头舀汤。汤里的白菜切得精细，汤面上漂着几片油星子，她倒好，光用勺子撇油星舀。

姑婆进来了："马驹子娘，给满妹子留俩花卷儿，孩子刚来乍到，吃不惯粗粮。"

"我有嘴不会自己吃？她凶得快爬到我头上拉屎了……"

秦文君

127

"她还小……"

"我挣来白面喂她？想美事儿！这样的孩子不教养，长大了准是祸根！"她边说边故意嚼得吧唧吧唧响，"想吃也行，得跟我认个错，赔个礼。"

我会那么没出息？饿死也不会向她低头！可是不争气的泪水总在眼眶眶里打转，热辣辣的，我咬着下唇，拼命为自己打气儿："满妹子，别哭，别哭。"眼泪知趣地缩回去了。

姑婆叹口气，盛了碗汤，递了个窝头给我。她自己咬口窝头，嚼根萝卜条。那萝卜条腌得辣脆辣脆：嚼起来嘎嘣带响，怪馋人的。她说："满妹子，吃吧，吃窝头爱长个儿。"

我学着姑婆样吃起来，果然很香。我心里不再觉得苦了，因为我记住了姑婆的话——吃窝头爱长个儿。

表婶吃饱，喝足，把碗一推，抹抹嘴，打了个响嗝儿，扭着腰出门了："咱命苦，又得卖货去了……我挣工分养家糊口……"

"她懒得连油瓶倒了都不扶……咳，我一天忙到黑，倒还是算她在白给我口饭吃！这歪理儿……"姑婆又说，"马驹子，把花卷儿分点给满妹子……"

"俺自个还嫌花卷儿少哪……"他说，"咝，咝，那四个让妈吃光了。"

"姑婆，我不爱吃花卷儿，就爱吃窝……"说也怪，我说这话时鼻子一酸，眼泪刷一下淌下来了，滴在黄澄澄的窝头上。我觉得心里很不平，好像有人把我踹在脚下，心里直往上翻苦水。

"满妹子，咝，咝，别哭嘛，给……放学路上我就答应给你花卷儿吃的。喏，咝咝，可香啦……"他掰了一小块花卷儿给我。哼，这点花卷儿只够喂一只苍蝇，我一下子把它拨在地上。

"咳……这孩子，和她表叔一样犟！"姑婆弯腰捡起它，放在嘴边吹吹。她倒不嫌少，填进嘴巴香甜地大嚼起来，好像这辈子她是头一回吃花卷儿！马驹子眨着狮子眼，他的眼睫毛又短又密："谁送你吃啦？要你赔，要你赔！"

"唉，你这孩子……全让你妈带坏了……"

"呸，呸，你说俺妈的不是……等会儿我告诉她。"

"你去学舌吧……等你爹揍你时，我不来拉……"

"呸，呸，奶奶，你心疼我，你会拉的……是不是啊？奶奶！"他的嘴儿甜起来，一口一个"奶奶"，姑婆点头了。她太好对付了，依着我的心思，吓他个魂出窍才好哩！

"满妹子，来，跟姑婆到锅房里来，帮姑婆刷锅……"

"呸，呸，丫头片子只配围着锅台转……"马驹子在我们身后喊，"俺，呸，呸，妈说的，让我好好念书，长大了穿四个兜的官服儿，呸，呸……"

姑婆家的锅房很小，一个灶台安了两口锅。灶口净是烟灰，黑黑的，要是墨汁用完了，可以用毛笔蘸着烟灰子写字，老师准看不出破绽来。姑婆舀了几瓢水浸泡碗筷，手在兜里掏了半天才掏出块硬糖："满妹子，吃吧……"

"你买的？"

"我在草垛边捡到的……大概是那馋婆娘掉的，她的嘴一刻不停。"我把糖块塞进嘴，嚼得满嘴香，姑婆急了，"啊呀，别像嚼炒豆子似的，慢慢含嘛……"

我才不呢！有一回，我试着品尝糖味，没料到那糖块咕嘟一下滑进了肚，多糟糕，要是掉在地上捡起来还可以吃，可偏偏是掉进了肚！从此，我不再上当了，糖块一放进嘴里马上就嚼个粉碎，真甜哪！

"满妹子，满妹子……"院门口有人喊我，我拔腿想跑，不料被姑婆拉住了，"记住，家里的事别跟别人讲……家和受人敬，家乱受人轻……"离这么近，我发现姑婆的凸脑门上有不少深深的纹沟。

秦文君

129

听人说，纹沟是愁出来的，可我也为不少事发过愁，为什么额上还是平平的呢？世界上解释不通的事为什么那么多？

四

二歪真守信用，背着书包来找我了，他腰里扎了根革绳，怀里鼓突着："喂，满妹子，你的眼睛怎么红了？"

"嗯……风吹的……"

"给你个大地瓜吃！"他从怀里掏出个地瓜，还烫手呢，可能是刚出锅的，不知他胸脯上烫没烫出泡来。他说："俺妈让我捎给你尝尝，她特意挑了个大的……"

"你妈真好！"

"咝，咝，"马驹子闪了出来，"满妹子，别吃他家的东西，他家的东西全是臭的，咝，咝。"他半个身子缩在院里，做出随时准备往里逃的架势。这个没用的家伙，胆子准只有黄豆粒那么大。

我香甜地吃起来，这地瓜果然好吃，又面又甜，真想打听一下他家明天还煮不煮地瓜。

二歪仰脸瞅瞅天，说是上课的时候还早——真不知道他从哪学来那么大的本事！他说："走，咱俩去看看小春，下回再写作文，我也写她……喜子写了她，让侯老师表扬了……"

大概这鬼东西看出我的心思了——我早就想去看看这个让喜子捧上天的小春，她比我还聪明？不，一百个不信！连二歪娘都夸我是屯里数一数二的女娃！想到此，我把小辫儿一拨弄，掸了掸身上的灰——比吧，准把她比个灰溜溜的！

"满妹子，到了那儿你要多留神……"二歪说，"见我往外跑，你就跟着跑……要逃得快……"真怪，咱们又不是去做贼！我追问他，他支支吾吾的，活像害了牙疼病："嗯……她家有大砍刀……"什么刀不刀的，真让人丈二和尚摸不着头脑！

赶车的老雷头，反剪着手，在头前走，"大白"和"小白"不紧不慢地在后头跟着。老头用旧布条把棉裤腿缠得很紧，远远望去，他的腿杆子显得很细。我大声喊他："老雷头！"

"咳……是满妹子？好孩子，你还认得我老雷头，真讲情义啊！这年月，咳……我在遛马呢。满妹子，放学回来到我屋里来，我套着个野兔，二斤多沉哪。你来吧，我给你做碗香喷喷的兔子肉。"老雷头咧着嘴笑，他嘴里只剩下两颗老牙，长长的，弯弯的，像大象的牙，腰弯得像虾公公。

"嗯，我和二歪一起来，行不？"

老雷头板下脸子："我只请你一个……这年月……"他佝偻着腰走了，"难做人哪！"

"这老头好怪！咱家的人他全不理，待仇人似的，谁冒犯过他了？我爸说他人好，一直保他，可他一点不记情！胖朱对他狠，他倒怕他。"

"谁是胖朱？"

"马驹子他大舅呗，那老小子一肚子坏水。他有个把兄弟在县里，扶他当个大队长，呸，赌鬼儿。在外屯赌够了就回屯来挑刺，今天罚东家，明天罚西家。"

"别听他这一套，谁都别答理他。"

"那不行，他有权，会计听他的。去年他扣了老雷头一百多斤口粮，全进了自个儿的兜。抓住哪个私下养猪羊的，罚得更邪乎，所以小春爹不敢让小春露面儿。"

"这个坏东西，见了他，我就……"

"你就怎么着？打，你打不过他，骂，他比谁都骂得下流……"

"我就不理睬他，一辈子不和他讲话！"我下了决心。

小春家到了，她家院里没人，只有一头瘦弱的小猪正用嘴拱草堆。

两扇屋门都上着锁，咦，小春不在家。

"在小屋里，没错！谢天谢地，她爹不在……"二歪跑过去，嘴巴贴在小屋的门缝上，"小春，小春，你在里面吗？"

一件奇怪的事发生了，里面有人回答："在呢，你是二歪吗？"声音细软，就像一丝微风迎面拂来。

"小春，你有钥匙吗？"二歪把门拱得咣当咣当响。

"钥匙在俺爹兜里……窗户纸上有个小窟窿眼，你上那儿就能看见我了。"我推开二歪，凑在小窟窿眼上瞅。哦，那屋里有个大天窗，屋里很明亮。炕上有个小女孩，她的脸和她的声音一样灵秀——眼睛水汪汪的，刘海儿细茸茸的。她以为我是二歪哩："二歪，同学们都好吗？刚才听喜子说，俺班来了个满妹子，见识可广啦……可惜我的腿摔坏了，不能动，要不，我会去看她的。"

我的心翻腾了一下，脸儿臊红了："我就是满妹子……小春，你的心真好。"

二歪亮着嗓门说："小春，你还要在屋里蹲多久？"

"不知道。其实我的嘴巴很紧，就是胖朱打我，我也不会把养羊的地方说出来，真的。可爹不放心，这几天，他的眼皮总跳，怕那几只羊保不住。"

"为啥非要养羊？"

"我家欠了不少钱，爹想卖了羊还清。我真不争气，不该走那条陡崖，害得爹又费了药钱。"

"喂，你们干啥？"背后传来很凶的声音，闷雷似的。我扭头一看，是个穿黑裋裤、戴破毡帽，凶神般的老头。

他就是小春爹？哼，活像只黑老鸹！要不是为了探望小春，一辈子不见他的面才好呢。他赶我们走，我说：

"我们是来看小春的，不是来看你的！"

"看小春？她走亲戚去了，没在家！走，出去，出去！"听，他

　　二歪真守信用，背着书包来找我了，他腰里扎了根革绳，怀里鼓突着："喂，满妹子，你的眼睛怎么红了？"

当面撒谎！

"她就在小屋里……"

"你活见鬼了！滚！"他两眼冒火，"再胡言乱语，我就……"说实话，我从来没见过这么凶的小老头，如果左右没人，他说不定会扑过来咬我一口，忽然，他跺跺脚，"你们不滚？好，等着吧……"他朝大屋奔去，开了锁，闯进屋去。二歪慌了："满，满妹子，逃，逃吧……"哼，慌得连句囫囵话都讲不出来！

"满妹子，求求你快走，"小春轻声轻气地说，"我快急哭了……"

正在这时，小春爹举着大砍刀冲出来，看看我俩的神色，当着我俩的面，在一块磨刀石上嚓嚓地磨了起来。

"满妹子，快……"二歪拽着我，拔腿就跑，越跑气越粗，扭头看看，咳，后头哪有小春爹的影子！

"都是你，都是你！你跑个啥？胆小鬼，我，我压根儿不怕他！"

"俺，俺也不怕他！……就，就为了这双新棉鞋。要是跑慢一步，让他剁了脚后跟，疼，我倒不在乎，就怕这新棉鞋被他砍坏了，妈准会骂我……"二歪摸摸光光的后脑勺。

这机灵鬼，多会替自己找理由！

前面就是杂货铺了。这铺子小小的门面，但货倒置得很齐全，丝线啦，万金油啦，练习簿啦，花杆橡皮头的铅笔啦，五分钱一个的芝麻饼啦，冻梨儿啦……嗬，铺面那儿站着个胖子，他满脸满脖子都是肉，肥得脖子快窝到身子里了。

"喏，那人就是胖朱……"二歪点点戳戳，"他可会挑刺儿啦，咱们还是改道走吧……我不想答理他。"

"不，就打他跟前过！"我倒想见识见识这个恶棍！

"二歪，小崽子，你过来！"胖朱腆着大肚子，"告诉你，这两天少出来逛，杂货铺少了东西……"

"俺不做贼心不虚。"二歪挺会说话。

"哼，你嘴硬！我看你们都靠不住。听说你爹今早上还来铺子找破绽？让他死了这条心，他没这个权，让他少上这儿来晃荡！"

表婶从柜台里面探出身子来："大兄弟说得有理，他这个被刷了官的，还是上墙旮旯站站去，想上这儿来找岔子？没门儿！"

"哦，这就是那个城里小妞？长得不赖！"胖朱斜着眼打量我，那腻人的眼光真让人受不了。

"二歪，听见狗叫吗？"我忍不住想骂人。

他一点不在意："小孩，按辈分，你该叫我舅。叫一声，我给你钱……"他从兜里掏出一把角票，在我面前扬了一扬。

"我才不叫你舅呢，我叫你胖——猪！"

他不生气，还连着打了几个哈哈："你已经叫了我一声'舅'了。"——这人的脸皮厚得像墙！

我们走出好几步了，他还在那儿笑。笑！笑！记得有句话是这么说的——"笑嘻嘻，不是好东西！"这话对极了，胖朱看上去像个笑面菩萨，可肚里却全是坏水！

"二歪，我的胆多大，我敢当面骂他'胖猪'！"

"嘻，嘻，这谁都敢。他姓朱，没造反那时，大家都叫他'胖朱'，现在别人叫他'胖猪'，他也以为是'胖朱'……"

原来是这样！走了一段路，二歪没头没脑地冒出一句："怪，铺子里的糖让人偷光了……她怎么还有糖吃？"

"你说啥？"

"这……这不能告诉你，她是你家的人……"二歪说。

"好，你瞒着我！我要生气啦……"

"满妹子，这不是一般的事，懂吗？等有了眉目我再告诉你。"这死二歪，嘴巴变得那么严实了，"不能告诉你，你们丫头嘴儿碎……"

好朋友还掖着、藏着秘密？我真生气了，拔腿就跑。他在后头追着，喊着："满妹子，满妹—— 子！"我只当没听见——妈说过我像牛，发起犟来很有股子牛劲。牛劲就牛劲呗，反正我再也不和信不着我的人好了，一句话，拉——倒！

五

二歪这家伙刚才竟露出一句"你们丫头……"简直气伤了我的心。我恨那些瞧不起咱们丫头的人。记得妈叹息过："满妹子，你要是个男孩就好喽。"笑话，我为什么要做个男孩呢！他们又粗野又蛮横，连小辫儿都没有，又不能穿花褂子！

刚踏进教室的门，二歪也紧跟着来了，涎着脸"满妹子，满妹子"地叫，我用巴掌捂住耳朵："没听见，没听见……"

马驹子乐得眼睛眯成一条线："好，好，不花钱看白戏，嘧，嘧。"

二歪火了："你小子等着！"

"满妹子，满妹子。"马驹子藏到我身后来了，他把我当成了大能人，我这没出息的表弟啊。我说："别躲，别躲！"

马驹子这才吸溜着鼻子从我身后闪出来："嘧，嘧，满妹子，你真好，嘧，嘧，走，到外头去玩吧，嘧，嘧。"马驹子一心想离二歪远点。

"不去！"恼火还来不及呢，哪有心思玩！

"嘧，嘧，去看侯老师念书吧，他每天这时候都念课文。"

"他还念课文？"我不太相信，侯老师还念课文？又没人来考他！

"嘧，嘧，他念，念起来没完，你还不知道吧？嘧，嘧，他原先是个结巴子，说个字，停一拍，嘧，后来他练啊练，练成现在这样……"

多好的侯老师！我差点错怪了他，当他在拿腔拿调呢。

"同学们——好！"侯老师问候大家，我不再觉得他的声音软塌塌的了，它变得温厚、亲切。

"老师好！"我跟着大伙一起喊，马驹子的声音比谁都响，细脖儿上都挣起了青筋。我瞅瞅他，他也朝我微笑，哦，他笑起来不像板着脸儿时那么丑。

"李满妹同学，请你把第十五课，背——诵一遍。"

我站了起来，只听二歪小声提示我："喂，就是'天安门'这一课。"真是多管闲事！我大声背诵起来："十五，我爱北京天安门，我爱北京天安门，天安门上太阳红……"说真的，连我自己也没想到会背诵得那么滚瓜烂熟，在我停顿的时候，班里静得掉根针也能听见。

"好！"侯老师很高兴，他带头为我鼓起掌来。二歪的巴掌声特别脆，就在我脖颈后头响，我一扭头，他忙摊开手掌。嗬，他的手掌都拍红了……

"哑，哑。"马驹子也笑得很甜。真难得！

下课后，班长王喜子把我拉到一边，劈脸就说："你们这几天别到小春家去。"他管得真宽呀。

"我偏要去！"怪事，他为啥不提我背课文的事？

"喂，满妹子，今天上午胖朱去转了几次，小春她爹急得连饭都没吃。现在，养猪羊成了犯法的事了。"

"别糊弄人，小春家院里就养着猪……"

"咳，那是队里的小猪……小春爹专给队里喂猪，他喂猪可真有一手，猪病了，他就把它接到家来喂……"喜子说，"满妹子，等胖朱走了，咱们再一起去看小春，行不？"

我满肚子不高兴："行——啊！"有啥办法，咱们的班长浑身上下都是理儿！喜子在一旁抿着嘴儿乐，我说："笑？小心笑掉大牙！"

他还是静静地笑，难怪侯老师那么喜欢他，原来他安静得像头羊羔。我隐隐约约地觉得，喜子比我懂事，他说话有主心骨，办起事来又周全，像个小大人。

放学后，我径直往老雷头家跑，原以为二歪会跟在后头喊我的，没想到他搭着喜子的肩，两人嘀嘀咕咕地走到一边去了。哼，男孩子就爱搞这种鬼头鬼脑的事！

下雪了，小小的雪花漫天舞着，它们的舞步那么轻盈，啊，一朵雪花落在我的手背上，六个晶莹的花瓣，只一会儿就融化了。落在地上的雪，积了起来，真不忍心踩碎它们。

我在马厩边找到了老雷头的家，他家门前有道荆条编织的栅栏，房顶上的茅草乱糟糟的，像刚从被窝里钻出来的孩子脑袋。我打开栅栏，一只黑毛小狗立刻汪汪地叫起来，见我还往里进，便嗷一声扑过来……

"妈呀……"我尖叫起来。

"小黑，去，去，她就是满妹子！我的小黑真没眼力……"那小狗竟懂他的话，不再乱吠了，摇头晃脑地用湿湿的鼻头嗅我的鞋面——它一点都不讲卫生。

"好孩子，你可来了，把俺老汉等急了。"他把我迎进了屋。他的屋很凌乱，房顶一个小烟窗，壁上钉着几张灰兔皮，边上是一顶破旧焦黄的草帽。好香，小矮柜上放着碗香喷喷的野兔肉。

"夹着吃！这碗筷我足足刷了三遍，干净……"老雷头把筷子塞在我手里，"吃，吃。唉，上回我没把你们送到家，真对不住。"

兔子肉很细嫩，味儿非常鲜美。我大嚼着，肉汁儿顺着嘴角往下淌。那条小狗蹲在我的脚边，头抬得高高的。我现在才发现它是条非常俊美的小狗，它的腿细细长长，满身黑缎子般的皮毛，它现在的目光是和善的，甚至流露出几分羡慕……

"老雷头，你的狗真漂亮……"

老雷头连连点头。他从小笸箩里摸出烟草叶子，笨拙地卷起蛤蟆烟来："嗯，你这孩子有眼力，我的小黑可懂事啦。"他拣了块兔骨头扔给它，小黑很伶俐，后腿儿一蹬，跃起来接住了。它的牙像刀锉那么坚硬，把兔骨咬得咔咔响……

秦文君

"我的小黑跟着我吃了不少苦，我出门赶车，一去就是一天，它不远不近地跟着我的车，带着它咋行？我狠狠心，用石头块儿撵它跑，有次失了手，砸伤了它的腿。晚上我回来，它不理我，呜呜地哭，整整哭了一夜……"他抽了口烟，烟雾喷出来，缭绕在他的额间，"吃，吃，可劲儿吃，我不喜欢会装假的孩子！"

这兔子肉只剩下半碗了，我把碗推了推："老雷头，你吃！"

"我牙口不好，你吃，你吃……"他话音没落，小黑忽地冲出门。

"老雷头，喂，老坏根，来管管你的狗！娘的……我踢死你！"哎，不好，胖猪来了！老雷头慌得腿儿直打筛："满，满妹子，别，别让他看见你在这儿……让他看见了，你、我都会倒霉，快藏，藏起来。"

怎么个藏法？小屋除了炕就是巴掌大小的地！小黑在门外狂叫着，胖朱的骂声越来越近了。"娘的，我踹死你！"——他嚎着。

忽然间，我想起"藏猫猫"的游戏来，一下子蹦到炕上，扯过破被儿蒙住头脚。我听见老雷头喊住狗："小黑，小黑。"

"老东西，你刚活过来？断气了？"胖朱张口就骂人。

我动也不动，被子里黑洞洞的，闷得慌。

"老不死，给我撺撺雪！拿几个钱出来，我手头紧。"

"前几天，您……刚来拿……"老雷头颤巍巍的。

"少废话！几个钱算什么。"

"我只剩下几个酒钱了，冬天没酒会挺不过去的……"

"好哇，你给我放刁！当年你贪地主的钱，现在又钻钱眼儿。按你的罪，都能送你进笆篱子……"

"求求你，别说了……钱，钱都在矮柜里……"

等胖朱走后，我才从被子堆里钻出来。嗬，兔子肉和碗一起被端走了，难怪小黑现在还悻悻地在院里叫，准是在骂人哩！老雷头呢，瘫在那儿像傻了一样。

"老雷头，老雷头，你为啥要怕他？"

"唉……罪过啊，到啥时候能把罪赎光……"他黄黄的眼珠子呆滞了，黄胡子可怜地颤动着，"满妹子，我真悔啊……"

"老雷头，你真的给地主当过狗腿子？"

"没，没……解放前，我给地主赶了半辈儿的大车，糊个嘴。后来，外屯子都风风火火搞起了土改，咱这山沟沟还没啥动静呢。有一夜，东家来敲门，说是他婆娘得了急病，怎么办哩？这一带连个像样的郎中都没有，只能驾车，送他们上城……唉，我见那地主婆闭着眼，兜着被儿，一点都没起疑心！等送他们进了城，唉，这老小子们坐着大火车溜了……唉，我真糊涂……"

"这，这不能全怪你，要怪地主的馊招。"

"死无对证啦……那狗东家逃到内地去，没几年都死了。咳，我真悔……前些年，好人保我，这些年，落泊了……"

"老雷头，你说的好人是不是二歪爹？"

"好人多哪！这辈儿报答不了，下世……"他指指胸口，"我记着呢，会报的，会报的……"

"那……你为啥不理睬二歪家的人？"

"好孩子，不是我老雷头不识好歹，这年月……唉，我已经把他们拖累成这样，哪有颜面再……"他呛了口烟，拼命咳嗽起来，咚咚地捶打着自己的胸脯……

"老雷头，我们都没把你当坏人，真的……"

"哦，天底下好人多，让老天保佑所有的好人吧，保佑他们无病无灾，平平安安……"他半闭着眼念叨着。

我要回家了，老雷头佝偻着身子把我送到门口。我走出老长一程，回头望去，低矮的栅栏边立着个泥塑般的身影，他的脚边是一个活动着的小黑点。不知怎的，我的心变成了铅块，沉甸甸，冷冰冰的……啊，可怜的老雷头！

快到井边了。这雪天，井台上没人打水，辘轳把上落满了雪，

秦文君

139

显得又洁净又可爱，只有井口黑黝黝的，像一张想吞人的大嘴。嚓嚓嚓，身后传来急促的脚步声，我回头一看，只见一个浑身上下都是雪的大高个赶了上来。

"满——妹子！"雪人儿一开腔，我就听出是表叔的嗓音，"嗬，牛尾巴上也停了雪花？"他走过来，扒拉一下我的小辫，我的小辫儿很细，可他也不该这么挖苦人！

"满妹子，别逞能，地下滑……"他在我身后喊。

我不理他，像一只受惊的小鸟，一口气奔回家。

六

表叔踏进家门就变了脸，把褡裢往墙边一掼："妈的，这鬼天！一路上跌了几个跟头。"

表婶早凑过来了："大兄弟刚才来找你三趟了，有事找你商量。官儿就是辛苦。"哼，她把她的大兄弟当成金疙瘩。

"没好事儿！听别个说，他在黑猪岭输了好几百。"

表婶撇撇嘴："别听那些嚼舌根的胡诌！"

"这是'老队长'说的，他这人虽然和我不太投脾气，可人家从不说没影的事，是个正派人。"

"你咋也叫他'老队长'？他想找碴儿？我大兄弟县里有人，一手能遮半边天。"

"人家就不怕，上告去啦！听说还抓住把柄了。今早你兄弟就让人捎了百多块钱去黑猪岭，他的钱哪儿来的？全是角票儿，是小铺的钱！"

院里有人喊："姐夫，我找你喝一盅。"话未落音，胖朱端着兔子肉，斜着身子进来了。

表叔黑着脸，出了口粗气。

"你们想想这是啥问题，昨黑杂货铺让龟孙偷了，今儿个这糟老头就给我送兔肉，想堵嘴？大柱，想想，明白了？"

姑婆赔笑脸说："他大舅，老雷头是个本分人，不会……"

"谁敢说地主的狗腿子本分？你得注意点，以前，你们家和他来往不少，别个也有提问号的，全让我挡回去了。"

表叔的脸色变得很难看，表婶一转眼珠，说："这个老贼！小杂货铺十有八九是他撬的……"

"说话要有良心。大柱还小那会儿，咱孤单单的娘儿俩，仗着他接济，他是个好心人。"

胖朱嬉笑着："老太太，亏你没官衔，凭你这观点，就能定你个罪。良心全是反动的，抵不上张手纸……"

"妈，你带俩孩子去锅房。"表叔下令了。

"我不嘛……"我不想离开，我要听个明白，听听胖朱到底说些啥歪道道。

表婶双眉倒立："得教训教训她，她快爬到我头上来拉屎了。"——她又胡扯这句话了。

表叔噌地一下跳下炕，姑婆慌得把我拉到身后，说："别，别吓着孩子。"她就会向他们求情，好像她不是长辈而是晚辈。

"藏猫猫吗？出来，给你个好东西……胆儿真小！"果然他从裆裤里掏出只黄澄澄的冻柿子来，那柿子比拳头还大，颜色很水灵，"满妹子，敢不敢来取！"

"敢！刚才是姑婆胆小，又不是……"

"嘿，嘿！"他只会这么笑！

"啧，啧，快宠上天了，现在他心里只有她！"表婶用酸透了的眼神瞥了我一眼，"这小丫头也是个人精儿，会溜会拍……"我知道，她这辈子是不会说我句好话的，她恨我就像我恨她一样。

秦文君

141

"爹，咂，咂，我也要一只……"马驹子怯生生地说。

"没了……我只买一只。贵哪，一毛钱一只……"

"咂，咂，"马驹子的眼圈竟红了，姑婆忙拉着我俩出去。她一路数落："马驹子，你这没用的孩子！要让你爹看见你哭哭啼啼的，又该发火了，你呀……"

我想啃了柿子皮，没想差点磕掉了牙花子！那冻柿子硬得像个石蛋子。进了锅房，我就让姑婆用开水把冻柿子烫化，没料姑婆摆摆手："冻柿子只有放在凉水里浸，里面的冰儿才会跑出来，在柿子外头结个冰壳壳，把冰壳壳敲碎了，那柿子才变得又软又甜……"

"这是为什么？"

"说不上来，姑婆没念过书，讲不出那么多道道，哪像那些读书人，说出的道理比井绳还长……"

姑婆掌上灯，切起了大白菜，整个锅房都充满了白菜清新的气息。好像我们不是在冬天，而是在春天，采了把翡翠般绿的草叶，揉出青青的汁，做起青青的黏米团……

"奶奶，咂，咂，俺爹怎么一点也不疼我？"

"别胡思乱想，你爹他喜欢你……还是你拴住了他的心。"

"咂，咂，我不信……"

"是真的！那时候，你爹一年到头在外乡闯荡，过年时才回来一趟，他和你妈合不来……后来你妈生下了你，我求人给他捎个口信。他心热哪，星夜赶回来抱儿子了，买了红糖、挂面……从此，他再也没离开过家。我们这个家才算有人支撑了，你爹他心儿是好的……"

我想起来了，胖朱还在大屋呢！趁马驹子他们不注意，我悄悄地溜出锅房。雪还在下着，白白的地面闪着银光，映出柴草垛的轮廓，我趴在窗根下听着。

表叔说："谁搞的鬼，谁心里有数！"

表婶说："那不是明摆着的？咱屯里就俩坏人，老雷头和被刷了官的那个，这是和尚头上的虱子……"

"少喷粪！他们都不是那种人。"

"啊呀，你还蒙在鼓里！老雷头刚才给我送兔肉，连作揖带求情，说只要我不追查杂货铺的事，他每天给我送兔子肉。娘的，啥问题？那个刷了官的早跟他合穿一条裤子了。只要咱们仁抱成团儿，还怕不能把贼名儿扣他们头上？我县里有人，肯帮忙。"

"伤天害理的事我大柱不干。"

"哼，你不干，他们会干。说实话，我是响当当的，谁都别想整我，可你，老婆就是卖货的，杂货铺缺钱，都说是出了内贼……到时候，就怕你吃不了兜着走。"

我憋不住喊："表叔，别听他的，他说谎！"

门开了，表婶闪了出来。黑暗中我仍能看清她眼里的凶光。她一把拖住我，就势在我胳膊上拧了一把，疼得我直掉眼泪！

她把我推进屋说："这小狗头偷听！找把刀来割下她的耳朵！"我恨极了，扑过去对住她的手咬了一口……

"哎哟，亲爹亲妈。"表婶甩着手哭天号地，一屁股坐在地上，撒起泼来，"大柱呀，你可要为我做主，连娃儿都欺我……哎哟哟，你不替我出气，我，我就在这儿坐上三百六十五天……活够啰。亲大柱哟……"她哭起来挺有调门儿，像谁家死了人，来个哭丧的。

"孩子，孩子。"姑婆闯进来，脸儿比纸还白，"你，你，你闯大祸了，好端端的，你，你跑这儿来干啥？都怨我，都怨我……"

"她活该！她不起来就不给她饭吃。"——过去我坐在地上哭闹，妈说了这句话后，我就觉得没趣了，偷偷站起来了，所以今天我也这么对付表婶。

"大，大柱……你听见她的话了？"表婶问表叔，她问这个干吗？表叔当然听见了，他的耳朵比一般人还大点呢。

"你，你胡闹！"表叔对着我吼，"你再出声，我就捶你。"

秦文君

143

不准我说话？那不行，我说："明明是她没理……"

"妈的！"表叔扑过来，啪的一巴掌打在我腮上。他的手很重，我觉得半边脸都麻木了，接着又是火辣辣的，像抹了辣椒水，耳朵里嗡嗡乱叫，像住了一窝蚊子。我听见表婶尖声叫："打得好，再打，打肿她的嘴……"顿时，我的泪水像雨水一样淌下来。我想起了爸爸软绵绵的声音："好孩子，爸爸给你钱……"啊，爸爸，你可知道，满妹子在挨打？我哭出了声："我，我告诉爸爸去！"

"去告吧……"表叔的胸脯起伏着。我真恨死了他！姑婆急得声音都变了样："大柱，大柱，你心好狠，打得她出血……"

血？我用手背抹抹嘴，果然，手背染上了殷红殷红的血，看见血，我觉得嘴角边更疼了，像裂了道大口子，满口的牙也疼了起来。到后来，腿也疼了，腰也疼了，我哭得更凶了。

姑婆带着哭腔儿："你，你还不如打我呢，她一个嫩崽崽能经受得住？……你对得起她爹娘？"

"少啰唆！你，你就不会给她抹点红药水！"他跺跺脚跑了。

"你个黄毛丫头，老娘跟你没完！"表婶见表叔走了，拍拍屁股站起来，细脖儿伸得长长的，像一只想斗架的公鸡。

"姐，办正事儿吧，别和小孩一般见识！"胖朱开口了。哼，这坏种用肩膀抵抵表婶，两人出去了，准是凑在一起出馊招去了。

姑婆把灯搬到小屋，替我铺了被，又用热水给我洗了脸，抹上红药水："乖孩子，你在这儿躺着，姑婆给你熬点米粥去……"

"你快点，我怕……"

"别怕，灯在这儿呢……我让马驹子上这儿陪你。"

姑婆一走，屋里的一切都起了神秘的变化。灯花儿调皮地跳着，那细眼的箩筛上布满了诡秘的小眼睛，仿佛都在笑话我……时间那么缓慢，一分钟比一年还长。

"满妹子！"马驹子背着书包进来了，"哟，哟，你还说我胆小呢，你还比不上我！我，呸，呸……"

"去去去……"我才不服他哪，比不上他？哼，还不如跳进水缸里淹死得了。

"呸,呸,我走啦!"他好坏呀！我没理他，我知道他不会走，果然，他说，"呸，呸，我不走也行，那冻柿子得归我……"

"归你就归你，吃他买来的东西，准拉稀!"

"呸，呸，好，我白捡了个大柿子，呸，呸……"

"你像你妈，专爱挑便宜捡!"提起她，我就想啐一口。

"呸，呸，我小时候总做梦，梦见我还有个家……"他吸着鼻子，"那个家里的人可多啦，他们都把我当宝贝，不像在这儿，爹总把我当出气筒。呸,呸,他只对我笑过一次,那次,我考了全班第一。呸,呸,他好高兴……我要复习功课了，这次我要好好考，爹还会喜欢我的。呸，呸……"

我不爱听这些，只顾自己想心事。老雷头善良的黄眼珠总在我眼前浮现，我甚至还能听见他的咳嗽声。啊，胖朱他们多狠!

姑婆给我做了碗小米菜粥，她用嘴轻轻地吹着，上面很快就出现了层粥皮，像块绸布儿，她说:"好孩子，快吃吧……"

"我不想吃，姑婆，家里还有好吃的吗?"

"这孩子，你想吃啥?"

"我啥也不想，只想给老雷头送点去，他真可怜……"

"好孩子。"姑婆凑近来端详我，"这眉眼里就透出善气儿来了，姑婆留心着，有好东西，我就省下点来。"她嘴里喷出许多亲切的热气，喷在我脸上热辣辣的，可我一点也不想往边上让。我有个金不换的好姑婆。

"姑婆，你早点歇着吧!"我说，"你不睡，我也不睡……"

"好，我也睡了……你表叔刚回来，进门就摔碗摔碟，我也不去讨没趣儿，他的脾气，唉……"姑婆脱了鞋，两只脚底互相搓着，发出嚓嚓的声音，不用说，她脚底的跰子一定很硬，"满妹子，你睡吧，我再扎几针鞋底……对了，今儿个天黑前，二歪来找过你了。"

"他来干啥？和我吵架？……"

"不像来吵架的……"姑婆说，"还捧着个大地瓜，唉，他爹妈都是好人，可你表叔，和他们合不来。"

哧哧，姑婆抽着麻线儿，她的眼睛昏花了，几乎把鼻尖贴到鞋底子上去，凸脑门显得更凸了："孩子，睡吧，睡吧……"

我闭上眼，在心里数着数儿："一，二，三……"过去我试过好多回，总是数不满一百就睡着了，可今天，数到三百多，还能听见姑婆哧哧的抽线声。我多么希望自己能快点长大，长大了就不会挨表叔揍了，长大了就能帮姑婆扎鞋底了，长大了就能天天买好东西给老雷头，长大了……

门吱的一声开了，与此同时，一个巨大的身影跳上了墙。只听姑婆问："你，你怎么来了？"

"睡不着哇，她……睡了？"

"刚睡着……唉，这样的孩子已经记事了，你伤了她的心，她再也不会跟你亲了，对孩子，不能……"

我紧闭上眼，不想见他，没想，一双热烘烘的大手轻轻地落在我的额上，这双坚硬的、比沙粒儿还粗糙的手此刻竟在微微地颤抖。不行，我憋不住想哭！我喊了声"我不理你！"猛地把脑袋缩回被窝，呜呜地哭起来，眼泪很快就湿了被角，真的，我哭得比挨打时更伤心。

"你们……歇着吧！"表叔一脚重一脚轻地往外走，出门时，他那壮实的膀子撞在门框上发出沉闷的声响，震得门框上往下落土。"妈的！"他咬牙切齿地骂了一句。

一大早，二歪背着粪筐来找我了："满妹子，满妹子！"

我高高撅起了嘴："找我干吗？"

这种天气，他还是满脑门冒汗："找你认错呗……我把这事儿对喜子一说，他就怪我不该瞒你，他说，说你是个好样的……"

"真的？"没想到喜子会把我说得那么好，我还以为他只对小春一个人好。

"骗你，我就是专干坏事的胖朱！"二歪赌起咒来，忽然他皱起眉头来，"满妹子，你嘴边……"

"让我表叔打的！"想起这，我就想哭。

"好！这个人好恶……有办法治他！我来时看见他在井台边打水！你家还有人吗？"他把声气放得低低的。

"姑婆在做饭，他俩还没起床，我正在洗脸……"

"快，把你的洗脸水端来……快，快！"

不知他鼓捣些啥鬼名堂，他把一脸盆水全倒在院里，还抓几把柴草垛上的干雪撒在上面："快，快进小屋。"

不一会儿，就听见表叔的脚步声了。我俩忙趴在窗户上偷看，他踩着雪，两只水桶颤悠，颤悠，走到"埋伏区"上，只见脚儿一滑，咣当闹了个屁股蹲儿。两桶水全翻了，溅了他一身。"哈哈！"二歪咧着嘴笑，他缺了两颗门牙，笑起来像个小老头。不知怎的，我一点都笑不出来。

等表叔骂骂咧咧地进了屋，二歪才拉着我出了院子："怎么，我这两下子挺行吧？"

"一点都不行。"我一点都不满意，现在我才知道，我并不怎么恨表叔，恨的只是表婶！——因为，我一想起表叔疼得龇牙咧嘴的样子，心就像让猫抓挠了一下。

"满妹子，杂货铺的糖都让人偷光了，你表婶怎么还整天嚼着糖？想想，想想，明白了？"

"那……说不定是她以前掏钱买的……"

"不会的，我盯过她几次了，她总是在没人的时候吃，吃到一半，

秦文君

147·

正逢有人来了，就忙咽下肚去。想想，要是掏钱买的，为啥这么慌？准有鬼！我爸说，要是能查出糖藏在哪里就好了，算抓着赃了，她不会在一天里把糖全吃光。"

"这包在我身上……"我说，"我回家去翻翻。"

起风了。风把干雪珠洒到这儿，洒到那儿，地上的脚印儿全被抹去了。远远地，过来一个女人，她比姑婆还老，脸上净是褶纹。她东瞅西望，好像在找什么。

"喂，你丢了什么？"

"没丢啥，跟你们打听一下，姓王的住哪儿？"她说了外道话，公主屯一半以上的人家都姓王！二歪说："哪一家姓王的？"

"嗯……那家有个孩子，腿脚有病……"

"哦，她叫满妹子，你要找的就是她姑婆家。满妹子，你领她去，快，她是你家的客，来看马驹子的。"

老女人从小包袱里掏出个油果子："闺女，你尝尝……"她给了我后，忙用舌头把手上沾的油滴舔干净，"那孩子还好吗？"

"你是问马驹子？他不好。"我边走边回答。

"他，他怎么了？"她连声追问。

"他总爱流着长长的鼻涕……"

"噢，"她松了口气，"你怎么不吃？这油果子炸得焦脆，小孩子都爱吃，快吃呀。"

我没法了，咬了一点，真香，那葱花味直往鼻孔里钻，但我得忍着点，这果子还要派用处呢！

表姊刚起床，头发乱得像鹊窝。她的手上缠了厚厚的纱布，好像受了重伤，她见我推门进来，立刻把脸拉得长长的。她正想骂街，眼梢一抬，瞥见了我身后的生人："咦，你是谁？好面熟。"

老女人抢先一步，走到表姊跟前说："忘了？我是葛家寨的……"

"你怎么来了？当年咱们可是讲清楚的……你们葛家的人不准再

来看孩子，你……"表婶一手叉腰，一手点着老女人的鼻尖，"你们葛家的人说话像放屁……"

那老女人垂下头："我女儿病得厉害，光说胡话念叨他……我来看看，也好让她放心……"

"看？哼！孩子早死了！让人卸成八块扔河里喂鸭子去了。给我走！滚，滚，你不动弹，别怪我手狠！"

"我大老远来……我要见他。"老女人慢慢地退了出去，满头银丝般的头发在冷风中发着颤，可怜极了。我真不明白，马驹子有什么好看的！不过，我要帮助她！我对着锅房喊："马驹子，快来吃油果子……"

果然，贪嘴的马驹子像只玻璃球儿从锅房里"滚"了出来，连声喊着："油果子呢？哐，哐……"

老女人直瞪着他："孩，孩子，我这儿有……"她解开包袱皮，把一大包油果子拿了出来，"来，来……"

表婶赶过来，一把夺过油果子，紧搂在怀里——现在我明白了，她的襟子为什么总是油渍斑斑。她恶声恶气地吆喝："哼，赶快给我滚！马驹子，回屋去！"

老女人走了，她的步子那么缓慢，每一步都在雪地上落下深深的脚窝。很快，那脚窝印就被风雪掩埋了……

锅房里，姑婆正撩起衣襟擦眼泪。

七

腊月二十三，是小年。姑婆说，这是灶王爷上天的日子。一大早，她就把表叔的布褡裢解开了。嗬，年货挺齐全：一小块冻肉，一扎粗粉条，黄黄的黏米，花椒，大料……

秦文君

　　表婶这个懒蛋今天也起早了，穿梭似的往锅房跑。见姑婆把冻肉切成木刨花那般厚薄的肉片，她便找了根铁丝，穿了一串肉片，搁在火上烤着吃，难道她忘了前几天的教训了？

　　那天老女人走后，她抱着一大包油果子躲进屋，吃个精光。第二天，她在炕上躺了一整天，吐了一地脏东西，脸儿黄黄的，像有人在上面涂了黄蜡。连马驹子都在背地里嘀咕："哑，哑，谁让她不给我吃点！"

　　表叔这几天总绷着脸子，好像那天是我打了他一巴掌！现在他挑满了一缸水，在院里叫："人呢？都拱在锅房里干吗？"

　　马驹子忙跑了出去："爹，哑，哑，昨天我们考完试了，今儿个，哑，去拿报告单子……"

　　"能考一百分吗？"

　　"哑，哑，差不多，我全做对了……"

　　"好，你要是考个一百，我给你买支黑杆的钢笔……她考得咋样？"表叔竟问起了我。这两天，他没和我说过一句话，见了我像见了生人，我猜想，他一定知道了"洗脸水"的事。

　　"哑，哑，她准比不上我……"这马驹子总想在我脸上抹把灰，哼，我就不信比不上他。那天考完试侯老师看看我的卷面，然后还点了头呢！

　　"满妹子，给，掖在兜里……"姑婆趁表婶出去的那工夫，切了一小条肉给我，"给老雷头送去吧，他是割不起肉的……"

　　是啊，我也想起来了，老雷头的钱全让胖朱抢光了。唉，他一定连年货都办不起。我把手伸进棉袄，在贴身的布兜里把那张钱票取出来，钱票上热乎乎的。我还是第一次有那么多钱，它能买许多糕饼、油果子、山楂果……现在，真要把它送给老雷头了，心里有点不舍得。可是人总不能光顾自己，来公主屯的那天多冷，老雷头却把暖和的皮袄给我盖。

我想撒开腿往马厩那边跑，可雪太厚，没了腿踝，跑起来绊腿儿。逆着风，雪珠直往脸上扑，我低着头，半闭着眼，往前走。拐过一个弯，冷不防咚一下撞在人身上，脚哧溜一下往前滑。哎呀，我摔倒了，可那人活像根柱子，站在那里骂街：

"你瞎了眼了？往我心口上撞！……"

我仰脸一看，原来是她！那天我们刚进屯，她就在井台上说长道短！我才不怕她哩："你才瞎了眼！我两只眼睛都是一点五的。"

"哎呀，是满妹子？啧啧，摔疼了没有？快让婶子看看。"

她怎么当上我的婶子了？也不问问我愿意不愿意！我说："我的婶子在李家庄……"

"那好，你叫我干妈吧，我这人最疼丫头……"得寸进尺了，"我一见你的面就开始疼你了，满妹子，上学还早，跟我回家吧，今儿是小年，我烙的油饼……"

我又不是要饭的，怎么会去吃她家的东西！我说："我不去！"

"是不是二歪惹你生气了？"她把话题扯开了。

"没有……喂，你管得那么多？"

"当然要管！他惹你，你就来告诉我，我给你出气！我是他妈！"

什么？她就是天天给我煮地瓜吃的二歪妈？天，我说了那么多难听的！我慌得想逃，没想她一把拽住我，狠狠地在我额上亲了一下："哈，哈，我认了个干女儿，快叫我一声！"

"婶——子。"

"错了，错了，"她急得直拍胯骨，"我不想当婶子！"

"干——妈。"我轻轻叫了声，怪别扭的。

"哎——"她乐得脸上像开了花，"闺女，走，走，回家！听二歪说，你挨了揍，我心疼了一宿。闺女，干脆住到俺家去，家里穷是穷，可一家人乐呵呵的，比吃山珍海味强百倍，你说是不是？"

我点点头，心里暖暖的，难怪她煮的地瓜那么甜，原来她的心眼特别好。我说："我现在要到老雷头家去……"

"呸！这个老倔头！"干妈火冒三丈，"气死大活人！一大早我就差二歪送摞油饼去，这老头，连门都不让他进！不是嘛，刚才我又去跟他评理了，没想他闩上门，连照面都不打。俺家的人得罪过他了？都是乡里乡亲……"

"不，不，老雷头怕连累你们……"

"别替他说话，不信，你也去碰碰钉子吧。这老爷子！"

放眼望去，天地之间的空隙变得很狭小，到处都是白的雪，显得那么单调。前面没有路了，平整整的雪原上没有一点褶子，快走到马厩边，小黑蹿了过来，在雪地的映衬下，它的皮毛更黑亮了。它甩着尾巴，亲热地用红舌头舔去我裤腿上的雪屑。

我拍拍紧闭的门，只听一阵阵咳嗽声，老雷头半晌才咳完："你，你走吧，别再来了……"

"我是满妹子！"话刚落音，小黑也帮腔似的汪汪叫了几声。

"满妹—— 子？"他又咳嗽起来，嗓子眼里像被什么东西堵住了，上不来气了，呼哧呼哧响，"你，你……"

"你不认识我了？前两天我还给你送来一大半油果子，又香又脆，你，忘啦？"我委屈得差点哭出来。才不几天，老雷头就变得那么古里古怪，那个热心有趣的老雷头哪去了？

好半天，他才开了门，被冷风一呛，又没命地咳起来。咳嗽带出的成串的眼泪从腮上滚落下来，沾在黄胡子上。几天不见，他的颧骨凸了出来，老得像树根。

"满，满妹子……难为你来看我了。"他用手背抹抹脸，"我，我不行了……活着也只会害人了。"他呆呆地坐在那里，不知从哪儿挤进来一股风，掀动着他的胡子。

"老雷头，别着了凉……"

"唉，皮大袄也让拿走了……大冬天，单单薄薄的没法去赶车……"

"是胖朱干的？"

"是他，恶鬼盯上了我。我老了，又是一把罪骨头，死了也活该……可我不能为了自个儿去坑害好人。满妹子，没人叫我去撬杂货铺，我也没干过这害众人的事！你懂吗？满——妹子！"

"我懂，我懂。"我鸡啄米般地点头，我觉得多点一下头，老雷头会安下心的。没想他伸直脖子喊："你不懂，你不懂！"好像是我惹他生气了似的。

我把肉从兜里掏出来，还有那张钱票："老雷头，放在这儿啦！"

"你哪来的……钱？"

"我爸爸……给我零花的。"

"我……不要！"他拼足力气喊，黄眼珠瞪得大大的，"我收下了，这辈子就无法偿清了……我怎么能花孩子的钱……"

"老雷头，你变坏了……你不收，我就要哭了。"我原想装哭吓唬吓唬他——大人们最怕孩子哭。可我刚拉开了哭腔，眼泪就吧嗒吧嗒地往外冒，怎么也收不住了。

"好孩子，别哭，别哭，你把我的心都哭……酸了，满妹子，我是高兴啊，我这么个老绝户也有孩子疼我，我，死，死也瞑目了……"

小黑在屋外咬起来，老雷头的脸色一下子变成死灰色的："他，他来了，满妹子，快躲一躲，咳，咳……"

躲？我才不想躲呢！我想好了，等他一进屋，我就冲上去咬他一口解解恨。哼，非咬掉他一个手指头不可！可他好像也有了提防，不进屋，在门前徘徊着，只听哧一声，一张钱票从门缝缝里飘了进来，像一片花雪片在我面前旋转着，我忙开了门，啊，侯老师！我一路追过去："侯老师，侯老师！"

"李——满妹？"他有点吃惊，扁扁的脸更白了。

"侯老师，你真好！"我真为初来时错怪他而后悔。我，真没眼力！

秦文君

他搓搓手："听说雷大爷病了，我又怕他不肯见我，只能……"他叹了口气，"他身边没亲人，只有我们大伙，所以……"

"好人总比坏人多，对吗？"侯老师知识好，一定能为我解答。

"对，多得多……"他拍拍我的肩，"因此，坏人总是长不了的。"嗬，侯老师说话时不再打顿了，他终于练得标标准准了，"满妹子，这次你考得很不错，你……会在这里住久吗？"

"老师，我会住久的，我不想离开公主屯了，也不想离开你们。"这个"你们"里头的人可多啦，有姑婆、干妈、老雷头、二歪……

小黑奔过来了，它奔得很急，连着打了几个滑，滚到松松的雪窝里去了。小爪子拼命抓挠，雪面上落下许多梅花瓣似的脚爪印，它满身是雪粉，成了条灰狗。它扑上来，叼住我的裤腿，汪汪叫得很凶。

"满妹子，"侯老师开始叫我的名儿了，别人这么叫我，我一点也不奇怪，可侯老师这么叫，我就觉得格外亲切。哦，我真希望他永远管我叫满妹子。他说："你再去照看一下雷大爷，缺什么马上告诉我……等过了年，我们送他进城看病。"

我跟着小黑回到老雷头的家，老雷头倚在被子上睡着了，嗓子眼儿里噗噗直响。唉，我那天送给他的油果子还搁在矮柜上，现在早干硬得咬不动了。灶坑里冰凉，像有几天没烧火了。我正发愁，二歪进来了，手里端着一碗面条，冻得鼻子发红。

"嘘——"我怕他惊醒老雷头。

"满妹子，这是俺妈做的面条，她让我悄悄放在他窗台上，我往窗口一看，嘿，你在里面……我的胆儿壮了。"

我把面条碗放在矮柜上，便拉着二歪出了门，可小黑仍扑过来叼我的裤腿，汪汪地叫个不停。轻点，不懂事的小黑，你就不怕把老雷头惊醒？

在学校门口遇到侯老师，他问我："他好点了吗？"

"好点了，他睡着了……"

侯老师笑了，我也笑了。马驹子正巧一瘸一瘸地走过，使劲地吸了吸鼻涕——"咝，咝。"等我坐到座位上去时，听见他嘟哝："咝，咝，你高兴啥？等会儿拿了卷子，咝，咝，俺爹要给我买支黑杆的钢笔，咝，咝，你还笑？哭去吧，愁去吧……"

我懒得顶他，我们小孩家家就应该欢欢喜喜的。哭，是不得已的。他愿意发愁，一个人去愁吧，愁出一脸皱纹就不能背着书包上学校了！

谁能想到，这次考试，我算术、语文都得了一百分。下课后，大家都围过来看我的卷子，只有喜子恼悻悻地发怔。

二歪差点把嘴儿乐歪了："我家满妹子就是行。"

喜子说："别说走嘴，满妹子不是你家的人。"喜子在班里是个说话占地方的人，往日他一开腔二歪就不吭声了，可今天，二歪脸红脖子粗地嚷："没说错，满妹子是我妈的干女儿……今早上刚认的亲。"

"是哩。"我为二歪作证。这喜子，我考得好，像惹了他。

"如果小春能来考试，准能和满妹子差不离……"

现在喜子夸小春，我觉得顺耳了——那灵秀的小姑娘一定非常聪明，唉，都是那个黑老鸹坏！我悄声对二歪说："你的办法多，治治那个小春爹吧！"

"不，那不行，他会用大砍刀……"

我以为他是个英雄，原来也是个芝麻胆！他不干，我撺掇喜子干："喜子，那个小春爹可坏了……"

"他一点也不坏……"大概喜子也怕那把大砍刀，他找出了理儿，"小春的事一点都不怨他，小春伤了腿，他心疼得淌眼泪……"

一百个不信！那黑老鸹凶得像老虎，他才不会哭呢！

"大伯胆儿小，生怕养羊的事露出来，正在风口上哪！他以为我

秦文君

155·

们小孩家没心眼……"

"千不该，万不该，他不该用大砍刀……"

"他吓唬你们哪！"喜子两眼弯成月牙儿。

啥时候我能变得像喜子那么聪明呢？我觉得脸蛋儿发热。

"满妹子，你真好，和小春一样好。"

"你和二歪一样好。"我扭头一看，咦，二歪不见了。

这几天，二歪总是在杂货铺那里转悠，东瞅西望。我知道他在找藏糖的地方。傻二歪呀，藏糖块的地方又不会做什么记号，上哪儿去找！我想起表婶嘴里咯啦咯啦的响声，怪憋气的。咦，马驹子走过来了，嘴里也咯啦咯啦响。

"咝，咝，满妹子，你的考试卷再给我看看。"

"不给！"我知道他不会打好主意。他两门功课都没考上一百，哼，脑子里光想得一百分，结果把学过的东西挤跑了不少。

"咝，咝，给，给你糖吃，你总该肯了？"他从兜里掏出一把糖，好家伙，不下十颗，我的眼睛顿时一亮："糖？"

"咝，咝，甜着呢！"他眨眨狮子眼，晃晃榔子头。

"哪儿来的？"

"不告诉你……"

怎么办？只有二歪能从他嘴里掏出话来，马驹子见了二歪，就像老鼠见了猫。我灵机一动："我的卷子在二歪书包里，走，去拿！"

"咝，咝，不去，他准不会答应……"

"没事，二歪怕我，你忘啦？那回在教室里他想揍你，我吆喝一声就吓退了他……"

"咝，咝，那好，要是他揍了我，等回家，咝咝，我就揍你……"他朝我扬扬小拳头。在平日里，我才不会让步哩，可今天，他就是扬一百次拳头，我都不会吭声。

小杂货铺里，表婶正在那里东一句、西一句地骂街："咔，赶明儿，老娘去买根打狗棒，把屁股后头的狗打得半死……"听话听声，不用猜也知道，她是在骂二歪，可那傻二歪好像没长耳朵，伸长脖儿东张西望："我要买糖！"

"没糖！糖让人偷了，还没去县城置买。老娘跟你说了多少遍了，你还问个没完……"

"那……你刚才怎么吃糖哩？"

"你管得着吗？管天管地你个臭崽子还想管我？呸！"她又撒泼了，一口浓得发白的唾沫朝二歪啐去，亏得二歪躲闪得快！

"二歪，快来！"我喊他，"有，有……"我朝他挤眼。这机灵鬼很快就理会了，跑来了："啥事？是不是马驹子又欺负你了？"

"没哩，没哩……"马驹子赶忙表白自己，"俺对满妹子可好啦，咝，咝，刚才还给她吃一把……"

"二歪，马驹子有一大把糖。"

"哪儿来的？好，偷的……"

"咝，咝，拿自家的东西不算偷……"

"你从哪儿拿的？说！你不说？好，把你埋雪里去，满妹子，你抱他脑袋，我抱他腰……"二歪说干就干，一把抱住马驹子……

"咝，咝，冻死我，我也不说，咝，咝……"

"为啥？"

"你们知道了，咝，咝，会天天去拿糖吃的，咝，咝……"这个馋鬼原来在想这个！

"好，拉钩，要是咱俩去拿糖吃，就变成你画的那个丑人儿！"二歪伸出小指头。

"咝，咝,拉钩儿上吊,一百年不要……"马驹儿唱得很认真,唱完,才说,"好,告诉你们,糖在俺家草垛里,可多啦……"

二歪拔腿就跑，好像小春爹又在追他！马驹子哭丧着脸直朝我发火："都是你，都是你，你不叫他把考卷拿出来，咝，咝。"

157

"好,给你看看吧,哼,你不是说我比不上你吗?"想来也真可笑,那天考试时,他用半边手肘捂着卷面,生怕我偷看他的。这下好了,让他睁大眼看看我的两个一百分吧!

他接过卷子,两眼不停地朝我翻,忽然刺一下,拼命撕起我的考试卷来。我想去抢夺,没想他闪开了,没命地逃。别看他是个瘸子,跑起路来竟然那么快,那条瘸了的腿像点逗号似的,刚一沾地就提起来了……冷风夹着碎纸片打在我脸上,我气得浑身发抖。

"哈,哈,这小崽子让我给骂走了……"表婶大声地和她兄弟说笑,那声音尖得能扎透鞋底。

"欸,那不是满妹子吗?"胖朱的声音,"这丫头挺鬼,得防她三分。"

"她敢?吃咱的,穿咱的。哼,她妈就会吹,我的衣料现在还满天飞呢!把闺女往这儿一送,我还怕她把马驹子带坏呢……"

我气得受不了:"你家马驹子撕了我的考试卷……"

"那我就放心了,哈哈,我儿子出息了。"

太气人了!妈怎么舍得把我留在这儿?她走了好多天了,可一封信也没来过。她一定是不想要我了——她以为满妹子是个不懂事的孩子,其实,我已经变得很懂事了。每回受了委屈,我总会想她和爸爸。本来我打算把考卷寄给他们的,可是现在……

八

"满妹子,考得咋样?昨夜你睡着后,我给你理书包啦。"姑婆眯缝着眼说,"那些洋字码让你写得多灵巧。你表叔把黑杆的钢笔买来了,要奖你们。卷子呢?"

"姑——婆!"我用最大最大的声音喊了声,扎进她的怀里。

"别拱，别拱。"姑婆好欢喜，"好孩子，你又长高了一截，你妈知道了……准高兴。你妈来信了，还寄来了布料。"

"信呢？让我看看。"

"噢，她没说啥，信烧了。满妹子，刚才二歪来过了，这淘气包专往草垛凑，我一转身，他孙猴儿似的不见了。"

大屋的门哐当一声开了，表叔深深看了我一眼，阴沉着脸说："在外头不嫌冷？进屋吧。这回考得咋样？"

泪水冒出了眼眶，嘴唇乱哆嗦，鼻头酸溜溜，话儿也说不上来。反正他不会向着我，我干脆只哭不说话。

"怎么啦？你不是挺有本事的吗？会咬人，会往院子中央倒水，嘿，嘿，是个大能人！"

"那不是我干，干的。"

"我知道！我跌了一跤，你俩又说又笑地出门了！我又不是死人！全在窗户里看见了，嘿，嘿！"他还笑哪，跌跤了还笑？怪人！

我不管，呜呜地哭，越哭越伤心，谅他对我也无法子！

"考试考得不好，哭有啥用？以后好好学嘛……"他竟然跟我说起这些！正在这时，马驹子跑进来了，书包斜背着，一见我忙吸吸鼻涕："哒，哒。"哼，真想把他的鼻子拧下来！

"马驹子，你考多少分？"表叔问。

"哒哒……"他没敢说，谁让他夸口说自己能得一百分！

"都进屋去！"表叔的脸就像春天的天，说变就变，"不管得了多少分，都得给我说实话，走，别磨蹭！"

大草垛里沙沙响，怪，这会儿又没风！表叔又催我了："满妹子，你也给我进来！"我站着不动，没想姑婆拼命推我："去吧，去吧，好好地跟你表叔说说，他不会揍你的……去吧，姑婆在门外等着。别怕，考不好也不丢人，小小的年纪能认得这么多字就不错了。"

进了大屋，表叔在炕上盘腿大坐："马驹子，你先说，你考了多少分？说！"

"呕，呕，语文八十九，算术八十一……"

"还不赖嘛！八十多分，"表叔卷起支蛤蟆烟，两头尖，中间鼓，他掐了两头，使劲在桌面上磕碰着，"该听听你的了，满妹子。"

"我，我的考卷，呜……"

"怎么啦？说呀。"

"我，我两门功课都考了一百，让，让马驹子骗去撕了……"

"撕了？"表叔差点儿跳下地，胸脯子一鼓一鼓的，把窄小的棉袄撑得紧绷着，随时都会崩掉扣儿。

马驹子立刻哭起来，他的哭声奶声奶气的，可我一点都不可怜他。

"好哇，你这孬种，竟干起这种缺德事！你，你这坏心眼，你……我今天要打死你这臭崽子！"表叔几下甩了棉衣，只穿件单布褂，露出凹凸分明的胸肌，他的胳膊那么粗，足能抵上马驹子的大腿粗。

"大柱，大柱，求求你，别打他。"姑婆闯进屋来，把马驹子紧搂在怀里，她一定把马驹子撞她的事忘了。要不，她怎么会嘴唇哆嗦、牙齿咯咯打架呢？

表叔像头狮子，咆哮着："我今儿个饶不了他！我最恨这种人，他，他不配当我的儿子！你走开，走！都是让你们惯成这样的！"

表叔的眼睛都气红了，他从姑婆怀里夺过马驹子，拎小鸡似的把他按在炕上，扒了他的棉裤。然后晃着身子从锅房边找来根碗口粗的棍子，看他真要下死劲打了。马驹子趴在炕上直叫唤："奶奶，救救我……满妹子，救救我呀……"

我伤心了。说实话，我彻底被马驹子感动了，他不恨我，还叫我救他，马驹子，我的表兄弟，我情愿代你挨打！

"表叔，别，别打马驹子……"

他一下子甩开我："去远点！"

糟了，表叔高高地举起了棍子。我用双手捂住脸，不忍看马驹子挨打的惨状。正在这时，忽听姑婆用平时从没有过的嗓门叫了声："大柱！放他条生路吧。"

"不行，我要教训他！"

"大柱，马驹子不是你的儿子！你不喜欢他，就送他回！……"

"你，你疯了！"

姑婆那扁扁的小髻髻散开了，灰白的头发披散了一肩，但她的声音却比任何时候都沉着："这是真的，大柱，你媳妇没开过怀，为了撑起这个家，我……从葛家寨抱来个孩子，前些天，他家还来过人……那是个好人家，就因为孩子多，才……临走时，他家一分钱都没收。还，还给孩子做了三套衣服！"

"为什么要瞒我？为什么要瞒我？"表叔嗵嗵地捶打着自己，"我，我，我是半点也不知情啊！"

"奶奶，呸，"马驹子伤心地哭起来，"我不走……"

"你这没心肺的孩子。唉，为啥把满妹子的卷子撕了？"

"我怕爹光喜欢满妹子，不喜欢我了……"

表叔霍地一下站起来，那双白多黑少的眼睛亮闪闪的。他使劲咽下口唾沫，坚硬的肌肉抽搐了几下："孩，孩子，快，快过来，爹，爹喜……欢你！"

马驹子睐着眼，不敢过去。表叔的手发颤了，慢慢地从兜里摸出两支黑杆的钢笔……他想得多周全。

"爹，爹，爹。"马驹子连声叫着，跑过去紧抱住表叔粗壮的脖颈，把发白的小脸贴在表叔宽大的怀里，大声叫着，"满妹子，我爹喜欢我了，爹喜欢我啰！"

"这下我放心了，这下……"姑婆说不下去了。

表叔背过脸去。他一定是哭了，只是大人们都不愿在孩子面前淌眼泪。屋里静得能听出彼此的喘息声，表叔捧着他儿子的脸，替他擦了鼻涕、眼泪，还替他理理乱糟糟的头发。马驹子却用手去摸摸表叔发硬的胡楂。

"抓贼！抓贼！她就是贼！"

"呸！呸！小死鬼！"

外头传来一阵吵闹声，把大伙惊动了。表叔用袖头擦擦眼睛，第一个奔出去，我紧紧跟上。咦，是他俩！

二歪站在高高的柴草垛上，头上、身上都沾着草刺儿，活像个稻草人。明白了，他刚才钻在草垛里——难怪没有风的时候，草垛里还有声响，原来是他在里面作怪！

"你就是偷糖、偷钱的贼！"

"我撕了你的嘴！"表婶叉着麻秆腰，直跳脚。

"大柱叔，你媳妇是贼……"

"大柱，大柱，我冤枉哪，你要为我做主……"

表叔把脸板起来："小二歪，你说她是贼，证据呢？"

"柴草垛里有十多斤糖，刚才，她伸手来摸糖，我全看清了，喏，糖箱就在这两扎草下面……"

表叔从鼻孔里哼一声，白了二歪一眼——他一直把媳妇当成好人，怎么会相信一个小孩子的话呢？二歪在他眼里，只是个豁了门牙、顶着撮小歪毛的淘气包。"我没这闲工夫……"话虽这么说，却仍走过去掀开几扎草。果然，一小箱糖露了出来，箱盖上抠了个碗口大的洞，能伸进手去。从小洞里能看见花花绿绿的糖块。

"这……"大个儿的表叔竟吓得后退一步。

表婶的脸变了色，忽然一拍大腿："哎呀呀……是二歪这小子在我头上栽赃。他，他的心比茅坑还臭。他家，他们和咱有仇，哎哟，好毒呀。"

表叔的脸平得像铁板："少废话！你老实说，这糖块是不是你放在这儿的？你凭良心说！"表叔的气儿又粗又短，像刚跑了一大圈。他手指点着表婶的鼻尖，厉声追问。

"不，不……"表婶打摆子似的。

"你别耍赖，准是你干的，没错！"二歪急歪了脸。

表叔侧着脸想了一阵："二歪，你怎么会知道糖块藏在草垛里？"——他还是向着表婶的！

"马驹子说的……"

"马驹子，你胡说些啥了？天，你想坑害你娘？你，你再胡说一句，我割了你的舌头！"表婶张牙舞爪地朝马驹子蹿去，马驹子吓得直往表叔身后躲藏。表叔咳嗽一声，镇住了表婶，他说："你别吓坏我的儿子！……不做贼心不虚，你慌啥？"

"我没慌……天地良心啊，这里有糖块我压根儿不知道……"

表叔拍拍马驹子："孩子，你咋知道草垛里有糖块的？"

马驹子光吸鼻涕，不敢说话，眼光连着往表婶脸上飞，表婶呢，龇牙咧嘴，直往上翻眼睛，鬼一般难看。

表叔说："好马驹子，你爹喜欢老老实实的孩子。说吧，爹给你撑腰！"

"哟，我连着两次看见妈上草垛里摸糖吃，哟，哟，我嘴馋了，也去摸，摸了两回……爹，我，哟，哟，全是实话。"

表婶忽然怪叫一声，冲进了大屋。

表叔愣怔怔地立了半天，猛地叫起来："我，我瞎了眼，我真该死，我枕边躺着个贼！"他蹿起一脚，把门踢开了，冲进屋去。我们几个忙凑到窗根上看热闹，这下，表叔准饶不了她！

表婶披头散发，正在翻箱柜，衣服啦，袜头啦，散了一地。忽然，她从箱底找出只金耳环，用巴掌托着："大，大柱……"

"少来这一套！"

"你，你打吧，我不喊冤……"

"我好手不碰烂肉，我懒得打你……走，打离婚去，我没法和贼一起过日子，收拾你的东西，滚！"

"大，大柱，我不滚，我……死了也是你家的人。我，我，你要赶我走，我就吞下这耳环。呜，呜，这是俺娘给我陪嫁的，娘哇，今儿个是女儿的死日子了……大柱，我对你是实心实肠的……"

姑婆先哭起来，她的心太软了："大柱……你抬抬手，放了她吧，她来俺家十多年，也没过上几天舒心日子……"

"不行！谁让她干这种伤天害理的事，让我没脸见人！"

"大柱……全是我兄弟造的孽，他逼着我上小铺，交了钥匙。他拿光了钱……又故意撬了门。我寻思，也占点便宜吧，就抱了半箱糖回来……"

"鬼话！那晚上我去铺子找你俩，怎么没人影？"

"俺们没开灯，闩着门，听见你喊门，俺们没吭声，你走后，咱们才……"

"坏肠子！"表叔咬牙切齿。

"大，大柱，留下我吧，我……改。"她双膝一软，忽然朝表叔跪下了。表叔忙把她挽起来："马，马驹子娘，别……从今儿起，老老实实下地干活吧，你爱吃糖，等日子富起来了，我……天天给你买糖。"

"满妹子，你表叔是个好人，那天，俺真不该……"二歪说。

那天已经过去了，还提它干吗！我们还有今天、明天和后天。

我说："二歪，你真行，能想出这么个好点子。"

二歪的小黑脸红了："没啥，我这是被气出来的，没人拆队里的墙脚了，等队里富了就能给咱们修教室了，多棒！说真的，今天这事也仗着你帮忙。我爹到县上去了，听说新来了个县长，人品好，爹的官司能打赢。等爹回来了，准会夸你。"

表叔跑出来了，一把拉住二歪："你爹在家吗？"

"没在家。他这些天总在外头跑，到黑猪岭也去过了。查出老多事儿。你有事，就去找我妈，她也管事儿。"

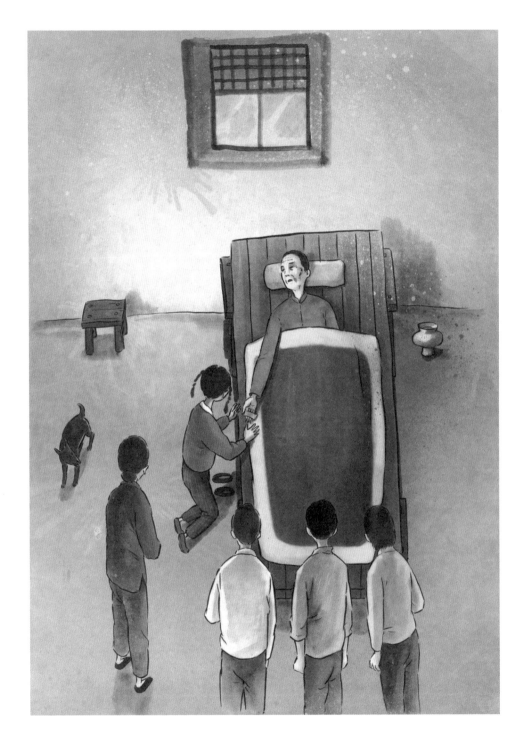

　　他慢慢地伸过手来。他的手上暴着很粗的青筋，手儿僵硬了，手掌上托着那张爸爸给我的钱票，吃力地说："好孩子，谢谢啦……难为大伙们……"话音未落，他的手垂下去，钱票像叶片一样飘落……他咽气了。

“你妈那婆娘，脾气大，不骂我才怪哩！”

“大柱叔，走吧，俺娘是个明事理的人，走！”

表叔和二歪一走，表婶就从屋里往外冲。姑婆慌了手脚，拦腰抱住她："马驹子娘，想开点儿……不能，万万不能寻短见……"

表婶已失去了往日的威风："娘……松手吧，我去找俺兄弟，让他早点坦白了，罪……能轻点。"

她像冷风中的麻秆儿，摇摇晃晃地消失在门口。

九

风只留下个凤尾巴，有气无力地呜呜号着，像病人在呻吟。几乎全屯的人都来到屯外山根下的坟地，为老雷头送葬，人黑压压的一片，一个个都在抹眼泪。

他死了，我简直不相信他再也听不见我的声音了，我不停地叫："老雷头！老雷头！"——过去，一听到"死人"这个词，心里就会涌出种种恐惧感，可今天，我半点都不怕。

"老雷头，你醒醒，醒醒呀……"我推着他，可他冷冰冰的，脸边一抹笑都没有，我突然想到，"死"就是永远也不会醒来了，我忍不住打了个寒噤，大哭起来……

我的干妈把我揽在热乎乎的怀里。"闺女，别哭，别哭。"她叫我别哭，自己却哭得肩头直抽抽，"可怜的老爷子，去了……"

那天，大伙正商量着解决小杂货铺的事，突然听到一声声狗叫声，叫得很惨很惨，像拌着血，含着泪。大伙奔出去一看，竟是小黑。它狂叫着，咬着人的裤腿往前拉，一直把人们引到它主人的小屋门口。

他已经上不来气了："我……老雷头，一生只做过一件悔肠子的事……狗地主,到了阴间我也要找他……算账。他不该欺瞒我。我,我对不起众乡亲。悔啊……"

我挤了过去,几乎哭出声来:"老雷头,我来了……"

他慢慢地伸过手来。他的手上暴着很粗的青筋,手儿僵硬了,手掌上托着那张爸爸给我的钱票,吃力地说:"好孩子,谢谢啦……难为大伙们……"话音未落,他的手垂下去,钱票像叶片一样飘落……他咽气了。

风停了,偷偷地躲到远处去了,不忍心看这悲惨的场面。懂事的小黑一溜烟跑来,嗅着棺材穴四周的冻土,留恋地呜咽着。

表叔抱住小黑,大滴的泪珠儿落在它光滑的毛皮上,伤心地骂自己:"我真是个白眼儿狼,没人味儿。老雷大爷拉扯过我,可我……为了避嫌……老雷大爷,你为啥不用鞭杆抽我几下……"他号啕大哭,顿着脚,捶着心口。可是已经晚了,老雷大爷再也听不见了。

姑婆一下子老了十岁,她连走路也有点晃晃荡荡,但她一滴泪也没有,也许是哭尽了。她佝偻下身子,捧了一捧土给老雷头盖棺,嘴里嘀咕着些谁也听不清、谁都猜不透的话。我猜想,这席话里有着姑婆许多神秘的心事。

我的干妈说:"老雷大爷他一定闭眼了。"

永别了,善良的老雷头——那个黄眼珠、黄胡子的乡村老人。春天,他再也不会扛着锄头给小学生们种瓜果,方圆几里路再也不会有这么好的车把势。——公主屯的人们,用以上这些话来忆念这个孤老头。

我们都三三两两回家了,只有瘦得只剩下副骨架子的小黑还卧伏在那里,表叔想把它抱回家,可它挣脱了,它呜咽着,盼望着——它一定是在盼望着去远方赶车的老雷头回来。

这些天里,姑婆家里也起了神秘的变化。虽然已到了年根,可家里没有一点节前的气氛，也听不见表婶尖声尖气的嗓音。她病了，病得很重，成天躺在炕上哼哼哈哈。

那天她去找她兄弟，没想那坏种几拳把她打倒在地，还上大道骂街，扬言说，谁都别想把他告倒。可是当天夜里，他就来个脚底抹油，溜了。大概是他觉察到他县里的把兄弟帮不了他的忙了。不过，无论他逃到哪里，都逃不脱受惩罚的下场。

姑婆整日忙着采草药，煎药汤，给病人熬米汤。她用小勺子把红糖在稠稠的米汤里拌匀了，颠颠地跑进大屋说："马驹子娘，马驹子娘。吃吧，趁热。"

"我……活不长了。"表婶提起这，眼圈就红了，"死鬼兄弟，下狠劲儿打，天雷劈死他！……我才三十挂零，还是花儿一般的年纪，真，真不舍得去死。"

姑婆柔声柔气地劝慰："别胡思乱想了，大夫说，养歇个十天半月就会好的。趁热吃吧，你爱吃甜的，大柱特意买来了红糖。"

"老太太，你真是菩萨心，我……"

"没啥，没啥，你们再大，在我眼里总是小孩……"

"老太太，多给我加勺糖吧，我的嘴里没味儿呀。"听，她还是那么馋！难怪表叔这几天很少进大屋，闲的时候总蹲在锅房里发愣，有话要说，总是由姑婆当传声筒，去跟表婶学，好像他压根儿不认得表婶。

我进大屋替表叔拿褡裢，表婶讪讪地朝我点点头，我只当没看见——我肚里还憋着气呢！可她厚着脸皮和我搭话儿："好满妹子，那块布料……你妈寄来了，她挺办事儿。"

"你不是说她'铁公鸡'吗？"

"哎呀，真该打嘴巴！……好满妹子，你表叔要出门？"

"嗯。"一个字足够了，要不是看着她那副可怜相的分上，我才不会理她呢！我不会忘记她尖刻的话，那凶狠的眼神，还有那双掐

秦文君

过我的手！可说也怪，那种恨已变得淡却，因为我也不会忘记她那些悔恨的眼泪。

她打了个冷战："他，他要撇下咱们走了！老天爷，我可怎么过呀……命不济哇……"

"什么撇下不撇下，表叔到镇上给你抓药。"

她的脸红了，一刹那间，她显得比平日美得多。

吃过晌午饭，二歪又来看我了。自从放寒假以来，他天天来看我，差点没把咱家的门槛踏平了。他一进院就喊："满妹子，走，看看小春去！"

我说："你不怕那把大砍刀了？"

"我爹也在那里，他才不敢砍我呢！"二歪嘴巴硬得很。

马驹子也从锅房里走出来了，大摇大摆像换了个人。这几天他简直成了表叔的影子，表叔走到哪儿他就跟到哪儿，今儿个表叔取药去了，才把这"影子"甩掉。才几天工夫，他就变了很多，小脸不像以前那么脏了，也不像过去那么爱流鼻涕了。表叔给他买了块手绢，他隔个三分钟左右就拿出来擦擦鼻子，像是个卫生专家。他说："二歪，别忙着走嘛，我给你看样好东西，准让你眼馋得慌……"

"啥好东西？"

"黑杆的钢笔……那笔杆油生生的，笔尖儿银晃晃的，爹给我一支，也给满妹子一支……"

二歪舔舔嘴唇："你爹真棒……"

"怎么，你爹比不上我爹吧？"马驹子神气得像吹鼓了的猪尿泡。不过我现在一点都不气恨他，表叔是不错，他不发脾气的时候，心儿和姑婆一样软。

"不，才不是呢，我爹是世界上最好的人，他冒着险，帮小春家卖了羊……我不喜欢黑杆的钢笔，一点都不喜欢。"

在小春家大门口，我们遇到了小春爹和一个黑脸汉，他俩正说得起劲，小春爹见了我们忙咧咧嘴，笑得比哭还难看，大概是强挤出来的。哼，怎么不拿大砍刀来吓人了？

那个黑脸汉，长得深沉，满下巴扎人的硬胡子，很是威风。他笑笑说："满妹子怎么阴乎着脸？"

"你怎么知道我的名？"

"哈哈，当然知道，你出名啦，心儿正，办法多，咱公主屯的人要给你记下一功。"

啧啧，这个人真会夸人。我觉得自己非常了不起，不知不觉，胸脯挺起来了，头昂起来了，像是准备去领奖似的。

"爹！我妈呢？"被二歪这么一嚷，我才明白，这人就是做了许多好事的二歪爹——也是我的干爸爸。他一个劲冲着我笑，笑够了，才挥挥烟杆子说："去吧，去吧，她们都在屋里呢。"

嗬，满屋子的人，嘻嘻哈哈过节似的。二歪的三姑也来了，梳着大辫，美得出挑，她和别人有说有笑，就是不理睬咱们的侯老师。我真担心他俩是不是闹别扭了。我悄声向三姑打听，没想挨了她轻轻的一巴掌，再看看，她的脸腮红得像抹了胭脂粉……

小春坐在炕中央，对着我们甜甜地笑："满妹子，二歪，马驹子，快来呀，咱家卖了羊，还了钱，我的腿也快好了。"

"满妹子是我们班的女状元，"侯老师疼爱地拍拍我的脑袋，"寒假里，咱们一起来替小春补补课。前段时间，喜子天天都来帮小春家干活，还上山喂羊，够苦的。所以这次考试只得了第二名……他真懂事啊。"

刚才的得意劲全跑没了，我只觉得板凳扎得慌。小春那双月牙儿似的眼睛亮闪闪的，像噙着泪。喜子却低着头，脸膛子更红了，像是受了批评。我的脸一下子红到耳根："喜子，你是第一名，我要向你学。"

"不，你是第一名……"

秦文君

我的干妈打雷似的笑起来："哈哈，好孩子们，你们都有出息哪！咱公主屯要兴旺起来了，真的，好兆头来了。胖朱滚了，县里来了个好领导，容不得那些坏种，胖朱的把兄弟也是兔子的尾巴——长不了。"

二歪爹在外头喊："满妹子，你姑婆找你呢！"

我很不愿意离开这热闹的地方，高高地撅起嘴——早不叫，晚不叫，偏偏这时候来叫。一出门，我就对姑婆发脾气："叫我干吗？叫我干吗？"

"快跟我回家！"

"不，不，不……"

"满妹子，听——话！"她牵着我的手就走。一路上，眼泪不断地从她塌陷的眼窝里滚下来，像断了线的珍珠。我吃了一惊，忙问："姑婆，你怎么了？"

"风，风吹的……"

不知怎的，我心里沉甸甸的像压了块大石头。我真傻，为什么要对姑婆发脾气呢？为了弥补自己的过错，我把脚步放得急急的——我生怕姑婆生我的气。

表叔已经回来了，白多黑少的眼睛失神地盯着地皮看。我以为地上有啥稀奇的东西，瞅瞅，连只蚂蚁也没有。

表叔吞吞吐吐："满妹子，想你妈吗？"

"有点想。"

"我到县里去抓药，碰上邮递员了。她，噢，你妈来信了，不，不，这次来了电报，说她……想你。"

"还说些啥？"

"她让你马上回去。"

"我不回去！从明儿个起我还要帮小春补功课呢。"

表叔不吱声了，又看起地面来。

外头一阵鸡叫，叫得发紧，喊救命似的。往院里一看，姑婆正在杀鸡。那些鸡像是她的心肝宝贝，平时我踢它们一脚，姑婆都会心疼得摇半天脑袋，可今天，她竟舍得杀了它们！我隐隐约约地感到，发生了什么意外的事了，我急得光想哭。

表叔说："满妹子，别慌，别慌，你妈上次来信就说得了病，昨天来电报说让你马上回去，我估摸是她的病重了。"

我真想立刻赶回家看妈妈，但我多了个心眼："我不认得路，你送我回家吧。等我妈病好了，我就跟你一块回来，行吗？"

他点点头："行！"

"那好，等一会儿我上小春家去，向大伙告别，总得让我干妈、侯老师、二歪、喜子他们知道一下。"

一辆马车停在院门口，车把式吆喝着："快上车了，再磨蹭，就赶不上晚上那趟往南去的火车了。"

表叔为难地说："来不及了。满妹子，让你姑婆代你跑一趟吧……你妈的病很重，想你呢……"

好吧，走就走，反正过不久我就会回来的——表叔答应过，带我一起回来的。大人们说话总是算数的。

临别是那么仓促，姑婆把两只鸡塞进表叔的褡裢，说是给病人煨汤喝。她像是想嘱咐我几句，可一句也没说出来，急急忙忙地进了锅房，紧接着，从锅房里传出一阵低沉的、压抑的啜泣声……我的心也让她哭酸了。

表婶支撑着走出院子，倚着门框，有气无力地喊："早点……回来呀。"我清楚地看到她的眼睛潮润了——不知道是在惋惜我的离去，还是怕表叔一去不回……

又起风了，狂怒的雪簇拥着我们的马车，车轮艰难地在雪原上轧出两道窄窄的轮辙，穿过冰封的河流，穿过寒冷的山谷……别了，远方的小屯。

秦文君

171

那以后，我再也没去过公主屯。但那小屯、那些善良的乡亲，还有儿时的伙伴们却仍那么深地印在我的记忆里。远方的小屯，能把你可喜的变化告诉我吗？我期望着，期望着……

秦文君的作品具有鲜明的时代气息，真实、生动、鲜活地反映了当代少年自主、自强的时代风貌和心理变化。她在作品中始终注重与孩子们进行平等的心灵交流和对话，在理想与现实，东方文化与现代文明之间保持张力，将自己的人生感悟以轻松幽默、充满童趣的形式传递给孩子们，引导他们健康向上，积极进取。

——《中国图书评论》 编者按

评论

多·事儿的年龄

林晓梅只是笑，这种时候，说什么都挺傻帽儿，最聪明的就是笑呵呵，深藏不露。

Duoshir De Nianling

　　一天中午，林晓梅看见（2）班的帅哥方明老师在打球，也许此乃校园的一道风景，周围的人多起来。很快，（1）班的查老师走过来换下皮鞋，也进军球场，立刻，这两个班的人马齐齐的，鱼贯而出，将操场团团给围住。

　　"方明！帅极了！"球场外一片支持方明的叫喊声，林晓梅看见张飞飞也夹杂在众女生中，胡喊一气，还挥着她的"绣拳"。

　　二楼三楼的教室也都把窗子打开了，探出如许五色的脸面，也有些往下够着，上半身都悬在外面。不一会儿，方明进球了，球场顿时乐得像欢乐的海洋，迎接什么盛会似的。林晓梅在喧腾热闹的人群里站了一会儿，又在人丛中游走几步，钻出来，一个人躲在清静的一隅，真是感到一种惆怅，好像成了主流之外孤芳自赏的孤家寡人！

　　她茫然不知，为何众人激动的事，她却没法与民同乐。在人堆里孤独着有多不好受呢！

秦文君

"你好！"有个声音在说话。

是陈应达，眼睛狭长，眼里带着浅笑的大才子。

陈应达笑一笑，说："是不是受不了他们的尖叫声？对女孩子来说，这么高的分贝是很不舒服的吧？"

"是有些吵闹。"林晓梅得体地说。

"与其在吵闹中度过，不如做旁观者清。"陈应达说，"你是这么想的吧？"

"其实，也是啦。"林晓梅笑起来，"想找个清静的地方跳一会儿操。"

"跳操对少年人生长很好。"他接口说，"我就经常动手动脚……"

"啊？"林晓梅看他一脸诚恳，反倒蒙了，心想：这词儿可是用得相当不雅。莫非，难道，也许？

"啊？啊，啊。"陈应达也察觉了，脸一红，急出一头热汗。也不明着解释，是自己说漏了嘴，只是兜着圈子，变着法子一味解释：他们班的男生都把跳操叫做"动手动脚"，不带任何粗俗的引申意义，只是"活动手脚"的单纯意思，（1）班的男生女生彼此已经"约定俗成"了。

林晓梅只是笑，这种时候，说什么都挺傻帽儿，最聪明的就是笑呵呵，深藏不露。

陈应达很重视这次的"口出粗言"。当晚，他打电话给林晓梅，先通报从严萍萍老师那儿得到的数学兴趣班即将开班的消息，末了，迟迟不挂电话。说了一通不相干的事后，有意又把话头接上来，小心地说："请问，你们班男生管跳操叫什么呢？"

林晓梅笑起来，说："我打听到了再告诉你好吗？"

"好，过几天我再来问。"陈应达也笑了，说，"我想知道，你家的电话近来会不会换掉。要是换了，不知我怎么才能打听得到。"

林晓梅又笑。她想起，当时陈应达为了得到这个电话号码花费了不少心机，好像是从她填的入团申请书上"窃取"到的。她听出他的口气，是想要她的手机号码。按惯例，对方不明着说，她是从不会考虑给出去的，但因为是陈应达，要是给他，对于她也是一件很顺心的事，于是，她就告诉了他。

"跟鲁智胜给我的号码一模一样。"陈应达得意地说，"鲁智胜收集信息的能力总是一流的，以后可以去做间谍。"

"是吗？鲁智胜怎么会知晓我的手机号码？"林晓梅惊讶极了，"特别奇怪耶！"

她临睡前，妈妈上楼来，问道："刚才打电话来的男孩子是谁呢？"

"是我们数学兴趣班的！"林晓梅说道，"是严萍萍老师让他通知我的！"

"你跟人家男孩子说话还没命地笑呵呵的，像跳进了蜜缸！"妈妈尖刻地说，"女孩子，要矜持些，要懂得，女孩一旦做了傻大姐，男孩反而不看重！"

"救命呀！"林晓梅说，"有人窃听我的电话！"

林晓梅当时也没想到，第二天，这个平日惜时如金的陈应达一大早又郑重其事地委派贾里来当使者，向她说明（1）班男生的确称这种一刻不消停的跳操叫"动手动脚"。

"相信陈应达没错，他就像名牌电脑，品质优良。"贾里说，"他不会随便骗人。这个天才智商高，要行骗的话，肯定就来大的，设那种永远也无法拆穿的大骗局。"

"他挺好玩的，我并没有不相信他呀。"林晓梅笑道，"照你这么一说，反倒把他说成是可怕的人物，什么黑客之流的。"

"陈应达要是想做黑客的话，就是个黑透了的大黑客。"贾里说，"别的黑客都会来拜他为师，让他做黑客大款。"

几天后，严萍萍老师执教的第二中学的数学尖子班开班了。

初三的数学尖子班总共才二十个人，数学尖子班原名为数学兴趣班，后来原意就改了，变成是训练一支在数学方面智能超常的学生队伍，去各种数学竞赛中夺魁。但这种天才能有几个人？所以其中有一些并非尖子，而是"死乞白赖"一定要在数学上追随严老师的人，比如鲁智胜他们。这些人的数学成绩，一般啦，可是每次尖子班授课，他们都按部就班地坐在前排，有点"我非要搭上车"的劲头，追啊赶啊的，就是不让撇下他们。

女生一共才五个，（1）班有张飞飞和娴静端庄的女孩庄静，原来（3）班的假小子黄凤她们也是参加了的，这一次，换了个凌笑梅，这个人的名字听上去跟林晓梅很像的，幸亏写出来就不相干了，否则，尴尬死了。

严老师是个长着娃娃脸的女老师，她是查老师的新婚妻子，据说，以前她和教英语的祁老师也很谈得来，祁老师爱上严老师后一直不敢表露，默默存在心里。最后，柳丽娜老师看出来了，前去"说亲"，谁知，严老师说她和查老师已经"说好了"。

林晓梅一直替严萍萍老师遗憾，她觉得严老师跟祁志文老师站在一起，才是"郎有才貌女也有才貌"，而且祁老师人好，特别散淡，优雅，他参与主编了很多书，从来不向学生推荐他自己的书。林晓梅有一次在报上看到了书出版的消息，问他哪里能买到，他还一问三不知呢！当然查老师也不错，是那种很精干，心里特别清楚的老师。一辈子伴在一个大事小事都能看得透彻的人身旁，不知严老师会不会有点"郁闷"？

数学尖子班有了张飞飞，就会有"熙凤姐姐风格"的言论刮进大家的耳朵里。张飞飞先是说林晓梅她们编的校刊《群芳谱》太离谱，不知存的什么心，让一些"脑子有问题"的女孩大写文章。林晓梅并不应战，对付这位"熙凤姐姐"，就是用这样"晾"着的办法最有效——不理她，亦是最好的藐视。

张飞飞又说《群芳谱》新刊出的一篇小幽默还算挺好玩的，写的是一只猴子从电视里跑出来的笑话，但题目叫《小猴王》，太低幼了，刊出以后大家在议论，都说起题目的人弱智。

"我觉得叫'小猴王'很好啊！"陈应达听到后认真地说，"喂，你们都说不好，按你们之意，那应该叫什么呢？"

张飞飞笑笑，不说话。倒是鲁智胜说："她们说不如叫《赤裸的勇士》。"

陈应达摇摇头，说："她们可真会胡闹。"

林晓梅很欣赏陈应达的态度，她早知道自己和他都是有思想的人。

严萍萍老师偶尔会狠狠地出一堆高难度的题，说给大家磨炼思路，她认为解析数学最根本的就是思路清晰、理性。而它像一把刀，磨砺后才会锋利，长久不磨，就容易锈成废铁片。

张飞飞她们这拨人一旦碰到那些数学怪题，根本"磨"不了刀，知难而退，就坐在数学班，私底下议论，经常说一些天才的陈应达的"离奇故事"。说这个大才子有时像小女孩一样感性，有一次他不舒服，跑到药房去买药，声明一定要带甜味的药片才吃，否则就退货，结果，别人就给他拿桉叶糖。那一次他患的是头疼病，可吃了桉叶糖后，头不疼了，自那以后，他得什么病都可以用桉叶糖治。凡人不行，天才就行。

鲁智胜又接着说，这个大才子还会做七步诗，从他卧室的书桌走到房门正好七步路，他走过去七步想出一句诗，走回来七步又想出一句，打几个来回，就是一首上好的七律诗。

陈应达对大家的这种调侃或夸耀并不在意，随他们讲去，只是专心磨砺自己。林晓梅和庄静都是那种能够跟上严老师教学步伐的学生，只是，坦率地说，林晓梅每次听到那些对陈应达的"戏说"，都会有一点点分心，牢牢地记住大家对陈应达的种种议论和说法。

秦文君

　　陈应达往往是一马当先的，他解完难题后，会激动地把自己的解题步骤抄在纸上，分给大家传阅，他那一手漂亮的连体字，就像艺术品一样，这些姿态，也都是林晓梅所喜欢的。

　　在数学尖子班里，陈应达和林晓梅是公认的"金童玉女"，他们两个时常为解题方法谈得很投机，别人倒也识趣，会自动走开。而且，很怪的，林晓梅在远距离时，对陈应达是含有敬佩之心的，一旦两个人单独在一起争执数学问题时，往往她就变了，非要跟他争个明白，怎么也不肯示弱。

　　他当然更不肯示弱，他常常要在她面前表现得无所不能。

　　这一天，数学尖子班散了之后，教室里只剩下她和他了。他们两个人相隔着两个座位，各自埋头演算着那一堆未解出的难题。有几次，林晓梅想跟陈应达对一对步骤，但见他埋着头，便又不想主动前去打破沉默的坚冰。

　　后来，还是陈应达叫她过去看他刚排出的二元二次方程式，他叫她名字时，脸上带着一点小男孩的顽皮和羞涩，她走过去挨近他看公式时，他好像有点激动，用聪慧清澈的眼光把她打量了好几眼。可是，一会儿这天才又陷入无人之境了。他离她而去，跑到黑板上挥洒自如地画图形，滔滔不绝地讲解他的方案。

　　她坐回自己的座位上，静静地听"陈老师"讲述，她喜欢他的口才，他的自然又安静的情感表达，也喜欢他健康的男孩式的自尊，她觉得自己真是喜欢和他在一起，欣赏这个大才子啊，听他说数学都有点听不厌的。

　　张飞飞突然跑进来，而且是小声哭着的。她请求陈应达和林晓梅帮她去外面探视，说那个烂仔斑马先动手把小黑带给打了，可人家小黑带不是等闲之辈，掌握一种"虎拳"，厉害着呢，两个人此刻正打着呢。他们曾为了她小打过几次了，她才不管呢，但这次不对了，特别狠，她害怕他们打出人命来，那样，她会跟着"声名狼藉"的。

他们跑出去，只见靠近校门口的小操场上已有七八个人在围观，清一色的男性。他们中有个知情人说，斑马和小黑带已不是第一次打架了，最厉害的一次是其中一个人被打落一颗牙，另一个人额头多了一个"大包"，两个人共同得过学校的一个警告处分。看客中有个人对此有兴趣，说他们两个是在"决斗"。

自从张飞飞和斑马好，两个人"谈"了之后，张飞飞开始叫他的小名"超超"，那斑马就在课桌上刻下了那个"飞飞"，他把张飞飞看成是自己的女朋友，经常等在校门口护送她回家，那张飞飞有几次半推半就答应了。而小黑带不放心，他认为斑马心术不正，所以也常常在校门口等张飞飞，打算做张飞飞的"秘密卫士"，跟在后面"以防不测"，斑马为此勃然大怒。

林晓梅看那两个人，相互叫骂着往一堆儿去，摆出一些恶狠狠的架势：斑马扬拳头，小黑带也行啊，不逊色，人家脚头厉害，能腾空踢碎木板。他们俩一会儿凑近了拉扯上了，相互打了几下"黑拳"，一会儿又让看客们拉开了，所以，这一场的"恶战"并没有真正打起来。

尔后，林晓梅回数学尖子班取书包，见张飞飞独自一人坐在暗处垂泪，就告诉她，放心就是了，外面那一场纷争没有事了。

那张飞飞忽而很激动，哭得不行，说总算有林晓梅来关心自己了，那些向她献殷勤的男生，她每一次都认为是找到了可以相知一辈子的人，可是，稍一走近，又发现不是，他们没一个靠得住。她还请求林晓梅多陪上她一会儿。

这一切都恍如做梦似的，虚虚的，摇曳着，如风里那林中的树影。林晓梅没想到，张飞飞这个离世俗很近的女孩还会跟自己说到一块来了。

张飞飞跟林晓梅说着心里话，她说当初（1）班跟（2）班闹翻时，她确实咒过柳老师，可是，她咒过的人很多呢，都没有灵验过，就是咒自己不喜欢的老师，一咒一个准，吓得她现在再也不敢随便使唤那些咒语了。

　　她还说，那小黑带，那斑马，她已经很讨厌他们，一点都不喜欢了。因为他们的目的她都知道，俗死了，他们都只看见她的漂亮外貌，别的，他们都看不见的。她的心，不可能给那种没有脑子的家伙的。

　　"那你为什么……"林晓梅想用"招惹"，但又觉得说不出口。

　　"我喜欢男生围着我，那种感觉，像有许多兄弟撑腰似的。"她说，"但是，他们彼此会做出让我不愉快的事，这让我很伤心。我一个也不想要他们了。"

　　"就这么简单？"

　　"就是呀，爱一个人是不需要理由的，不爱，也不需要理由。"张飞飞说。

　　"你好酷！"林晓梅说，"可是，有点像没心没肝的机器人。"

　　"这就是飞飞我呀！"张飞飞说，"很高兴得到你这样的评价。现在该说说你了，他们都说肖林追你好几年了，我想知道，这是真的吗？"

　　"胡说什么呀！"林晓梅说，"肖林是一个很骄傲的男生。"

　　张飞飞大笑起来，说原来那是谣言呀，那好，以后她可以帮着辟谣，她也不愿意相信。说着，她还提出跟林晓梅一道回家，林晓梅想拒绝，但对方那么热情，又曾是"劲敌"，那种关系使得她们实际是相当"在意"，高度"重视"对方的。她接受了提议，怎么也要讲点风度吧。

　　她们一路走时，还发现斑马和小黑带快快地尾随其后，不死心呢。张飞飞恨恨地瞪着他们，他们才散去。那时林晓梅还在想：人与人，也许通过沟通可以慢慢近一点，不管怎么样，此刻她对非要与张飞飞势不两立的那个念头变得有些厌倦了。更何况，中考的事已经沉甸甸地压在心上呢。

谁知，自称"窈窕淑女赛西施"的张飞飞，她的窈窕是有了，淑女却没影子。没过多久，就有王小明来告状，说张飞飞到处说林晓梅喜欢有很多男生围在自己身边，找到有兄弟撑腰的感觉。谁知这位"熙凤姐姐"是有意造谣还是患上了妄想症，把自己脑子里盘算出的东西强加在别人头上。林晓梅气得不行，激烈的时候还暗想：既生飞，何生梅呢！

　　她忍着，想等期末大考之后，与之对质，必要时可以把很多友人叫来"旁听"，看张飞飞怎么狡辩，大家总能澄清的。

　　不久，又有一条新消息在学校"爆炸"。第二中学高中部获准办一个高中数学尖子班，那是在全市范围内培养数学天才的，尖子里的尖子才有资格进这个班。为了抓到超一流校只限录取一名学生。换言之，每个学校有一个数学高才生能幸运地免试进入这个班就很不错了。剩余的还会留几个招生名额，在中考中选拔一些状元，但第二批当然就难了，要经过几轮角逐后才能确定。

　　严萍萍老师想请陈应达、林晓梅还有（1）班的庄静一起去报考那个尖子班。庄静考虑了一番后，自愿退出了竞争。张飞飞跟庄静一向是不对脾气的，便四处说是尖子班免试入学的人数少，每校只择一名，那庄静该有"自知之明"。庄静本人，倒是很温婉，只说："陈应达和林晓梅最能代表我们二中的高水准。"

　　不想，决定参与这一竞争的林晓梅遭遇了意想不到的考验和压力，它们让她"郁闷"得透不过气似的。

　　这压力首先来自陈应达，这个温文尔雅的男生打电话来向林晓梅核实此事，他并没说别的，只是反复提醒她说："你真的想好要参加了吗？能再想一想吗？"

　　"要拼命去想吗？有这么严重？"林晓梅笑起来，说，"我只是不甘心，或许是不愿认输，想试一试。"

　　"噢。"他沉吟着说，"无论别人怎么说，你都要相信，有的人一心想要考出拔尖的成绩，是与竞争无关，不过……差距……有时令人难堪，很残酷……"

她听得似懂非懂，便稀里糊涂地应下好几声，事后才觉得自己太"慷慨应允"他了。想到他这么说话，她心里是咯噔一下，有一种很不舒服的预感。

过了一阵她才想明白，陈应达也被各种为难与不安包围着。有人把他俩的比试说成是"才子与美女的血拼"，男生堆里有两种说法，一种说女孩根本没有数学头脑，哪怕是林晓梅，自愿去参加大赛是"牺牲"做"炮灰"的。又有一拨男生说大才子陈应达没出息，放弃得了，不该忍心与一个名副其实的美女争什么高低。女孩优先，他可以再凭实力考第二批。

到了一年中春意最浓的四月上旬，林晓梅的参赛成绩下来了，那个分数傲居全体参考者的第四名，只跟天才的陈应达相差半分，若阅卷者高抬贵手，来个"四舍五入"，她基本能与陈应达齐肩了。

全校的女生，几乎都把这件事看成是"长我们女生志气"的喜事在到处传。肖白彩也好玩，居然想在校报上办一个"晓梅姐姐专刊"。林晓梅释然，虽然屈居第四，又在第二中学亚于陈应达，不一定能首批进那个尖子班，但是，她努力发挥了，显示了能力，也锻炼了自己，最快乐的是为一些女生找回自信。至于中考时要不要再进那个尖子班，她还要好好想一想。

其实她特别想听到一个人的电话，那人就是陈应达。当时他给她打来过那样的电话，后来两个人再在各种场合相见，双方忽然像有了点竞争对手的"旧嫌"似的，总是避而不谈与大赛有关的话语，但是，他那个电话仿佛一个逗号，没有结束。她想他会跟她再说些什么，也许又会从出人意料的话题说起，他是一个心思宽广神秘得令人捉摸不透的男孩，他对她的印象应该是相当不错，但他从来没有说透过，不过，不说又如何，他们对另一方的印象，应该是评价"不菲"的吧。他的话，哪怕每次只是片言只语，都会让她觉得是最好的馈赠，而她对他呢，会不会也是？

可是，她一直没有等来他的电话，而且，这个大才子这期间也没有光临过（2）班教室。她呢，也没有刻意去找他，只是沉着性子耐心地等。

时间一天天过去，直到四月下旬的一天，听胡彩蝶说陈应达已经收到那个尖子班的录取通知了。

虽然没被录取是林晓梅预料之中的事，但是她仍很伤心，情绪像水流一样一阵阵波动。她想，他若是能在这个时段打来电话，哪怕淡淡地跟她说一声：你也不错，让我知道你的实力了。她便死心了，心里也会痛快些。

她想到陈应达在这种"金榜题名"的时候，竟是把她忘个干净，没舍得让她分享他的喜悦，便跟胡彩蝶一样有些寒心。又想着，这下他进了尖子班，她和他将从此天各一方。原本，陈应达的进步，一直是她的动力。分开后，也许再也无法赶上他了，她顾不得生气了，心已被浓浓的离别前的忧思所浸润。

陈应达无声无息地远离了林晓梅一阵，直到"五一"节前的一天，两个人在学校图书馆不期而遇，他迟疑了一秒钟，快步向她走来，说："你好！"

"你好！"林晓梅答道，不知怎么，有些拘谨，跟木偶一样。

他一句也没有提那场大赛的事，只是反复说，对于男生来说，学校实际上没有适合他们的教材和考核标准。他说："很多男生无所适从，我总在想这件事。"

林晓梅很感动，她觉得，自己和陈应达仍是"同一类人"。

恰巧这时，胡彩蝶来找测试心理的书，林晓梅见她在一边偷窥，

秦文君

便招呼她过来。没想到那胡彩蝶平时大咧咧的，大话爱情时分明像个专家，但这时，倒是相当腼腆，面红耳赤地缩起脖子。后来陈应达又说了好多话，什么男孩一生下来就有同情心，表达也好，但是，社会对男孩要求太高，规范得太严厉，使他们男孩不知所措，找不到落脚地。又说像他这样的，无论如何被别人认为是成功者，心里却仍是不快的。

反正他讲了许多，侃侃而谈，挥着手像在演讲。他说着说着有些激动，断断续续把句子说得很含糊，林晓梅都没怎么听真切。她见胡彩蝶听得津津有味，还频频点头。事后林晓梅便问其陈应达究竟想表达什么？

胡彩蝶说，她哪里听得懂，只是不好意思做出不理解的样子。

临到初三直升考开考的前几天，林晓梅突然收到通知，说学校决定破格录取她为尖子班的学生。林晓梅得知后，没有把心中的狂喜跟任何人提，仿佛她已深沉了许多。大家都祝贺她，甚至连她那个骄傲的同桌邱士力都说："以后路上见了我们，不要假装认不得了。"林晓梅猜想，陈应达一定已经听说了这件事。但事后他见了她多次却没说一句。她和他究竟是哪点不对了？跟一个相互印象良好的男生竞争，她没想那么多，就一往无前了，但那个男孩却不同，也许会对女孩刺目的光芒感到不安吧！

第二中学初三年级参加直升考的那一阵，全年级就他们两个成为另类的"闲人"。他们时常在一起交谈，说的都是理想与未来、世界发展与科技进步什么的，双方仍然都在绕开那个"尖子班"与"竞争"有关的话题，尽力去说高远的话题。她始终很忧伤地想：他为何会把他们之间的竞争看得很残酷？也许，男孩比她想象的要复杂不知多少。

后来陈应达变得比以前矜持，对她很少"居高临下"，有一次还说她"很爽朗"，对她的态度跟以前不一样。她不知自己是人大心也大，还是双方心里那块石头落了地，相处起来就沉着许多。毕竟，她和他还有三年的高中能在一起呢，何必急着把什么都看透呢……

选自《花彩少女的事儿》

在"轻舟已过万重山"的幽默里，咀嚼和享受着"多事儿"岁月的快乐、忧伤和烦闷的"花彩少女／少男"活泼泼跃纸而出。这种幽默契合了少年活泼的天性，那种放大青春情怀的激情，也契合了受"大话西游"式大众文化影响的年轻人的表达方式，不过倒亦不是"无厘头"式的，更包含着一种少年健康开朗的精神气儿。秦文君认为"幽默是一种古典的精神"，"觉得幽默的后面有人生的无奈和人生说不清楚的奥秘，笑过之后应该还有思考，听得到叹息声"。

——龚静《幽默地抵达不为人发现的美丽》

花·彩少女的事儿

林晓梅看他又是这样"扬眉吐气"，有点可怜他，就"爽朗"地说："祝愿你心想事成，这样才公平。"

*Huacai Shàonǚ
De Shir*

一

那晚，来"骚扰"林晓梅的人叫黄玫玫，她是从林晓梅的表姐林晓霞那里得到电话号码的。这个富家女黄玫玫长着滚圆的脸，不算漂亮，但听说她特别在意男生们的长相，看见长得精神的就叫帅哥，还喜欢对那些长得不好看的男生冷嘲热讽。

黄玫玫在电话里七扯八扯，问林晓梅有没有去参加初三体检。还说那五官科的检查最搞笑，拿一瓶醋、一瓶酒精让人闻，她们班有个男生长着肉鼻子，她看见他像狗狗那么嗅来嗅去，差点笑死了。

"林晓梅，你们班那个可爱的'小布丁'的鼻子长得最耐看了。"黄玫玫说。

林晓梅问："谁是小布丁？"

"你都不知道？"黄玫玫说，"你们的大班长，他是初三最帅的男生，叫邱士力。"

林晓梅这才知道有这回事，那邱士力以前有个外号叫"宪兵司令"，他看人时直愣愣的，有点挑衅似的，好像和"小布丁"挨不上。谁知，黄玫玫偏说这样的男生最可爱。

黄玫玫还向林晓梅打听邱士力的手机号码，说很想有人介绍她和"小布丁"认识。林晓梅听了更觉得不可思议，但是没有接口说什么。

后来，林晓梅"独怆然而涕下"，哭得"凄凄惨惨戚戚"，好像与这一切都有关，又好像没有关系。

林晓梅挂断了电话，端坐在阔绰的闺房里，准备接着再应付那颇为棘手的"摸底考"。班主任柳老师的原话是"很重要，很重要，很重要"，一场考试用了N个"重要"，这还了得！

林晓梅轰轰烈烈地背一轮英语单词，又扫荡般地把数学公式排摸一遍，最后才轮到古文古诗的狂轰滥炸。放下书本，冷不丁想起邱士力这坏小子来，记得初一时，她与他一起排一段英语小品，排到"公主的美丽让王子惊呆了"时，他头一歪，死了，她大叫起来，他才"活过来"，胡诌说："林晓梅，我惊呆了，你比别人还要美丽。"当然，他解释说，那"别人"是医务室里的骷髅。

去他的，她想，还小布丁呢，他怎么能和肖林比呢?!

想到肖林，就有一种生动的美感，缭绕着漫上来，让她静不下心，没法屏声敛气地复习，也可以说，是不可遏制地想着肖林的派对。表姐林晓霞她们去参加肖林的生日派对了，他们四个还在狂欢吧？她经历过一件美妙的事：肖林跟她说过生日的事，她回想着肖林喊着她的名字时，口吻显得那么温柔、热情，拂动人心哩。他关切地问起她，他会不会真希望能见到她呢？她心里泛出温暖和幸福，挺柔软的情意，催得人想淌眼泪。她悄声对自己说：啊，没事的，我不能亲临现场，但已能感觉自己挨着表姐和肖林，正和这两个可亲的人在云朵上奔腾，肖林在云中叫她的名字时会是怎么个语调呢？

心里藏进了那种温情的幻象，忽而想起另一个女孩张飞飞送肖

秦文君

林红手镯的事，想起明天的摸底考试，好不悲喜交加，一颗少女温热的心冷不丁一阵沉寂，滋味不太好，仿佛从有亮光的地方突然来到沉闷的暗处，不能找回自己似的。还有，过去她一直以为自己在学校智力超群，被表姐、众同学拥簇着，可是现在，仿佛别人都忽悠悠朝别处跑去，多她少她没什么。甚至一些小小的变故，也让她难受，比如她自己不想多看一眼的身边的男生邱士力，竟成了女生心目中的"魅力人物"。也许她苦苦地读书，变得有点幼稚和落伍，她不由自主地抽泣起来，又想着肖林戴着张飞飞送的手镯，以后就会慢慢冷淡了自己。她感觉泪湿脸颊了，她居然哭了。先是小声的，轻柔的，谁知这么一松开，泪水就收不起来了，哗哗地淌，洇得两颊精湿了，那只柔软的枕头也湿了一块，仿佛"知我心事"，也流起了泪。说不出的伤感漫在心头，就像天上淡淡的灰云，难以拭擦。只有用泪雨才能把心境洗净，洗得明镜似的。

更糟的是，她无法入眠，强烈的抑郁，忽高忽低地起伏着，让她孤独。心揪得紧紧的，沉沉地坠在那儿。

她三呼"嗟乎！"飞快地想主意对付失眠，有个很老土的数羊法，据贾梅称，这妙方，是从汉朝的宫廷太医那儿流传到民间来的。贾梅从不骗人，所以这话看来无误。只是，贾梅这个论断不是她发明的，而是出典于邱士力。那所谓的小布丁，谁知是好人还是滑头鬼，有点可疑，值得多打几个问号。

不过，试一试也无妨，她想，无非数数羊。于是便开始认认真真默数起来：一只羊，两只羊，三只羊……

她一口气数到一百八十只羊，差不多烦得想落入羊圈做羊好了，脑子却仍清醒着呢，一闪念，记起贾梅说过，每次数到二百多一点时，必会数不下去，头一歪，昏沉沉睡去。于是，林晓梅捺下性子接着数，一直数到五百零八只羊，一大群了哟，如果能把它们放牧出来，漫山遍野白花花的一片呢。可是，她的意识反而更清醒。

午休时分，林晓梅的表姐林晓霞翩然而至，陪同她前来的，是那晚给林晓梅来电话的那个，表姐班里的富家女"五朵金花"之一的黄玫玫，据说她随身带的信用卡，一刷，能刷出数万元。

林晓梅竟然还扑哧一下笑出声，暗想：那贾梅也够可怜的，像个小地主似的，结结巴巴，使劲数羊，结果发现没完没了，数得头昏不已，厌倦了，只得投降，不如睡着了省事。邱士力够毒的，说是宫廷秘方，分明是捉弄老实女生的圈套。

她横竖睡不着了，心里与这邱士力赌气。可是，越排斥越像得到了心理暗示，闭上眼还顽强不休地想着："一只羊、两只羊……"断不掉似的。

最后，她负着气，狠狠地来个"以毒攻毒"。逆反着想："不许数一只羊，不许数两只羊！"就这么硬拗着，倒过来思维，不知怎么搞的，竟昏昏沉沉睡去。

二

那场"摸底考"成绩出来了，林晓梅考得很惨，而那正同她竞争学生会文艺部长的张飞飞却命大，胜林晓梅一筹。午休时分，林晓梅的表姐林晓霞翩然而至，陪同她前来的，是那晚给林晓梅来电话的那个，表姐班里的富家女"五朵金花"之一的黄玫玫，据说她随身带的信用卡，一刷，能刷出数万元。林晓梅发现这位"金花"不仅有"十五的月亮"一般的脸，还脸色白皙，下巴宽宽，个子壮壮的，说话有点嗓门沙哑，看上去很横，像刚愎自用的"恶皇后"。可林晓梅听表姐说过多次，她有颗棉花糖一样的心，只要谁对她有一点点好，她就又甜又软，温柔得要命。她俩把林晓梅叫出教室，仔细察看她的脸。

"怪不怪呀？"林晓梅说，"凭什么那么瞪着我？"

"摸底考的事我都听说了。"林晓霞说，"张飞飞到处发短消息吹她自己的考分。还好，没在你脸上找到泪痕。"

秦文君

189

走廊上，那帮初三的男生都看过来，其中那个斑马，像插蜡烛似的站在那儿，使劲眯缝着眼睛看啊看。黄玫玫不由得嘻嘻笑，轻声说："我要不要施点美人计？人家说双眸左顾右盼会使对方心神不定。"

"恶心！"林晓霞说，"那个斑马，让他爱'恐龙'去好了，我们这样'柳颜梅腮'的美人看都不该让他看！黄玫玫快往那里望呀，晓梅班里的小帅哥，喏，那个邱士力，你说他长得像水兵似的那个。"

"他的确是可爱的小布丁。"黄玫玫笑眯眯地说，"早就听说他挺果断的，与众不同，为什么没有人把他介绍给我，让我们有缘相识。"

表姐跟黄玫玫在一起说话，说学生会里的不算太美的大美女不少，可就是帅哥少得可怜，也不过是三两个。

黄玫玫说："对了，晓梅，那天我们在生日会，肖林跟你说话前还反复向我咨询'小女孩心理'呢！肖林很希望你能当文艺部长，他说你有才干啊！"

林晓梅听了，心里一阵阵不安，想：哎呀，哎呀，哎呀……

"因为晓梅是我的表妹。"林晓霞接口说，"肖林会很在乎，他最不想在我面前失面子。"

她们说了一通议论帅哥的话。末了，在返回高中部的当儿，才想到了此番前来的使命。于是，争相"安抚"林晓梅。

"不许再想那分数了。"林晓霞说，"也不许想当不当文艺部长的事，当心想得钻进牛角尖，走火入魔！"

"听我的不吃亏，"黄玫玫说，"考试顺当时，你就想啊想，把分数当金砖；考不顺当，干脆什么也不想，就把这事当粪土。我爸朋友的一个女儿孙晴，是我们校友，初二学生，就因为考了五十九分，老师不肯拉分，她想不开，想啊想，连想了三天，变花痴一样了。她看见我就捉给我一只蚂蚁，说这是她的女儿，名叫孙喜事。人要学会为自己开脱。活得快乐，比什么都要紧。"

"老妹。"林晓霞说,"想想塞翁失马,有时,坏事会变好事,人啊,你换一个思维,就能换一个生活观,全新的。"

林晓梅被她们说烦了,故意装傻,把漂亮的眼睛往上一翻,说:"孙喜事来了!"

下午第一堂课,上语文,班主任柳老师分析语文试卷时,其间,屡次提到"有些平时语文成绩很好的同学,这一次不知为何走神,犯了这样的'低级'错误"。她还屡屡痛心疾首地说:"为什么(1)班能考得好,我们就不行?"把林晓梅"贬损"得无地自容。

那些考卷上的红色大叉,判着某些答案的死刑,它们像烙铁一样伤着林晓梅的自尊,盯着它们看,真是看得惊心,透气也窘迫。她恼恼地想:自从收到这破纸条,做什么都不顺,天也不对,地也不对,都与自己作对。亏得聪明的表姐"莅临指导"。要不,立即换个思维,想想孙喜事好了,总算有点好玩。人哪,看不到出现一片新天地,说不定,气得泪流成河,半疯半傻了。

不久,邱士力竟然做了林晓梅的同桌。在林晓梅看来,他们的"同桌关系"时好时坏,怪怪的。一天,邱士力扬了扬眉,接着又对着林晓梅叹口气,挺一本正经地说:"喂,一个人专注地刻苦地去努力追什么,总会有好的结果的,你说呢?"

林晓梅看他又是这样"扬眉吐气",有点可怜他,就"爽朗"地说:"祝愿你心想事成,这样才公平。"

他看着她,目不转睛,随后又扬了扬眉,吐了口气,说:"我喜欢听你这样说,你能把这话写下来送我吗?"

她在纸条上刷刷地写下来,随后,交给他。

他俏皮地一笑,说:"这是我同桌的真迹,我会珍藏的,它归我独有啊。你不怕我会到处炫耀啊?"

经他这么一说,她才发现,自己是有点太"爽朗"了,这可是骄傲的她首次赠送给一个男孩的"真迹",她想把它抢回来,他用大手挡住她的手。她恨恨地看着他，他也看着她，还很嘴硬地说："别小气，我会还你一些我的真迹的。"

林晓梅说："我会考虑拒收的。"

邱士力把头一歪，说："俺和你打赌，到时你一定会笑着收下的。"他说得很郑重，还慢慢脸红了。

直升考结束后，初三学生大都处于"休闲状态"，有些感觉考得不错的人，恨不能把教辅书从窗口里扔出去，有些考得七上八下的，同样无心温习了，心里存着幻想，嘴里却只是忐忑不安地在说着："考不上该怎么办？"那些原本注定过不了关的学生，其实早就有了"自我接纳"的准备，因此，也不过是在悠然地等待"判决"。

闲下来的那一阵，林晓梅和张飞飞之间的"两个文艺部长之争"立刻又开始白热化了。肖白彩和王小明等人纷纷告状，说张飞飞在她们面前扬言，说要坚决打败林晓梅，直到有朝一日当上二中学生会的美女主席。林晓梅也懒得对此说什么。她认为，对付这种自以为是的人，比较省力的办法是让她们加强狂妄。

张飞飞天天拉着办校报的肖白彩，开始大量地在《群芳谱》上发表她的"张氏风格"的文章。另外，她还化名"浪花一朵朵"，执意在《群芳谱》上开专栏，第一篇就是说"张飞飞同学领衔去小葵花学校为小孩们辅导艺术和阅读"，不知怎的，她那篇绘声绘色的文章刊登后反响还挺好的，来信表示钦佩者还不少。

那是因为很多的读者，他们并不清楚，张飞飞去小葵花学校，并没有为小孩们做过什么辅导阅读，她本人就不是什么爱书人。她只是带着一厚沓《群芳谱》分送给他们几张，然后问大家："张飞飞大姐读过很多很多书，写过好多好多文章，你们要她为你们签名吗？"而所谓的辅导艺术，是张飞飞当众做了一个孔雀舞的动作，那天她情绪不佳，开始表演孔雀时头抽搐了一下，像有病的孔雀，犬和小孩们笑起来，她就干脆罢演了。

这个消息是女生孙晴带过来的，因为那小流浪儿犬跟孙晴很亲。以前犬曾碰到一些有钱人家愿意收留他，但他总是隔一阵就逃出来，不想接受管教。他认为只要在街上叫人"大老板"就能讨到东西吃。后来，孙晴与他结识了，她是真心喜欢他，关心他，他也喜欢她。近来，孙晴的亲戚收留了犬。那家人与孙晴一家经常来往，犬成了孙晴的弟弟。他终于答应孙晴在小葵花小学上一年级了。

林晓梅觉得她必须帮张飞飞"肃清"留给小孩们的影响。那消息既然已经刊登在《群芳谱》上面了，抹也抹不掉了，任由它这么假着也是《群芳谱》的失策，看来只能来个"换假成真"吧。

她带着孙晴、王小明，还有贾梅、胡彩蝶一起去了小葵花小学参加"晚托班"。刚去的时候，班主任老师暗自摇头，而那些孩子见了她们，谁也不说话，只用小眼睛警惕地瞧着她们，也许以为又来了跟上回一样的那些奇怪的大姐姐：她们先是在他们的练习本子上签下许多她们自己的名字，随后嫌那课堂太吵，没说上几句话，就离开了。

林晓梅笑一笑，想办法打破僵局。她微笑着对着小朋友先学了一声猫叫，又学了一声狗叫，这下，全班活跃起来，连老师也笑了。在那一次晚托班里，她们跟犬他们一起说书里的故事，还把自己小时候最爱读的书送了几本给那班级建立的流动小图书馆。而且，她们还结识了"小胖"、"小贝"和"圆圆"，教他们唱歌，分别帮他们纠正英语的读音什么的。

谁想到，仅相隔了一周，小葵花小学就送来了表扬信和聘书，要求林晓梅她们经常性地去给小葵花学校的学生们"莅临指导"。

茅校长得知后便在全校的升旗仪式上表扬了林晓梅她们，说她们有崇高的理想，有服务社会的品德，有美好的爱心。

肖白彩在校报上专门做了一大版专访，有请她们几个详细谈了这个过程。王小明拿着刊出她们事的校报流下了眼泪，一遍遍地读。

她说，她从来没有得到过这么高的奖赏和肯定。一个人知道自己被别人需要，就能感觉自己并不是孤身一人活在世上，多好啊！

又过了一阵，王小明又遇上了一件更为美妙的事：在（1）班各同学相互写留言时，她喜欢的男生贾里在她的本子里留了一句："从你关怀'小葵花'的事中，可以看出，你是个善良质朴的好女孩。"

那一次，王小明结结实实地流下了滚滚热泪。她说，进初中这好几年来，她拼命想求的就是贾里这句话，只要他也"承认"她是个好女孩，她的初中时代的情感就是亮堂的，心里的苦也没白受。她已经相当知足了，别的不要计较了，何况，她认为自己从没有把心里对贾里的好表白过，没有失去自尊和面子，也没有烦扰过她深深喜欢的这个男孩。

王小明没有通过直升考，也许注定进不了二中，而她的好友贾梅以及"好友的哥哥"贾里就不一样，他们的成绩都不错，直升二中是胜券在握，但那又有什么呢？毕竟，在他心里，她还是美好的，这是跟爱情一样美好的事。她对林晓梅说，爱情算什么，不过也是知道自己对别人好，或是知道别人对自己好。

林晓梅很感动，她觉得表妹很纯洁，也很可爱。她给王小明留言：许多的美丽是不为别人所发现的，因为它被心灵珍藏着，但它仍然是美丽而尊贵的……

那表妹王小明，爱死了这句话，后来在为别人写"留言"时，便毫不客气地"抄袭"了林晓梅的那句"名言"。王小明抱住林晓梅说，那句话她永远都"不能释怀"。

林晓梅想在毕业前再见到肖林，还有，她和贾梅都想请肖林为自己写几句留言，她们说好一起捧着留言本去找他，可惜，他没来上学。表姐林晓霞说肖林也许胃病又犯了，好几天没来上学。林晓霞还流露出很为肖林担忧的神情，说他是个理想主义者，有点疯狂。他做任何事都想着保持自己的"真诚与清洁"，誓不与一切丑恶妥协，不同流合污。

让肖林留言的事，就这么耽搁下来。到直升考和中考全结束后，初三的学生成了最有空余时间的"有闲阶级"了。林晓梅的爸爸突发奇想，说要带林晓梅出去玩，否则的话，一旦她升了高中，变成独立的大姑娘了，父母的很多活动就不好意思"请她出场"了。

这话甚合林晓梅的意。她早就不愿意当父母的"小跟班"了。

爸爸提议把林晓梅的表妹王小明也带上，说这样热闹点。林晓梅知道爸爸是一番好心，近来，王小明的妈妈管楠阿姨和裘先生的关系开始进入微妙期。裘先生说自己是傻子，千辛万苦追了多少年，结果追到手的是一个"破掉的爱情梦"，一切都不如他原来想象的那么美妙。

这话传到管楠阿姨耳朵里，她当场就大哭起来了，她觉得自己抛弃了太多珍贵的东西，结果把爱情和生活弄糟了。

林晓梅的妈妈自然有点不高兴，嘟哝说裘先生不是好东西，得防着他一点，还怀疑裘先生当时猛追管楠是为了补偿自己的虚荣心。管楠阿姨听了自己的亲姐姐说这样伤她心的话，在气头上说她是个"乌鸦嘴"。

妈妈还是气得不行，说这辈子不管王小明一家的事。她再三说，她认为"一家三口"出游会更和谐，但是林晓梅和爸爸是一条心，想让王小明加盟，林晓梅觉得这个表妹参加中考后比以前"沉稳"点了，也可爱许多了。

那天爸爸开着车，把全家送到一个游乐场。王小明的情绪很好，也许是看到了她妈妈和继父裘先生的不和，她不时笑着，为了有些根本不值得笑的事也笑了很久。

林晓梅和全家陪王小明玩了一整天。傍晚，他们租下一个烧烤桌围在一起吃野餐。林晓梅在铁锅里下面条时，眼睛就盯着看月亮，心想这种情致底下出来的面条就该叫它"月光面条"。

秦文君

195·

王小明嚷嚷要喝可乐，爸爸应着，林晓梅自告奋勇去买，在烧烤场的门口，林晓梅看到了一个熟悉的背影，那人正弯着腰吃力地搬沉重的饮料箱。

那个身影她不用仔细辨别就能认出来，那是肖林！当他们的目光对视时，都怔住了。林晓梅担心自己在震惊得无言表白时，会不会露出一副难看的呆状。肖林老练些，咧开嘴笑一笑，笑得那么灿烂。林晓梅的眼泪刷一下掉下来，她跑上前，执意要帮他一起搬运那些东西。他像哄一个小妹妹一样，说："晓梅，晓梅，别为我担心，贫穷并没有像我原来想象的那么可怕，它不过是一种环境。我正在考验我自己的毅力呢！"

她看见他那修长秀气的手背上有一条深深的伤痕，像嵌进一条紫红色的丝线，她惊叫了一声，伸手去抚摩那手背。他们的手不由自主相握在一起，一会儿，他红着脸，轻轻地小心地收回自己的手，把两只手交叠起来放在自己的心口相互暖着，停留几秒钟，轻声说："已经结痂了，不疼了。你好吧？林晓霞好吧？将来会很好的，我们都能够大展宏图的，我坚信，你相信吗？"

她点点头，说："我相信，我相信，可是，你不该拒绝大家的帮助！"

肖林勉强地笑一笑，不悦地说："你说的什么呀。"

他们相约在学期结束的那天见面，他答应要为她留言。他离去的时候，走得很果敢，没有回头，她站在那里看着他越来越远，满脑子是他说的"你说的什么呀"，感觉到他的矜持，心里难受极了。一直到什么都看不见了，没有了，她才木然地朝烧烤区走去，王小明问她要可乐，她说："你说的什么呀。"

她感觉到难以自持的冷，她想，一定是敏感的心儿在簌簌发抖。

到了毕业那天，上午坐在教室里听报告时她还给贾梅传条子，告诉她准备好留言本让肖林题字，贾梅的回条马上过来了，写了好多。这一阵她们频频发"传真"，诉说马上要分别的忧伤。贾梅也考上了二中，但不是尖子班，她们担心两个人以后会慢慢疏远，变成"熟悉的陌生人"，贾梅还怕分班时和贾里分在一起，那样，他训她时会让班里的人看见，很没面子的。

那同桌邱士力瞧一眼她的条子，说她又写天书了。林晓梅笑一笑，忽而想到：这是她最后一堂跟邱士力做同桌的课了。

邱士力没有食言，果然直升到二中高中部，但对于他能否进尖子班，林晓梅倒是替他捏一把汗的，只是没有露出来。

她发现他在一眼接一眼地看她，心里想：也许他在猜究竟此刻她在想什么。一回头，发现这家伙一副没心没肝的样子，扬眉吐气着呢，瞧见她看过来，便从口袋里摸出两颗带壳的花生问她要不要收藏。气得她说："别烦我。"

下午学校召开师生联谊会欢送初三毕业生。按邢老师的要求，学生会的两个文艺部长携手组织这一场联谊会。

张飞飞在台上大显神通，她特意上了唇彩，费了不少眼影、胭脂，还修了眉毛，神采照人，满面春风，这个人也如愿直升了二中，看她正踌躇满志呢，谁知动的什么心思。张飞飞没把心灰的一面表现在脸上，但所有（2）班的人都知道，她的麻烦大着呢！斑马差不多已经为她疯狂了，就在师生联谊会召开之前，张飞飞穿走廊时被一个初一的男生误撞了一下，那尾随其后的斑马见了后拎起一脚，将那男孩踢伤，又挥起几拳把那人暴打了一顿。听说联谊会散后，学校保卫处要找斑马追究这件事呢，说不定会牵连到张飞飞。就算这一回张飞飞能侥幸开脱，以后她也会难逃斑马的死缠烂磨的吧。

在这样非凡的时刻，林晓梅多么盼望肖林能早一点出现。然而，肖林却迟迟没有露面。学生会的大部分人马由诸葛小兵统领着聚在幕后，所有的人都有些怅然若失。表姐林晓霞几次说："很想念一个人。"

肖林不在留出的那个空缺并没有被悄悄地填满，这也许是他的

秦文君

197·

魅力所在，可是那也是她想起他就觉得沉重的缘故。

黄玫玫跑来，要和她喜欢的邱士力照一张合影，不过，拍照时他们双方做了个武打动作。

林晓梅独自沿着校园的围墙走了一圈，想对它最后说一说心里那些模模糊糊的伤感和期待。

这时，邱士力的铁哥们儿宇宙疾步跑来，递给她一张纸条，然后笑一笑，就离开了。宇宙和简亚平都未能直升到二中高中部，而是双双考进三中，他们相互称对方："并不是中考的失败者，而是与众不同罢了。"大家都怀疑他们是说好要"逃离"众人的目光，到新的地方"开辟根据地"。

那纸条上竟是邱士力的"真迹"，他潦草地用"邱氏风格"写着："据俺观察，你的课桌台板里很不雅，存着若干花生壳，拜托在毕业离校前把它们处理掉好吗？"

她只得匆匆地返回到自己的那个教室。独自走进去时，她心里生出一种柔情，从下学期起，那里就成了"过去的地方"了。她又一次坐在自己的课桌前，慢慢地打开课桌。独自坐在那里回忆，仿佛进入了一出戏似的。台板里果真有两个花生壳，估计是那可恨的"俺"作的案，她不由得笑起来。

蓦然，她看见了花生壳底下压着的那只纸田鸡。那是邱士力折成的，折在里面的是一张他为了她而制造的检查，当时她拒收过的。它为什么又在她这儿出现了呢？她拿起它，看到纸田鸡背上面多了三个字，写着：等着我……那是纸田鸡对谁说的心声呢？他为了非要她收起那纸条费了多少心思，那般执著又是为了什么？

她收起纸田鸡，想起他那傻傻的倔强的样子，忽然想哭，她为什么不对他更好点呢？她托着那两颗花生壳出教室时，却在门把手边上又看到了邱士力的一张"真迹"，那张挂着的纸条写着：谢谢你代俺处理了花生壳……

林晓梅大笑起来，直笑得个"落花流水"，热乎乎的眼泪沾在两腮，腮儿紧绷绷的一片。走出教室时，她竟有深深的不舍，使劲想着：老天，初中时代就这么快结束了，好快。又想，有那么多的回忆藏在心底。青春像壮观的河流，有许多暗流，蹚过它多么不容易。她在一些漩涡里打过转，又蹚过来了。她想着那些同学，他们让她觉得自己不是孤独一人！有许多更美更好的东西在前面招引她，她的装满感动的心在猎猎地跳动：多好啊，其中有许多美丽是不为别人所发现的，因为它被心灵珍藏着……

所有的一切回忆里都藏着"开始"两个字，都让她喜极而泣。

选自《花彩少女的事儿》

他们的青春早早被唤醒，青春意识懵懂的少年，不一定懂得爱情，但已是莫名而热烈地向往着。他们的建立在心灵和直觉上的情感领地里是有着露珠、绿荫、小山，也有激流和旋涡。那是一个独特的容易感动和受伤的情感高峰期，真挚中有盲从，敏感而又率性，既美好又生涩。这个年龄特有的对爱情的憧憬和真实是珍贵的。但因为它又有着幼稚、感性、不稳定的特性，所以"带着露珠的爱情"是美丽而灿烂的，但一不留神遇上看，会带来看不开的痛苦，一不得体还会打碎。

——秦文君《细数"花彩少女"——谈〈花彩少女的事儿〉》

评论

秦文君

国际安徒生奖介绍
(Hans ChristianAndersen Award)

什么是国际安徒生奖？

国际安徒生奖是由国际儿童读物联盟（IBBY）于 1956 年开始设立的国际性文学奖，每两年评选一次，授予在世的一名儿童文学作家（1956 年开始）和一名儿童插画家（1966 年开始），以此奖励并感谢他们以全部作品为儿童文学事业作出的持久的贡献。它是世界儿童图书创作者的最高荣誉，所以也有个外号叫做"小诺贝尔奖"。

这个奖项由丹麦女王玛格丽特二世任最高监护人，并以童话大师安徒生的名字命名。奖品包括一枚金质奖章和一份证书，在每两年一届的 IBBY 大会上颁发给获奖者。

"获安徒生奖提名"是什么意思？

在 IBBY 评选国际安徒生奖之前，首先需要由设于世界各地的 60 多个 IBBY 分会进行提名，推荐他们认为在儿童文学领域作出杰出贡献的作家和插画家。参与提名的委员都是儿童文学界的专家，因此获得提名本身已经是一种很高的荣誉。由中国分会（CBBY）提名的作家和插画家，当然获得"中国安徒生奖"。

Maria Sanchez-Silva	1990Tormod Haugen(Norway)	1962Meindert DeJong(USA)	1986Patricia
Gianni Rodari(Italy)	1992Virginia Hamilton(USA)	1964Réne Guillou(France)	Wrightson(Australia)
Scott O'Dell(USA)	1994Michio Mado(Japan)	1966Tove Jansson(Finland)	1988 Annie M. G. Schmid
Maria Gripe(Sweden)	1996Uri Orlev(Israel)	1968James Krüss(Germany)	(Netherlands)
Cecil Bødker (Denmark)	1998Katherine Paterson(USA)	Jose Maria Sanchez-Silva	1990Tormod Haugen(Nor
Paula Fox(USA)	2000Ana Maria	(Spain)	1992Virginia Hamilton(U
Bohumil	Machado(Brazil)	1970Gianni Rodari(Italy)	1994Michio Mado(Japan)
Czechoslovakia)	2002Aidan Chambers(UK)	1972Scott O'Dell(USA)	1996Uri Orlev(Israel)
ygia Bojunga	2004Martin Waddell(Ireland)	1974Maria Gripe(Sweden)	1998Katherine Paterson(U
	2006Margaret Mahy(New	1976 Cecil Bødker (Denmark)	2000Ana Maria

安徒生奖的评审宗旨和标准是什么?

　　国际安徒生奖创设的宗旨,是推动儿童阅读,提升文学和美学的艺术境界,建立儿童正面的价值观,促进世界和平。所以安徒生奖的得主,不仅要求其在艺术上有独步当代的成就,他们的创作也必须能对世界儿童产生健康、积极的精神鼓舞。IBBY也期望借安徒生奖鼓励童书创作,让童书有更多新鲜血液加入,并进一步促进翻译优良童书,达到世界交流的目的。

　　安徒生奖的评选标准主要是在文学与美学的价值上,随着时代的不同,对文学与美学的判断也会有差异。

　　具有国际观也是衡量的另一项标准,国际安徒生奖作家与插画家候选人毋庸置疑都是会员国的一时之选,在当地的儿童文学界具有崇高的地位,但这并不表示其成就在其他国家仍旧具有决定性的影响。

国际安徒生文学奖
获奖作家及代表作
(Hans Christian Andersen Award
for Writing 1956—2010)

1956 Eleanor Farjeon(UK) ·［英］依列娜·法吉恩《玻璃孔雀》

1958 Astrid Lindgren(Sweden) ·［瑞典］阿斯特丽德·林格伦《淘气包埃米尔》

1960 Erich Kästner (Germany) ·［德］埃利希·凯斯特纳《埃米尔擒贼记》

1962 Meindert Dejong(USA) ·［美］门得特·德琼《学校屋顶上的轮子》

1964 René Guillot(France) ·［法］勒内·吉约《丛林虎啸》

1966 Tove Jansson(Finland) ·［芬］托芙·扬松《魔法师的帽子》

1968 James Krüss(Germany) ·［德］詹姆斯·克鲁斯《出卖笑的孩子》

José Maria Sanchez-Silva (Spain) ·［西］约瑟·玛利亚·桑切斯－席尔瓦

1970 Gianni Rodari(Italy) ·［意］贾尼·罗大里《洋葱头历险记》

1972 Scott O'Dell(USA) ·［美］斯·奥台尔《蓝色的海豚岛》

1974 Maria Gripe(Sweden) ·［瑞典］玛丽亚·格里珀《吹玻璃工的两个孩子》

1976 Cecil Bødker (Denmark) ·［丹］塞茜尔·伯德克尔《西拉斯和黑马》

1978 Paula Fox(USA) ·［美］葆拉·福克斯《跳舞的奴隶》

1980 Bohumil Riha(Czechoslovakia) ·［捷克斯洛伐克］博胡米尔·里哈《新格列佛游记》

1982 Lygia Bojunga Nunes(Brazil) ·［巴西］莉吉亚·布咏迦·努内斯《黄书包》

1984 Christine Nöstlinger (Austria) ·［奥］克里斯蒂娜·涅斯特林格《小思想家在行动》

1986 Patricia Wrightson(Australia) ·［澳］帕·赖特森《太空人遇险记》

1988 Annie M. G. Schmidt (Netherlands) ·［荷］安妮·M.G. 斯密特《吉卜和扬耐克丛书》

1990 Tormod Haugen(Norway) ·［挪］托摩脱·蒿根《总有一天会长大》

1992 Virginia Hamilton(USA) ·［美］弗吉尼亚·汉弥尔顿《了不起的 M.C. 希金斯》

1994 Michio Mado(Japan) ·［日］石田道雄《长满书的大树》

Meindert DeJong(USA) · 1986Patricia
4René Guillot(France) Wrighison(Australia) 1956Eleanor Farjeon(UK) Nunes(Brazil)
6Tove Jansson(Finland) 1988 Annie M. G. Schmidt 1958Astrid Lindgren(Sweden) 1984 Christine Nöstling
8James Krüss(Germany) · (Netherlands) 1960 Erich Kästner (Germany) (Austria)
Maria Sanchez-Silva 1990Tormod Haugen(Norway) 1962Meindert DeJong(USA) 1986Patricia
ain) 1992Virginia Hamilton(USA) 1964René Guillot(France) Wrighison(Australia)
0Gianni Rodari(Italy) 1994Michio Mado(Japan) 1966Tove Jansson(Finland) 1988 Annie M. G. Schn
2Scott O'Dell(USA) 1996Uri Orley(Israel) 1968James Krüss(Germany) (Netherlands)
4Maria Gripe(Sweden) 1998Katherine Paterson(USA) José Maria Sanchez-Silva 1990Tormod Haugen(N
6 Cecil Bødker (Denmark) 2000Ana Maria (Spain) 1992Virginia Hamilton
8Paula Fox(USA) Machado(Brazil) 1970Gianni Rodari(Italy) 1994Michio Mado(Japa
0Bohumil 2002Aidan Chambers(UK) 1972Scott O'Dell(USA) 1996Uri Orlev(Israel)
a(Czechoslovakia) 2004Martin Waddell(Ireland) 1974Maria Gripe(Sweden) 1998Katherine Paterson
2Lygia Bojunga 2006Margaret Mahy(New 1976 Cecil Bødker (Denmark) 2000Ana Maria

1996 Uri Orlev(Israel)·［以］尤里·奥莱夫《从另一边来的人》

1998 Katherine Paterson(USA)·［美］凯塞琳·帕特森《我和我的双胞胎妹妹》

2000 Ana Maria Machado(Brazil)·［巴西］玛丽亚·马萨多

2002 Aidan Chambers(UK)·［英］艾登·钱伯斯《在我坟上起舞》

2004 Martin Waddell(Ireland)·［爱尔兰］马丁·韦德尔《睡不着吗，小熊？》

2006 Margaret Mahy(New Zealand)·［新西兰］玛格丽特·梅喜《牧场上的狮子》

2008 Jürg Schubiger (Switerzland)·［瑞士］于尔克·舒比格《当世界年纪还小的时候》

2010 David Almond (UK)·［英］大卫·阿尔蒙德《旷野迷踪》

国际安徒生奖提名中国作家

1990 年·孙幼军

1992 年·金　波

2002 年·秦文君

2004 年·曹文轩

2006 年·张之路

2010 年·刘先平

资料提供：红泥巴网站

图书在版编目（CIP）数据

别了，远方的小屯 / 秦文君著. —南宁：接力出版社，2012.2
（国际安徒生奖提名者丛书）
ISBN 978-7-5448-2336-4

Ⅰ.①别…　Ⅱ.①秦…　Ⅲ.①儿童文学－小说集－中国－当代
Ⅳ.①1287.4

中国版本图书馆CIP数据核字(2011)第258943号

总策划：白　冰
责任编辑：孙燕楠　　美术编辑：小　璐　　封面设计：松鼠·纪
责任校对：张弘弛　　责任监印：刘　元　　媒介主理：石　璐
社长：黄　俭　　总编辑：白　冰
出版发行 接力出版社　社址：广西南宁市园湖南路9号　邮编：530022
电话：0771-5863339（发行部）　　010-65546561（发行部）
传真：0771-5863291（发行部）　　010-65545210（发行部）
http://www.jielibj.com　　http://www.jielibook.com
E-mail: jielipub@public.nn.gx.cn
经销：新华书店　印制：大厂聚鑫印刷有限责任公司
开本：710毫米×1000毫米　1/16　印张：13.25　插页：10　字数：200千字
版次：2012年2月第1版　印次：2012年2月第1次印刷
印数：00 001—12 000册　定价：26.00元